MATTHIAS P. GIBERT
Tödlicher Betrug

MATTHIAS P. GIBERT

Tödlicher Betrug

Thilo Hains 3. Fall

GMEINER SPANNUNG

Bisherige Veröffentlichungen im Gmeiner-Verlag:
Tödlicher Befehl (2018), Tödliche Ferien (2017),
Unkrautkiller (2016), Paketbombe (2016),
Halbgötter (2015), Müllhalde (2014), Bruchlandung (2014),
Pechsträhne (2013), Höllenqual (2012), Menschenopfer (2012),
Zeitbombe (2011), Rechtsdruck (2011), Schmuddelkinder (2010),
Bullenhitze (2010), Eiszeit (2009), Zirkusluft (2009),
Kammerflimmern (2008), Nervenflattern (2007)

Immer informiert

Spannung pur – mit unserem Newsletter informieren wir Sie
regelmäßig über Wissenswertes aus unserer Bücherwelt.

Gefällt mir!

Facebook: @Gmeiner.Verlag
Instagram: @gmeinerverlag
Twitter: @GmeinerVerlag

Besuchen Sie uns im Internet:
www.gmeiner-verlag.de

© 2019 – Gmeiner-Verlag GmbH
Im Ehnried 5, 88605 Meßkirch
Telefon 0 75 75 / 20 95 - 0
info@gmeiner-verlag.de
Alle Rechte vorbehalten
1. Auflage 2019

Lektorat: Sven Lang
Herstellung: Mirjam Hecht
Umschlaggestaltung: U.O.R.G. Lutz Eberle, Stuttgart
unter Verwendung eines Fotos von: © Riko Best / stock.adobe.com
Druck: GGP Media GmbH, Pößneck
Printed in Germany
ISBN 978-3-8392-2478-6

1

»Nein, geschlagen hat er mich nie. Wenigstens das hat er nicht gemacht.« Die ältere Dame wischte erneut mit dem Stofftaschentuch in ihrer linken Hand über die Augen. Die Bewegung drückte eine tiefe, verzweifelte Hilflosigkeit aus.

Pia Ritter gab ihr einen Moment Zeit, bevor sie ihre nächste Frage stellte. »Aber Sie räumen ein, dass Sie Ihren Mann bewusst unter Wasser gedrückt haben. Es war definitiv kein Unfall, oder etwa doch?«

Die ältere Frau hob den Kopf und sah die junge Polizistin lange und eindringlich an. »Nein, wo denken Sie hin? Natürlich war es kein Unfall«, sagte Leonore Stock.

Ein Zögern.

»Wenn es in meinem Leben einen erwähnenswerten Unfall gegeben haben sollte, so hat er sich vor 53 Jahren abgespielt.«

»Wie meinen Sie das?«, wollte Thilo Hain, der rechts von seiner Kollegin saß, wissen.

Wieder ein Moment des Innehaltens. Es machte den Eindruck, als würde die weißhaarige Frau in Gedanken in der Zeit zurückkreisen.

»Vor ziemlich genau 53 Jahren habe ich diesen Mann geheiratet. Das war der größte Fehler meines Lebens, und Sie würden mir nicht glauben, wie oft ich diese Entscheidung seitdem bereut habe.«

»Warum haben Sie es so lang mit ihm ausgehalten? Haben Sie nie an Scheidung gedacht?«

Wieder nahm sich Frau Stock ein wenig Zeit, bevor sie antwortete. »Wie alt sind Sie, Frau Kommissarin?«, wollte sie schließlich wissen.

Pia nannte der Frau ihr Alter.

»Aha«, sinnierte Leonore Stock. »Dann vermute ich, dass Sie noch keine Scheidung hinter sich haben, oder?«

Pia nickte.

»In der heutigen Zeit mag man sich schnell zu diesem Schritt entschließen, zu meiner Zeit allerdings machte man das nicht mal so eben. Oder eigentlich hat man es gar nicht gemacht. Zumindest in meinen Kreisen nicht. Und dann waren da ja auch noch die Kinder, vergessen Sie das bitte nicht. Wir hatten vier Kinder im Abstand von immerhin 16 Jahren. Unsere Jüngste ist ein waschechter Nachzügler gewesen. Natürlich habe ich in der letzten Zeit, als es zunehmend schlimmer wurde mit ihm, schon das eine oder andere Mal über Scheidung nachgedacht, das gebe ich zu, aber da war immer der Gedanke, dass er vielleicht bald sterben würde, und damit hätte sich das Thema erledigt.« Sie tupfte sich über die Nase. »Aber er wollte einfach nicht sterben; er war unglaublich zäh, schon immer.«

»Und was genau ist nun gestern passiert?«, fragte Hain.

»Er hatte getrunken, wie jeden Abend. Wodka. Er hat sich eigentlich nur noch von Wodka ernährt. Seit seinem Schlaganfall vor vier Jahren war er um knapp 30 Kilo abgemagert und wirklich in einem erbärmlichen Zustand, aber auf das Rauchen und das Trinken wollte er partout nicht verzichten. Mir war es, bis auf den Gestank im Haus und die anderen Begleitumstände recht, weil ich dachte, es würde seinen Abgang beschleunigen.«

»Was waren das für *Begleitumstände*?«

»Wenn er betrunken war, musste er sich regelmäßig übergeben. Es war so etwas wie ein Abendritual, dass ich sein Erbrochenes wegmachen musste. Dann saß er wie ein Häufchen Elend auf der Treppe und wartete darauf, dass ich zuerst sein Erbrochenes wegmachen und ihm dann in den ersten Stock hinaufhelfen würde. Was ich ja auch immer getan habe. Und an seine Beschimpfungen dabei war ich ja gewöhnt, aber gestern Abend bekam das eine völlig neue Dimension. Plötzlich titulierte er mich als ›Hure‹ und ›Flittchen‹ und noch mehr solche Dinge, und da ist in mir drin irgendetwas kaputtgegangen. Ich kann es Ihnen nicht erklären, aber in diesem Augenblick wollte ich ihn einfach nur noch tot sehen. Ich wollte, dass ich heute Morgen aufwache und er aus meinem Leben verschwunden ist.«

»Also haben Sie ihm angeboten, ein Bad einzulassen?«

Frau Stock nickte. »Er war von oben bis unten voll mit seinem Erbrochenen und außerdem hatte er sich eingenässt. Das war bis dahin noch niemals vorgekommen und ihm wohl wirklich peinlich, was ihn aber nicht daran hinderte, mir die Schuld dafür zu geben. Ich hätte ihm den Wodka gestreckt, daran würde das liegen, meinte er. Wie auch immer, er hat dem Bad zugestimmt und saß eine Viertelstunde später in der Badewanne.«

»Was ist dann passiert?«, hakte Pia vorsichtig nach.

»Es war eigentlich ein Kinderspiel. Er hatte ja keine Kraft mehr, wegen des Schlaganfalls. Seine komplette linke Seite war gelähmt, und den rechten Arm habe ich einfach festgehalten.«

»Und dabei den Kopf unter Wasser gedrückt?«

Leonore Stock nickte. »Es war, wie gesagt, ganz einfach. Als er erst einmal Wasser in der Lunge hatte, war es ganz schnell vorbei und sein bisschen Gestrampel und Gezucke hat aufgehört.«

»Was haben Sie dann gemacht?«

»Ganz ehrlich? Ich habe mich vor die Wanne fallen lassen und geweint. Habe geweint wie ein kleines Kind, aber nicht aus Ärger oder Verzweiflung oder Angst, sondern vor Freude. In diesem Moment, mit ihm tot in der Badewanne liegend, überkam mich eine solch groß Erleichterung, dass ich vor Glück heulen musste.« Über ihre rechte Wange lief eine Träne, die sie mit dem Taschentuch wegwischte. »Plötzlich waren die Demütigungen vergessen, die ständigen Beschimpfungen, und mit einem Mal konnte ich wieder richtig tief Luft holen. Der Mann, der mich nie wirklich für voll genommen hatte und für den ich immer nur seine Arbeitsbiene und seine Haushälterin und vielleicht auch seine Hure war, über die er drübersteigen konnte, wenn ihm gerade danach war, lag tot im Badewasser. Ein unbeschreiblich gutes Gefühl.«

Pia Ritter schluckte. »Wie meinen Sie das mit der Arbeitsbiene?«, wollte sie nach einer längeren Pause wissen.

»Ich habe als Gynäkologin mit eigener Praxis ja immer gut verdient, wohingegen er grundsätzlich nur Spinnereien im Kopf hatte. Er hielt sich für einen großen Erfinder und so etwas, aber all seine *weltbewegenden Entwicklungen*, wie er es nannte, haben halt niemals stattgefunden oder funktioniert. Mein … Ehemann war wirklich nur in einer Sache gut, nämlich darin, das Geld, das ich verdiente, mit vollen Händen aus dem Fenster zu werfen. In meinen Augen war er, speziell in den letzten zehn, fünfzehn Jahren eigentlich nur noch ein bedauernswerter Spinner. Und natürlich der Mensch, der mich bewusst kleingehalten und, wann immer es ging, gedemütigt hat. Immer, überall und zu jeder Zeit.«

Pia Ritter sah die trotz ihrer Tränen elegant wirkende Dame nachdenklich an. »Das klingt alles überaus unschön und weckt bei mir auch eine gehörige Portion Mitleid, Frau Stock. Aber wenn nicht etwas wirklich Ungewöhnliches passiert, könnte es sein, dass Sie den Rest Ihres …, ich meine, eine ziemlich lange Zeit im Gefängnis verbringen werden wegen dieser Tat.«

»Sie können ruhig aussprechen, was Sie denken, Frau Kommissarin. Ich bin alt genug, um zu wissen, was mich erwartet. Aber glauben Sie mir, jeder Tag im Gefängnis wird gegenüber einem mit meinem Mann das wahre Paradies für mich sein.«

Eine knappe Stunde später war die Vernehmung beendet und Leonore Stock auf dem Weg ins Untersuchungsgefängnis. Pia Ritter und Thilo Hain standen am Fenster ihres Büros und sahen auf die im Westen der Stadt blutrot untergehende Sonne.

»Das sieht zum Niederknien schön aus«, murmelte der Hauptkommissar.

»Da gebe ich dir ausnahmsweise mal widerspruchslos recht.«

»Schön. Aber im Subtext deiner Worte schwingt noch etwas anderes mit, oder?«

»Manchmal hasse ich meinen Job abgrundtief«, ließ die Oberkommissarin ihren Kollegen nach ein paar Sekunden des Nachdenkens leise wissen.

»Warum? Weil du Mitleid mit der guten Leonore hast?«

Sie überlegte wieder eine Weile. »Ja, vermutlich«, antwortete sie schließlich.

»Oder geht es dir vielleicht doch mehr um die Kerle, die ihre Frauen so schäbig behandeln wie dieser Typ?«

Wieder ein paar Sekunden des Nachdenkens. »Möglicherweise, ja.«

»Bist du auch mal von solch einem Verhalten betroffen

gewesen?«, wollte er wissen, während er sich umdrehte und Mineralwasser eingoss.

»Thilo, du weißt«, erwiderte sie kopfschüttelnd, »dass ich mich mit dir über solche Dinge nur höchst ungern austausche. Dafür habe ich ein paar wirklich gute Freundinnen, und wenn das nicht reicht, meine Therapeutin.«

»Arbeitest du schon länger mit der zusammen?«

»Ein paar Jahre, ja.« Sie griff sich das Glas, das er eben gefüllt hatte, und trank es in einem Zug aus. »Und wenn du es genau wissen willst, dann ja. Auch ich habe, wie viele andere Frauen auch, Erfahrungen mit Männern gemacht, an die ich nur ungern zurückdenke.«

»Scheiße.«

»Das trifft es durchaus; aber viel schlimmer wäre es, wenn ich nicht die richtigen Schlüsse daraus gezogen hätte.«

»Hast du?«

»Worauf du dich verlassen kannst.«

Der Hauptkommissar drehte sich um und sah auf die Uhr über der Tür. »21:15 Uhr. Lass uns Feierabend machen und nach Hause fahren, Pia.«

Sie sah ihn verblüfft an. »Ich hätte gewettet, dass es gerade mal sieben ist. Kaum zu glauben, wie die Zeit vergeht, wenn man dem Geständnis einer Mörderin lauscht.«

Hain lachte laut auf. »Jetzt reicht's mir mit Pathos für heute. Mach's gut.« Er ging Richtung Tür, zog sich das Sakko über und war schon fast auf dem Flur, als Pia Ritter ihm etwas hinterherrief.

»Ich will morgen mal ausschlafen, Thilo, die letzten Wochen waren ziemlich hart. Rechne also nicht vor Mittag mit mir, ja?«

»Geht klar. Wenn ich es auf die Reihe kriege, mache ich es genauso, aber du weißt ja, wie das mit mir und dem Ausschlafen ist.«

»Du musst nur dran glauben, dann klappt das auch bei dir mal wieder.«

»Klar. Sagst du das meinen Jungs, oder soll ich es wieder übernehmen?«

Sie grinste ihn an. »Nein, mach du das mal. Ich rufe Herbert an und sage ihm Bescheid, dass ich oder möglicherweise wir beide morgen Vormittag einen winzigen Teil unseres unanständig großen Vorrats an Überstunden abbummeln werden.« Sie sprach von Kriminalrat Herbert Schiller, dem Vorgesetzten der beiden.

»Gut. Bis dann.«

2

Benjamin Andermatt drückte auf die rote Stopptaste der Weckfunktion an seinem Telefon, schluckte trocken, holte tief Luft, hob den Oberkörper und setzte sich auf den Rand des Bettes. Wie an jedem Morgen seit vielen Jahren wollte er sofort seine Laufklamotten und -schuhe anziehen, doch wie auch schon an den Tagen zuvor zögerte er und ließ sich schließlich mit schmerzverzerrtem Gesicht zurück aufs Bett fallen.

Seit mehr als acht Wochen wurde der hagere, durchtrainierte Mann von Tag für Tag stärker werdenden Magenschmerzen geplagt, und langsam bekam er es ernsthaft mit der Angst zu tun. *Was, wenn ich mir ein Magengeschwür eingefangen habe? Gerade jetzt, in dieser schwierigen Zeit. Oder wenn es gar etwas noch Schlimmeres ist? Ein bösartiger Tumor vielleicht sogar.*

Wieder musste er schlucken.

Nein, so schnell ging das nicht, dass man einen Tumor bekam. Ein Magengeschwür, das ja, aber keinen Tumor.

Mit zitternden Fingern ließ er sich aus der Glasflasche, die neben dem Bett auf dem Nachttisch stand, zwanzig Tropfen des Schmerzmittels Valoron in den Mund fallen. In den ersten Tagen hatte er es mit Aspirin versucht, bis ihm eingefallen war, dass Acetylsalicylsäure bei Beschwerden des

Magen-Darm-Traktes keine wirklich gute Idee war. Also hatte er sich im Internet schlaugemacht und schließlich bei einer dubiosen, auf der Kanalinsel Jersey ansässigen Online-apotheke das eigentlich verschreibungspflichtige Opiat besorgt, das er nun wieder auf dem Nachtkästchen abstellte. Glücklicherweise dauerte es immer nur ein paar Minuten, bis die schmerzlindernde Wirkung des Medikaments einsetzte, jedoch kam es ihm dann immer so vor, als wäre sein Kopf in Watte gepackt. Als er es zum ersten Mal benutzt hatte, war er nicht einmal bis zum Büro gekommen. Das konnte er sich nicht ein weiteres Mal erlauben. Also hatte er sich trotz der Watte im Kopf zur Arbeit geschleppt und dafür gesorgt, dass ihm niemand etwas anmerken konnte.

Ich muss jetzt wirklich mal beim Arzt vorbeigehen, ging ihm durch den Kopf, während seine Gedanken langsam schwerer und schwerer wurden. Mit Mühe stellte er den Wecker eine Stunde weiter und schlief ein, noch bevor er das Telefon wieder aus der Hand gelegt hatte.

Eineinhalb Stunden später stoppte Andermatt den Wasserdurchfluss an seiner semiprofessionellen Espressomaschine, zog die kleine Tasse unter dem Siebträger hervor, griff sich einen der winzigen Löffel aus dem Edelstahlrondell neben der Maschine und rührte den schwarzen Kaffee mit der dicken Crema darauf langsam um. Allerdings benutzte er dazu nicht die schalenförmige untere Seite des Edelstahlstücks, sondern die dünne, die normalerweise zum Greifen und Halten benutzt wurde. Dann leckte er den Kaffee vom oberen Ende ab, ließ den Löffel in den Besteckkorb der offen stehenden Spülmaschine gleiten und trank schließlich das Ergebnis seiner Bemühungen genussvoll und in einem Zug.

Die Watte im Kopf ist beileibe nicht schön, aber so sind die Schmerzen wenigstens auszuhalten, dachte er müde, während er auch die Tasse in der Spülmaschine verstaute.

»Steve«, rief er in den ersten Stock, »wir müssen los. Bist du so weit?«

»Eine Minute noch«, kam es von oben. »Muss mir nur noch die Zähne putzen. Du kannst ja so lang noch eines deiner Kaffeerituale zelebrieren.«

»Vergiss es, ich hatte schon vier Espressos. Und jetzt beeil dich, ich will nicht wieder deinetwegen zu spät im Büro sein.«

»Mach dich mal locker, Papa«, nuschelte der etwa vierzehnjährige Junge, der nun mit einer Zahnbürste in der rechten Hand und einer Plastiktüte in der linken auf der obersten Stufe der Treppe auftauchte.

Auf dem Weg nach unten fuhr er mit der Bürste eher symbolisch ein paarmal hin und her, sog an der Spüle gurgelnd ein wenig Wasser durch den Mund und ließ die Bürste dann achtlos neben das Edelstahlbecken fallen.

»Und wer soll die wegräumen?«, wollte sein Vater genervt wissen. »Du bist heute Abend wieder bei deiner Mutter und der Einzige, der mir dann einfällt, bin leider ich.«

»Soll es halt Frau Brauss machen. Die kommt doch sowieso heute hierher und räumt auf.«

Aber die kommt garantiert nicht, um dir die verdammte Zahnbürste hinterherzuräumen, hätte Andermatt am liebsten losgebrüllt, beherrschte sich jedoch. Er konnte bei diesem Spiel nur den Kürzeren ziehen, speziell in dieser Situation und um diese Uhrzeit.

»Los, komm. Ich muss noch ...« Andermatt brach ab, verzog das Gesicht und griff sich an den Bauch.

»Was ist denn?«, wollte sein Sohn wissen.

»Nichts«, gab er zurück. »Ich habe nur seit einiger Zeit Probleme mit dem Magen.«

Steve zog die Augenbrauen hoch. »Kein Wunder, bei deinem Kaffeekonsum. Du solltest ernsthaft darüber nachdenken, dich, was das angeht, mal ein bisschen einzuschränken.«

»Ja, klar. So wie du das mit der Computerdaddelei machst, oder was?«

»Jetzt werd bloß nicht unsachlich. Das kann man doch überhaupt nicht miteinander vergleichen.« Der Junge ging Richtung Haustür. »Wir haben hier nämlich auf der einen Seite einen Heranwachsenden, der seinen Platz im Leben erst noch finden muss, was in der Pubertät, wie du weißt, mit abartigen Mühen verbunden ist. Und auf der anderen Seite einen hochdekorierten Manager, der cool genug sein sollte, sich seine Abhängigkeit von Koffein einzugestehen und etwas dagegen zu unternehmen.«

Wieder hätte Andermatt, der nun hinter seinem Ältesten aus dem Haus trat, nur zu gern etwas erwidert, doch auch jetzt unterließ er es. Seine Gedanken waren längst im Büro und bei den Themen, die seinen Tag bestimmen würden.

Während er den dunkelblauen Porsche Panamera aus der Garage rollen ließ, wurde er erneut von einem Magenkrampf durchgeschüttelt. Diesmal waren die Schmerzen so heftig, dass er sie kaum aushalten konnte.

Vielleicht hat Steve ja recht, und ich sollte meinen Kaffeekonsum wirklich ein klein wenig einschränken, dachte er. *Und endlich einen Termin beim Arzt machen.*

»Wie wäre es mit einer kurzen Stippvisite beim Arzt?«, kam es von der Beifahrerseite, als ob sein Sohn seine Gedanken erahnt hatte. »Mama wäre es bestimmt total egal, wenn du abnippeln würdest, mir aber nicht. Bis ich mit meinem Studium fertig bin, musst du schon noch durchhalten.« Steve lachte laut auf. »Nein, Scherz. Ich würde dich echt vermissen, wenn du den Löffel abgeben würdest.«

»Danke für dein Mitgefühl«, presste Andermatt hervor, holte tief Luft und bog vom Grundstück auf die kleine Seitenstraße ein.

»Guten Morgen, Chef«, wurde er von Sophie Rott, seiner Sekretärin, eine gut halbe Stunde später begrüßt. »Einen Espresso?«

»Nein, vielen Dank, jetzt nicht. Ich muss immer noch ein wenig auf meinen Magen achten und nehme später vielleicht wieder einen.«

»Wie Sie möchten.« Sie zögerte. »Allerdings habe ich leider eine Nachricht für Sie, die Ihnen garantiert nicht gefallen wird.«

Der 47-jährige Mann hob den Kopf und sah die Frau neugierig an. »Na, dann schießen Sie mal los. Neuigkeiten aus Wolfsburg, oder was?«

»Nein, das nicht. Aber Herr Wischek hat sich arbeitsunfähig gemeldet. Er …« Die untersetzte Enddreißigerin brach ab.

»Ja?«, hakte Andermatt nach.

»Er hat angeblich Rücken. Dabei habe ich ihn noch um Mitternacht vor der Bar gesehen, in der er sich gewöhnlich herumtreibt. Putzmunter, wie ich betonen möchte.«

»Ja, so ist das mit dem krummen Rücken«, erwiderte ihr Boss süffisant. »Das kommt manchmal innerhalb von Minuten, da kann man gar nichts machen. Und wenn obendrein die Psyche ein wenig gestresst ist, geht es oftmals noch viel schneller.« Er bezog sich auf die heftige Auseinandersetzung zwischen ihm und seinem persönlichen Assistenten Samuel Wischek vom Vortag. »Aber wie auch immer, mir reicht es jetzt endgültig mit ihm. Ich will diesen inkompetenten Schwachkopf hier nicht mehr sehen; sorgen Sie dafür, dass die Personalabteilung ihn mir vom Hals schafft.«

»Mit dem größten Vergnügen. Kündigung oder Versetzung?«

»Raus mit dem Kerl, und zwar hochkant und fristlos. Sagen Sie denen, dass er unzuverlässig und inkompetent ist. Außerdem hat er mir deutlich zu oft auf ungebührliche und manchmal auch sehr freche Weise widersprochen. Und falls das noch nicht reichen sollte, werfe ich ihm vor, dass er erneut in meinen vertraulichen Unterlagen herumgeschnüffelt hat, was ich ihm eindeutig untersagt hatte. Die aus seinem damaligen Fehlverhalten resultierende Abmahnung ist ja glücklicherweise eindeutig und unwidersprochen.«

»Ich kann sowieso nicht verstehen, warum Sie so lange an dem Kerl festgehalten haben, Chef. Der war Ihnen doch praktisch seit dem ersten Tag ein Dorn im Auge.«

»Da will ich Ihnen gar nicht widersprechen. Aber manchmal sind auch mir die Hände gebunden, und ich muss mich gewissen Gegebenheiten beugen.«

Frau Rott nickte und legte ein paar Kladden auf seinem Schreibtisch ab, während Andermatt die Hände vor den Bauch presste und keuchend nach Luft schnappte.

»Alles in Ordnung mit Ihnen, Chef?«, wollte sie besorgt wissen. »Sie sehen nicht gut aus, wenn ich ehrlich sein darf.«

»Na ja, im Gegensatz zu Wischek bin ich ja wirklich ein wenig angeschlagen und immer noch von dieser blöden Magen-Darm-Geschichte betroffen.«

»Das tut mir wirklich leid, Chef, aber das schleppen Sie ja nun schon eine Weile mit sich herum, ohne sich helfen zu lassen. Bei so was hilft am besten Paspertin, das können Sie mir glauben. Zu Hause habe ich eine Flasche davon, aber ich kann ja deswegen nicht wieder nach Hause fahren und es holen.«

»Nein, das wäre wirklich übertrieben, da gebe ich Ihnen recht.«

»Ich könnte kurz drüben beim Sani vorbeigehen. Vielleicht hat der ja was davon bei sich rumstehen.«

»Das wäre wirklich hervorragend. Und ein Glas Wasser, bitte.«

»Gern. Bin sofort wieder da.«

Der schlanke Mann ließ sich schwerfällig auf seinen Ledersessel sinken, wischte sich mit dem Sakkoärmel die Schweißperlen von der Stirn, und schluckte. *Irgendetwas läuft hier mächtig schief*, dachte er keuchend. *Aber das kann doch unmöglich nur vom Kaffee kommen. Das muss ein Magengeschwür sein. Ein elendes, verdammtes Magengeschwür.*

Er fühlte sich, als würde er sich im nächsten Moment übergeben müssen, konnte den Reiz jedoch gerade so noch unterdrücken. *Hoffentlich ist es nichts Schlimmes. Wenn es bloß kein Tumor ist.*

Mit schwitzigen Händen griff er nach einer der Kladden vor sich, schlug sie auf und wollte sich den Inhalt ansehen, doch mehr als verschwommene schwarze Punkte konnte er nicht erkennen. Der Automanager wurde von schlagartig aufkommender Panik erfasst, schob die Akte von sich weg und sah zum Fenster, wo sein Blick am makellos blauen Himmel hängen blieb. *Was für ein beschissen schöner Tag*, dachte er. Im gleichen Moment bäumte sich sein gesamter Körper auf, und aus seinem Mund quoll eine gelblichweiße, undefinierbare schaumige Masse. Andermatt wollte um Hilfe rufen, doch in diesem Moment schoss er mit einer ruckartigen Bewegung aus dem Sessel hoch, griff sich an den Kragen, um den Krawattenknoten zu lösen, erbrach eine weitere Ladung des ätzend stinkenden Schaums und sank kraftlos auf die Knie.

»Herr Andermatt?«, hörte er in seinem Rücken Sophie Rott hysterisch schreien. »Chef, was ist denn mit Ihnen?«

KASSEL, VIER TAGE SPÄTER.

3

»Ich habe sie gestern Abend noch kurz gesehen«, sagte der Mediziner der Untersuchungshaftanstalt zu Hauptkommissar Thilo Hain. »Sie wirkte keinesfalls suizidgefährdet auf mich, ganz im Gegenteil. Es schien mir fast so, als sei mit der Tat eine wahnsinnige Last von ihr abgefallen.«

Der Polizist stimmte ihm zu. »Ganz ähnlich hat sie sich mir und meiner Kollegin gegenüber während der Vernehmung auch geäußert.«

Er öffnete Leonore Stocks Abschiedsbrief noch einmal und überflog die letzten Worte der Gynäkologin und Mörderin ihres Mannes.

Eigentlich wollte ich meinem Leben schon nach dem Mord an meinem Mann ein Ende setzen, habe jedoch gezögert, weil ich tief in mir drin die Hoffnung hatte, meine Tat würde vielleicht nicht bemerkt werden. Nun, da diese Möglichkeit sich nicht bewahrheitet hat, sehe ich leider keine andere Möglichkeit. Schon die wenigen Tage hier in dieser trostlosen Zelle bestärken mich in der Annahme, dass ich nicht für das Leben im Gefängnis bereit bin. Natürlich hätte ich gern die mir verbleibenden

Jahre in Freiheit, auch in Freiheit von meinem des-
potischen Ehemann, verbracht, das war mir aber
leider nicht vergönnt. Wie auch immer, ich verlasse
diese Erde mit einem wirklich guten, warmen und
befreiten Gefühl.

Mein Testament befindet sich im Tresor im Keller
meines Hauses, meine Cousine Maria Streuer ist
mit allen Einzelheiten diesbezüglich vertraut.

Hochachtungsvoll
Dr. Leonore Stock

»Zu den Asservaten damit«, murmelte der Kommissar und
schob das Papier in die Sakkotasche. »Zweifel am Suizid
können wir ja ausschließen, wenn ich Sie richtig verstanden habe?«

»Definitiv. Die Kollegin Dr. Stock hat das, was letzte
Nacht passiert ist, sehr überlegt und gewissenhaft geplant.
Natürlich wurde sie, als sie hier angekommen ist, einer seriö-
sen Leibesvisitation unterzogen, davon bin ich überzeugt.
Aber wir müssen auch konstatieren, dass wir es mit einer
älteren, ja fast alten Frau, noch dazu Ärztin, zu tun hatten.
Ich weiß zwar nicht, wo genau am oder im Körper sie die
Substanz versteckt hatte, mit der sie sich das Leben genom-
men hat, aber die Justizmitarbeiterin, die sie untersucht hat,
hat sie nun mal nicht gefunden.«

»Was hat Frau Stock Ihrer Meinung nach denn benutzt
für ihren Suizid?«

Dr. Walbusch überlegte eine Weile. »Sie hat eine kleine
Wunde am rechten Arm. Also würde ich, bei Wertung aller
Fakten, am ehesten auf einen Curare-Wirkstoff tippen. Sie
haben vielleicht schon von dem Pfeilgift gehört.«

»Wer hat noch nicht davon gehört. Und Sie meinen, sie hat etwas davon ins Gefängnis geschmuggelt? Das kann man doch bestimmt nicht in der nächstbesten Apotheke bestellen, oder?«

»Für eine Ärztin ist es keine große Aufgabe, sich dieses Gift zu beschaffen. Wirklich nicht.«

»Und wenn man es hat, dann geht das alles ganz einfach?«

Der Mediziner nickte. »Absolut. Ist das Zeug erst mal in der Blutbahn, gibt es praktisch keine Rettung mehr; es sei denn, man würde künstlich beatmen. Aber dazu müsste man wissen, dass jemand so etwas plant.«

»Wie lang dauert es, bis der Tod eintritt?«

»Höchstens ein paar Minuten. Wenn die Wirkung einsetzt, funktioniert die Atemmuskulatur nicht mehr, und das war es dann. Geht wirklich ganz schnell.«

»Man erstickt bei vollem Bewusstsein?«, hakte Hain irritiert nach.

»Das trifft es zu einhundert Prozent, ja.«

»Klingt nicht nach einem schönen Tod, wenn Sie mich fragen.«

Walbusch stimmte zu. »Aber wenn man es sich nicht aussuchen kann, sollte man auch nicht wählerisch sein. Es ist definitiv nicht schön, aber es geht schnell und ist eine verlässliche Methode.«

Der Hauptkommissar reichte dem Arzt die Hand. »Danke, Herr Doktor.«

»Gern.«

Der Polizist wandte sich ab und war schon dabei, den Raum zu verlassen, als Walbusch ihn noch einmal ansprach.

»Lassen Sie mir das Ergebnis der Autopsie zukommen? Nur, um zu wissen, ob ich richtiggelegen habe mit meiner Einschätzung.« Er lächelte. »Ein bisschen Egopolitur ist selbstverständlich auch dabei, das räume ich freimütig ein. Aber natürlich nur dann, wenn ich nicht danebengelegen habe mit meiner Vermutung zur Todesursache.«

Hain lächelte zurück. »Mach ich.«

»Oh Gott.«

Pia Ritter hielt sich die rechte Hand vor den Mund und sah wirklich geschockt aus. Die junge Kommissarin war kurz nach ihrem Kollegen im Präsidium angekommen und hatte ihn mit einem breiten Grinsen im Gesicht begrüßt. Von diesem positiven Ausdruck war nach Hains kurzer Schilderung der Ereignisse im Untersuchungsgefängnis jedoch nichts übrig geblieben.

»Das ist erstens furchtbar«, fuhr sie fort, »und zweitens hätte ich niemals damit gerechnet. Sie hätte ja immer noch hoffen können, einen gnädigen Richter zu finden, der es gut mit ihr meint und sie auf Bewährung laufen lässt.«

»Bei *Mord*?«, zeigte Hain sich fast ein wenig schockiert.

Sie nickte. »Ich müsste es nachlesen, aber es gab meiner Erinnerung nach mindestens einen Fall in Deutschland, der ganz ähnlich gelagert war, und in dem der Richter genau so geurteilt hat. Auch auf Antrag der Staatsanwaltschaft übrigens, da bin ich mir sicher.«

»Bewährung bei Mord. Das hätte ich nicht gedacht.«

»Es war eben juristisch kein Mord. Aber wenn es dich interessiert, musst du aktiv werden und dir die Einzelheiten raussuchen. Dafür gibt es ja Suchmaschinen.«

Er schüttelte den Kopf. »So wichtig ist es mir bestimmt nicht. Ich glaube und vertraue dir. Und immerhin kann ich mir vorstellen, dass man nach solch einem jahrzehntelangen Ehemartyrium auch auf Notwehr plädieren könnte. Oder irgendwas ähnlich Gelagertem.«

»Ja, das würde …« Pia brach ab, weil das Telefon auf

dem Schreibtisch klingelte. Sie griff nach dem Gerät und meldete sich.

»Ja«, sagte sie nach einer kurzen Phase des Zuhörens. »Ich komme runter und hole sie ab. Danke.«

»Was gibt es?«, wollte Hain wissen.

»Unten steht eine Dame, die einen Mitarbeiter der Mordkommission sprechen möchte.«

»In welcher Sache denn?«

Pia atmete deutlich hörbar durch. »Das, lieber Thilo, wollte sie dem Kollegen an der Pforte nicht sagen. Sie will nämlich nur und ausschließlich mit jemandem von der Mordkommission über ihr Anliegen sprechen.«

»Dann mal los, Frau Kollegin«, grinste Hain. »Das Problem lässt sich doch bestimmt innerhalb kürzester Zeit regeln, so von Frau zu Frau.«

»Blödmann.« Sie streifte ihren Blazer über und ging süffisant lächelnd an ihm vorbei Richtung Tür. »Bild dir bloß nicht ein, dass du dich verdrücken kannst. Solltest du nicht hier sein, wenn ich mit ihr zurückkomme, lasse ich dich im ganzen Haus suchen, zur Not auch in Herberts Büro. Capito?«

»Echt, so etwas zutiefst Unanständiges würdest du machen?«

Pia legte, immer noch lächelnd, die Hand auf die Türklinke.

»Probier's aus, dann weißt du es.« Damit verließ sie das Büro. Es dauerte allerdings keine drei Minuten, bis sie wieder zurück war. Im Schlepptau hatte sie eine etwa 1,55 Meter kleine, untersetzte, schwarz gekleidete Frau von etwa 40 Jahren, die sie ihrem Kollegen als Sophie Rott vorstellte.

»Guten Tag, Frau Rott«, begrüßte Hain in unveränderter Position auf seinem Stuhl sitzend die Frau.

»Frau Rott«, fuhr Pia fort, »möchte eine Sache mit uns besprechen, die sie sehr beschäftigt und von der sie glaubt, dass bei ihr etwas nicht mit rechten Dingen zugegangen ist. Mehr allerdings hat sie mir noch nicht erzählt.« Die Kommissarin bot der mit ihrer Handtasche vor dem Bauch dastehenden Frau einen Stuhl an. »Bitte, setzen Sie sich doch.«

»Danke.«

Nachdem Pia der Besucherin ein Glas Wasser eingeschenkt hatte, übernahm sie die Gesprächsführung. »Also, Frau Rott, was führt Sie zu uns? Was können wir für Sie tun?«

Sophie Rott stellte das Glas auf den Schreibtisch und holte tief Luft. »Es geht um meinen Chef … also meinen ehemaligen Chef. Er ist vor vier Tagen in meinen Armen … gestorben.«

»Es tut uns sehr leid, das zu hören. Wie kam es dazu?«

»Na ja, er hatte schon seit ein paar Tagen Probleme mit dem Magen. Aber bestimmt nichts, weswegen man einfach so während der Arbeit umfällt und ein paar Minuten später für tot erklärt wird.«

»Ihr Chef ist also während der Arbeitszeit verstorben?«

Frau Rott nickte.

»Wer hat denn den Tod festgestellt?«

»Einer unserer Werksärzte. Er kam angerannt, nachdem ich laut um Hilfe gerufen habe, und hat dann ungefähr eine Viertelstunde erfolglos versucht, Herrn Andermatt zu reanimieren, auch mit Defibrillator und so. Und später dann wohl auch den Totenschein ausgestellt. Ich weiß es nicht genau, aber es soll sich wohl um plötzlichen Herzstillstand gehandelt haben.«

»Und Sie zweifeln an dieser … Todesursache?«, wollte Hain nun wissen.

»Das tue ich auf jeden Fall. Herr Andermatt war immer super sportlich und hatte nie irgendwas mit dem Herzen. Ich bin mir wirklich ganz sicher, dass er nicht an einer

Sache mit dem Herzen gestorben ist.« Sie schüttelte den Kopf. »Und wie soll das überhaupt gehen? Er klagt ein paar Tage über Magenbeschwerden und fällt dann wegen des Herzens tot um? Das kann mir niemand erklären, also echt nicht.«

Pia Ritter fasste das Gehörte noch einmal in ihren Worten zusammen, bevor sie weitere Details erfragte. »Was ist danach passiert? Wenn ich Sie richtig verstehe, wurde die Leiche nicht obduziert?«

»Nein, wurde sie nicht. Er ist heute Morgen in aller Stille beigesetzt worden.«

»Was hat Ihr Chef denn für eine Stelle gehabt? Und wo?«

»Er war der Leiter des VW-Werks hier in Baunatal.«

Hain hob anerkennend die Augenbrauen. »Darüber habe ich gelesen. VW-Manager in den besten Jahren aus dem Leben gerissen und so. Wie alt war er denn genau?«

»47. Er ist letzten Monat 47 geworden. Und er war wirklich, bis auf die komische Magengeschichte, kerngesund. Das können Sie mir glauben.«

»Verheiratet?«

»Ja, aber er lebte schon seit einer Weile getrennt von seiner Frau.«

»Aber noch nicht geschieden?«

»Nein, noch nicht geschieden. Er hat ein paarmal erwähnt, dass er sich auf diesen Termin sehr freuen würde, aber juristisch vollzogen war die Scheidung noch nicht.«

»Kinder?«

»Ja, zwei. Ein Junge und ein Mädchen. Wobei das Mädchen auf einem Internat in der Schweiz ist. Ich habe sie heute Morgen während der Beisetzung zum ersten Mal gesehen.«

»Hat Herr Andermatt sich Ihnen gegenüber denn irgendwann einmal dahin gehend geäußert, dass er sich bedroht fühlt oder etwas Ähnliches?«, wollte Pia wissen.

»Nein, nie. Er war sehr fokussiert auf seine Arbeit und hat eigentlich nur für sie gelebt. Und für seinen Sohn, aber der macht wohl gerade eine schwierige Zeit durch. Die Pubertät und so.«

»Und er hatte auch keine Feinde, von denen Sie wissen?« Die Frau schüttelte den Kopf.

»Dann geht es hier mehr um ein Gefühl von Ihnen? Mehr so etwas wie eine Ahnung, oder?«

»Na ja, irgendwie fühlt sich das schon komisch an. Herr Andermatt war kerngesund, fällt tot um, ein Arzt aus dem Werk stellt den Tod fest und stellt den Totenschein aus, ohne dass noch jemand anders einen Blick darauf geworfen hätte, und dann wird er hoppladihopp beerdigt. Das ist, da müssen Sie mir schon zustimmen, doch wohl ein bisschen merkwürdig.«

Hain sah die Sekretärin zweifelnd an. »Was Sie hier vorbringen, Frau Rott, wird vermutlich zu nichts Weltbewegendem führen, so viel muss ich Ihnen gleich schon einmal mitteilen. Und es wird, sollten Sie uns nicht mehr mitzuteilen haben als Ihr diffuses Gefühl, dass da etwas nicht mit rechten Dingen zugegangen sein kann, ganz sicher nicht für eine Exhumierung des Leichnams mit anschließender Obduktion reichen.«

»Er wurde eingeäschert«, erwiderte sie kaum hörbar.

»Wie bitte?«

»Herr Andermatt wurde verbrannt. Gestern.«

Die beiden Kommissare sahen sie mit großen Augen an.

»Na, das gibt der Sache ja noch die richtig würzige Note«, bemerkte Hain eine Spur zu ironisch. »Was glauben Sie denn, sollten wir aus einer Ladung Kalkresten noch herauslesen können?«

»Ich wusste ja nicht, dass er verbrannt werden würde. Davon war bisher nie die Rede gewesen, ehrlich.«

Pia warf ihrem Kollegen einen beschwichtigenden Blick zu. »Alles, was wir nun tun könnten«, teilte sie der Sekretärin so behutsam wie möglich mit, »stellt sich wirklich schwierig bis unmöglich dar, wenn es keinen Leichnam mehr gibt, Frau Rott. Was sollten wir Ihrer Meinung nach nun unternehmen?«

Die Frau im schwarzen Kostüm zuckte mit den Schultern. »Darüber habe ich mir, ehrlich gesagt, noch keine Gedanken gemacht. Ich habe mir vorgestellt, dass die Polizei sich da einfach besser auskennt als ich. Und außerdem wusste ich bis vor einer Stunde ja nicht mal, dass es keine Leiche mehr gibt. Also, dass Herr Andermatt verbrannt wurde.«

»Aber Sie können sich schon vorstellen, dass es ohne Leichnam, den man obduzieren könnte, einfach unmöglich ist, eine nicht natürliche Todesursache nachzuweisen. Und von einem eventuellen Tötungsdelikt rede ich dabei ganz bewusst noch nicht.«

Sophie Rott schwieg eine Weile. »Ja, das sehe ich ein. Ich dachte ja auch nur, weil … Er war halt immer gesund und fällt dann von einem Moment auf den anderen tot um. Da macht man sich schon so seine Gedanken, oder?«

»Da wollen wir Ihnen auch gar nicht widersprechen«, stimmte Pia ihr zu. »Aber leider sind uns bei den von Ihnen beschriebenen Tatsachen die Hände gebunden. Und dass ein Mensch, auch ein sportlicher und durchtrainierter, plötzlich tot umfällt, kommt leider öfter vor, als man denkt. Immerhin trifft es, zwar nicht oft, aber hin und wieder schon auch Profifußballer direkt auf dem Spielfeld. Und die sollten doch wirklich, was ihren Trainingszustand angeht, über jeden Zweifel erhaben sein.«

»Ja, da haben Sie vermutlich recht«, erwiderte Sophie Rott traurig. »Ich …«

»Ja?«, hakte Hain nach.

»Ich weiß nicht, ob ich Ihnen das jetzt noch sagen sollte. Oder besser, ob ich es überhaupt darf.« Sie zögerte ein paar Sekunden. »Aber es gab halt immer wieder Gerüchte, wie Herr Andermatt an seinen Job bei uns im Werk gekommen ist. Der übliche Flurtratsch, sie können sich das bestimmt vorstellen.«

»Nicht wirklich, nein.«

»Ach, es ist bestimmt nicht wichtig. Und ich will Ihnen ja auch nicht die Zeit stehlen. Es ist halt nur, weil …«

Der Hauptkommissar stöhnte leise. »Wenn Sie etwas wissen, das für uns im Zusammenhang mit seinem plötzlichen Tod von Interesse sein könnte, dann sollten Sie uns das jetzt sagen, Frau Rott. Und wenn nicht, dann haben Sie recht damit, dass unser Tag wirklich sehr ausgefüllt ist mit Arbeit.«

»Ja, bestimmt«, erwiderte sie mit einer Tendenz ins Trotzige und stand auf. »Und danke, dass Sie mir ein wenig von Ihrer kostbaren Arbeitszeit geopfert haben. Vielen Dank und auf Wiedersehen.« Damit wandte sie sich ab und ging Richtung Tür.

»Moment, Moment, nicht so schnell«, sprang Pia vom Stuhl hoch und hielt sie auf. »Mich würde nämlich brennend interessieren, was man sich auf dem Flur so über Ihren verstorbenen Chef erzählt hat. Also setzen Sie sich bitte wieder hin und erzählen es mir. Ich verspreche Ihnen, dass jedes Wort, das hier im Raum fällt, auch hier im Raum bleibt.«

Die Sekretärin strahlte die Kommissarin an. »Wirklich?«

»Wirklich.«

Sophie Rott drehte sich erleichtert um und setzte sich, während Thilo Hain unsichtbare kleine Hassbomben in Richtung seiner Kollegin absetzte.

»Noch ein Glas Wasser?«, fragte Pia, die Thilos Bomben wohl nicht wahrnahm.

»Gern, ja.«

Eine halbe Minute später hatte sie das Glas in einem Zug ausgetrunken und begann zu erzählen.

»Also angefangen hat das alles, als bekannt wurde, dass Herr Andermatt unser neuer Chef werden würde, also der Leiter des Werks Baunatal. Das war vor drei Jahren eine echte Sensation, weil damit niemand gerechnet hatte. Er war bis dahin ein Mitarbeiter im mittleren Management in Wolfsburg, der durch absolut Nichts aufgefallen war. Wir hier in Kassel kannten ihn gar nicht und mussten erst mal im Intranet nachschauen, wen genau sie uns da vor die Nase gesetzt haben.«

»Hatten Sie mit einer anderen Besetzung der Stelle gerechnet?«, wollte Pia wissen.

»Ganz sicher. Wir sind alle davon ausgegangen, dass der Stellvertreter des damaligen Chefs aufrücken würde.«

»Also wirklich eine faustdicke Überraschung.«

»Ja. Aber das war noch nicht mal das Entscheidende. Herr Andermatt war nämlich Jurist, und wir hätten niemals damit gerechnet, mal einen Juristen als Werksleiter zu bekommen.«

»Was ist denn die Regel, falls es eine geben sollte?«

»Na ja, entweder kommt ein Betriebswirtschaftler oder ein Maschinenbauer, aber kein Jurist. Dem fehlt doch irgendwie der Stallgeruch, oder?«

»Wenn Sie das sagen«, mischte Hain sich noch immer deutlich angesäuert ein. »Was also hat den Juristen Andermatt denn so besonders gemacht, dass man ihn, völlig überraschend, zum Leiter der VW-Außenstelle Baunatal gemacht hat?«

»Wir sind keine Außenstelle«, widersprach Sophie Rott scharf. »Wir sind eines der größten Werke des Konzerns. Ohne die bei uns in Baunatal produzierten Getriebe würde ziemlich wenig laufen bei VW. Und wir sind ein bedeutender Standort, was die Umstellung auf E-Mobilität angeht.«

»Ich bin tief beeindruckt.«

Der sich anschließende böse Blick von Pia Ritter in Richtung ihres Kollegen war an Deutlichkeit garantiert nicht misszuverstehen. »Um die Frage meines Kollegen mal ein wenig umzuformulieren«, übernahm sie wieder die Gesprächsführung. »Wie wurde die Stellenbesetzung denn kommuniziert, wenn sie denn so ungewöhnlich gewesen ist?«

»Na so, dass Herr Andermatt die beste zur Verfügung stehende Alternative ist. Und er war wirklich auch ein guter Chef, damit wir uns da nicht falsch verstehen. Nur hat man sich eben auf dem Flur auch Geschichten erzählt, die mit ›beste Alternative‹ rein gar nichts zu tun hatten.«

»Und worum ging es dabei genau?«

»Darum, dass Herr Andermatt von 2012 bis 2015 persönlicher Assistent des damaligen Vorstandsvorsitzenden gewesen ist. Und dass ihm diese Vorgeschichte ganz bestimmt dabei geholfen habe, Werksleiter in Baunatal zu werden.«

»Aber dieser ehemalige Vorstandsvorsitzende ist, wenn ich mich richtig erinnere, doch schon 2015 aus dem Unternehmen ausgeschieden?«

»Ja, das stimmt natürlich. Aber als persönlicher Assistent hat man richtig viel Einblick in das, was der Boss so treibt. Und darüber hat man sich so seine Gedanken gemacht im Werk.«

Hain und Ritter sahen sich kurz an.

»Sie meinen«, hakte Pia nach, »dass Herr Andermatt ein wie auch immer geartetes Wissen für seinen beruflichen Aufstieg genutzt haben könnte?«

»Über diese Möglichkeit wurde damals spekuliert, ja.«

»War es denn solch ein kometenhafter Aufstieg, dass an der These etwas dran sein könnte?«, wollte Hain wissen.

»Na ja, wenn man bedenkt, was er 2015 gemacht hat und sich dann überlegt, wie das 2019 ausgesehen hat, würde ich schon Ja dazu sagen.«

»Geht das etwas genauer?«

Sophie Rott hob den Kopf und sah dem Kommissar länger direkt in die Augen. »Sie mögen mich nicht, oder? Sie halten mich für eine dumme kleine Spinnerin, die Ihnen die Zeit stiehlt.«

Hain überlegte eine Weile, bevor er antwortete. »Ich halte Sie nicht für eine dumme kleine Spinnerin, Frau Rott, aber ich habe in meinem Berufsleben schon ziemlich viele Menschen erlebt, die sich in etwas verrannt haben. Und bis jetzt sehe ich bei Ihnen noch nicht den ultimativen argumentativen Unterschied zu denen.«

»Vielleicht gibt es den ja auch nicht. Aber ich möchte wenigstens ernst genommen werden von Ihnen, bis Sie endgültig zu dem Entschluss gekommen sind, dass es einen solchen nicht gibt.«

Wieder überlegte der Kommissar eine Weile. »Da haben Sie recht. Und ich möchte Sie um Verzeihung dafür bitten, dass ich das bis jetzt nicht wirklich gemacht habe.«

Pia Ritter, die dem Dialog und speziell dem letzten Satz ihres Kollegen ebenso angespannt wie überrascht gefolgt war, zog anerkennend eine Augenbraue hoch.

»Das macht nichts. Als Sekretärin, auch als Chefsekretärin ist man so etwas gewohnt. Früher mag das anders gewesen sein, das weiß ich nicht, aber heute sieht jeder in uns nur noch einen duftenden Espresso mit haselnussfarbener Crema und den unwidersprochen hingenommenen Zwölfstundentag.«

»Entschuldigung, wirklich«, murmelte Hain ernstlich betroffen.

»Sie meinen also«, nahm Pia den Faden wieder auf, »dass Herr Andermatt etwas von oder über seinen früheren Chef wusste, das ihm seinen Aufstieg ermöglicht oder ihn zumindest begünstigt hat?«

»Nein, ich meine das nicht, weil ich es nicht weiß.« Die Sekretärin hielt Pia das Wasserglas hin. »Wenn ich schon mal in der Situation bin, bedient zu werden, dann will ich sie auch ausnutzen«, erklärte sie mit der Andeutung eines Grinsens.

»Aber gern«, erwiderte die Kommissarin und füllte das Glas auf.

»Ich kann irgendwelche Dinge aus seinem Vorleben«, fuhr die Frau in Schwarz fort, »natürlich nicht wissen. Aber Indizien bewerten, wie das bei Ihnen wohl heißt, und eins und eins zusammenzählen kann ich schon. Und ein Indiz ist nun mal, dass seine Karriere mit dem Ausscheiden des damaligen VV, also des Vorstandsvorsitzenden, eigentlich beendet war, weil diese Assistenten ja wohl so etwas wie persönlich ausgesuchte Knechte sind, die auf Gedeih und Verderb an die Karriere ihres Herrn gekettet sind.« Sie nippte am Wasser. »Mir ist jedenfalls kein Fall bekannt, in dem ein ehemaliger Assi bei uns die große Karriere gemacht hat. In anderen Unternehmen dann schon, aber nicht bei uns, und das war eben bei Herrn Andermatt ganz anders.«

»Gab es auf dem Flurfunk vielleicht auch Vermutungen darüber, was Herr Andermatt von oder über seinen früheren Chef hätte wissen können?«

»Na ja, Sie lesen vermutlich auch Zeitung oder schauen sich die Nachrichten im Fernsehen an. In genau jener Zeit, in der unser damaliger VV amtiert hat, fällt halt nun mal das dunkelste Kapitel der Konzerngeschichte.«

»Sie meinen die sogenannte *Dieselproblematik*?«

»So hat es der Nachfolger des VV komischerweise immer genannt, ja. Ich habe immer vom Dieselbetrug geredet, weil unsere Kunden ja auch wirklich betrogen wurden. Richtig über den Tisch gezogen wurden die.«

»Wenn ich Sie richtig verstehe, Frau Rott«, wandte Hain ein, »dann hätte sich der Konzern ja erpressbar von Herrn Andermatt gezeigt. Glauben Sie wirklich, dass ein Weltunternehmen wie Volkswagen sich auf so einen Kuhhandel einlassen würde?«

»In diesem Fall ja, natürlich. Herr Andermatt wurde 2015 mit dem Abgang des VV freigestellt, drei Wochen später allerdings wieder zurückgeholt. In diesem Zusammenhang übersprang er, das ist intern kein Geheimnis, vier Gehaltsstufen auf einmal und wurde so etwas wie der Frühstücksdirektor einer PR-Abteilung innerhalb der Division Elektromobilität, obwohl er davon nicht die geringste Ahnung hatte und in dieser Funktion auch nicht groß in Erscheinung getreten ist. Im Intranet jedenfalls ist darüber nicht mehr zu lesen, als dass er den Job gemacht hat.« Wieder griff sie nach dem Wasserglas und trank einen Schluck. »Es folgten ein halbes Jahr in Amerika und ein Vierteljahr in Mexiko, und schon einen Monat später, nachdem er nach Wolfsburg zurückgekehrt war, die Versetzung zu uns nach Kassel. Oder Baunatal, wenn Ihnen das lieber ist, aber die meisten von uns Mitarbeitern reden davon, dass wir im VW-Werk in Kassel arbeiten, weil mit Baunatal ja groß niemand etwas anfangen oder verbinden kann.«

»Das soll uns gleich sein, Frau Rott«, erklärte Pia. »Viel mehr interessiert mich, wie Herr Andermatt empfangen wurde.«

Die Sekretärin lachte laut auf. »Wir mussten uns ja erst mal kundig machen, wen sie uns da eigentlich geschickt hatten. Als das passiert war und er auf der Betriebsversammlung anlässlich seiner Vorstellung einen richtig guten Eindruck hinterlassen hatte, haben wir ihn machen lassen.« Wieder ein Lächeln. »Als VW-Mitarbeiter lernt man, pragmatisch zu denken. Und das haben wir auch in seinem Fall gemacht.«

»War denn gleich klar, dass Sie seine Sekretärin werden würden?«

»Ach was, wo denken Sie hin? Normalerweise bringen solche Kaliber ihr Personal immer mit, aber das war bei ihm ganz anders. Er kam praktisch wie ein nackter Kaiser, also ganz ohne Kleider, bei uns an.«

»Haben Sie sich bei ihm als Sekretärin beworben?«

Sie schüttelte den Kopf. »Ich war damals die Sekretärin vom stellvertretenden Leiter der Getriebeproduktion, der knapp zwei Wochen vorher in den Ruhestand gegangen war. Als ich aus dem Urlaub zurückkam, wurde mir kurz und knapp mitgeteilt, dass er mich angefordert hätte, und das war es auch schon. Der Mann hatte tatsächlich in der Personalabteilung nach einer Sekretärin gefragt und sich, nach Durchsicht meiner Personalakte, für mich entschieden.«

»War das nicht ein Traumjob?«

»Klar. AT-Einstufung, zwei Tage mehr Urlaub im Jahr, und ich konnte jedem erzählen, dass ich Chefsekretärin bin. Im Gegenzug aber leider auch, wie gesagt, Zwölfstundentage, praktisch ständige Rufbereitschaft, und ein Stresslevel zum Abgewöhnen.«

»Immerhin haben Sie den Job angenommen.«

»Und das habe ich gern gemacht. So eine Chance bekommt man wahrscheinlich nur einmal im Leben, denke ich.«

»Das kann wohl sein«, sinnierte Hain ein wenig abwesend. »Und von möglicherweise bestehenden Krankheiten bei Herrn Andermatt wissen Sie nichts, oder?«

»Ach was, der war fit wie ein Turnschuh. Ist fast jeden Tag vor der Arbeit gejoggt, zehn Kilometer und mehr. Außerdem war er passionierter Bergsteiger. Im letzten Februar hat er sogar den höchsten Berg in Südamerika bestiegen.« Sie atmete tief durch. »Die letzten ein, zwei Wochen nehme ich jetzt mal ganz bewusst aus, weil er sich irgendwas mit dem Magen eingefangen hatte. Sogar auf seinen geliebten Espresso hat er an drei Tagen seiner letzten Lebenswoche verzichtet, und das heißt wirklich was.«

»Also war doch etwas nicht in Ordnung mit seiner Gesundheit?«

»Ja, das stimmt schon. Aber das war doch nichts, woran man stirbt. Er hatte eine kleine Magen-Darm-Sache, mehr nicht.«

»Na ja«, gab Pia zu bedenken, »ich kann mir schon vorstellen, dass sich so etwas unter Umständen schnell verschlimmert. Und in manchen unglücklichen Fällen dann eben auch zum Tod führt.«

»Nie und nimmer«, protestierte die Sekretärin. »Das müssen Sie mir einfach glauben, und da müssen Sie sich auf meinen siebten Sinn oder meine was weiß ich für abstruse Ahnungen verlassen.«

Ihre Stimme klang schrill wie eine Sirene, und ihre Gesichtsfarbe war quasi dunkelrot. Trotzdem hatten ihr Vortrag und ihr Ausdruck etwas Mitnehmendes, Überzeugendes.

»Bei Herrn Andermatts Tod ist etwas nicht mit rechten Dingen zugegangen«, beschwor sie die Beamten. »Garantiert.«

4

Harald Eschbach trug eine weitere Zahlenkolonne in die auf dem Monitor vor ihm aufleuchtende Tabelle ein, sah erneut auf das DIN-A4-Blatt auf dem Schreibtisch, schüttelte den Kopf und suchte mit dem Cursor nach der Stelle, wo er sich verschrieben hatte. Das Klopfen an seiner Tür ließ ihn erfreut aufblicken.

»Ja, herein«, rief er.

Die Tür wurde geöffnet, und der massige Körper von Leonhard Bicker schob sich in den Raum.

»Du glaubst gar nicht, wie glücklich mich diese Störung gerade macht«, brummte Eschbach grinsend und wies seinem Besucher einen Stuhl vor dem Schreibtisch zu.

»Das höre ich nicht jeden Tag von dir, vielen Dank«, erwiderte Bicker vorsichtig, als wolle er sich versichern, nicht auf den Arm genommen zu werden.

»Nein, ehrlich, Leo, du kommst wirklich keine Sekunde zu früh. Diese verdammten Statistiken bringen mich immer wieder zur Verzweiflung.« Der Betriebsratsvorsitzende griff zu einer neben sich stehenden Wasserflasche und goss zwei Gläser ein. »Erzähl«, forderte er seinen Besucher auf, nachdem beide zur Hälfte ausgetrunken hatten, »wie war dein Urlaub? Warst du wieder an der gleichen Stelle in Kroatien?«

»Gleiche Stelle, gleiche Welle«, nickte Bicker. »Drei Wochen nichts als Ruhe, Wind und Wellen.« Er strich sich über seinen deutlich hervorstehenden Bauch. »Und zu viel gutes Essen, leider.«

»Ach, komm, du bist doch ein viel zu großer Genießer, als dass dich deine Wampe wirklich stören würde.«

»Stimmt auch wieder.« Der Mann vor dem Schreibtisch zog sein Mobiltelefon aus der Tasche, öffnete einen Ordner und zeigte nacheinander ein paar Fotos sowie ein längeres Video.

»Da hat sich anscheinend nicht das Geringste verändert, seit ich das letzte Mal da gewesen bin«, konstatierte Eschbach.

»Da hast du recht«, stimmte Bicker zu. »Was man ja von hier nicht sagen kann, was?«

Der Arbeitnehmervertreter nickte. »Große Scheiße, das alles. Hast du es heute erfahren, oder hattest du im Urlaub Kontakt zur Heimat?«

»Nein, nein«, winkte Bicker ab, »ich wusste es schon am gleichen Tag.«

Eschbach holte tief Luft. »Du kannst dir ja vorstellen, was hier los gewesen ist. Die Wolfsburger Teppichbodenabteilung ist keine zwei Stunden später in Mannschaftsstärke hier aufgelaufen und hat praktisch eine Nachrichtensperre verhängt. Nichts, was nicht von denen abgesegnet wurde, durfte nach draußen dringen. Selbst wir vom Betriebsrat wurden sehr, sehr bestimmt gebeten, oder besser aufgefordert, uns mit Verlautbarungen zurückzuhalten. Es war wirklich kaum auszuhalten.«

»Und, hat es geklappt?«

»Soweit ich es beurteilen kann, zu einhundert Prozent. Der Konzern hatte und hat die komplette Hoheit über die nach draußen gelangten Informationen.«

»Das ist aber auch wirklich komisch, dass der Kerl einfach tot umfällt. Auf mich hat der immer so einen fitten Eindruck gemacht.«

»Fit war der auch, da gibt es nichts. Aber den Stress, den er gleichzeitig hatte, will bestimmt keiner von uns aushalten müssen.«

»Auch nicht ganz aus der Luft gegriffen«, stimmte Bicker zu, der seit mehr als zehn Jahren Vertrauensmann der Gewerkschaft war. »Ich jedenfalls würde mich um so einen Job wie den von Andermatt nicht reißen.«

»Ach was. Sag bloß, sie haben dich noch nicht gefragt, ob du sein Nachfolger werden willst?«

Die beiden lachten laut auf, leerten die Gläser, und Eschbach füllte nach.

»Aber mal im Ernst«, wollte Bicker schließlich wissen, »gibt es schon irgendwelche Gerüchte, wer als Thronfolger infrage kommen könnte?«

Eschbach schüttelte energisch den Kopf. »Nichts. Rein gar nichts lassen die nach draußen dringen. Ob es jemand von hier wird oder einer aus Wolfsburg oder aus einem anderen Werk, es gibt nicht den geringsten Hinweis. So eine Diskretion in diesem bisher eigentlich unvorstellbaren Ausmaß ist fast schon beängstigend, wenn du mich fragst.«

Der Vertrauensmann kratzte sich am Kinn. »Der Täubner ist für mich ein heißer Kandidat.« Er sprach von Peter Täubner, einem der leitenden Ingenieure des Werks.

»Nein«, schüttelte Eschbach erneut den Kopf, »den kannst du vergessen. Wenn er etwas wüsste oder gefragt worden wäre, hätte ich diese Info schon. Täubner wird es nicht, auf keinen Fall.«

»Dein Informationsfluss funktioniert noch immer zuverlässig, was?«

»Er ist die Basis meiner Arbeit. Ohne meine Zuträger in

den einzelnen Abteilungen und Büros wäre ich ebenso taub wie blind, und das wäre für mich nur ganz schwer auszuhalten.«

»Oder besser gesagt gar nicht.«

»Von mir aus auch das.«

Leonhard Bicker nickte, sah sich vorsichtig im Raum um, legte die Stirn in Falten und beugte sich nach vorn. Sein Verhalten hatte etwas Verschwörerisches. »Mal ganz ehrlich und unter uns Klosterschülern, Harry. Meinst du, bei Andermatts Tod hat jemand nachgeholfen? Meine Frau und ich haben uns das die gesamte Rückfahrt über gefragt«, meinte er leise. »Das gibt es doch gar nicht, dass einer so schlagartig von der Stange kippt. Oder zumindest ist es wirklich krass.«

»Quatsch. Der hat zwar perfekt einen auf kerngesund gemacht, aber eigentlich war der doch schon immer irgendwie anfällig. Zumindest jedenfalls, seit er von seinem komischen Bergtrip aus Südamerika zurück war. Vielleicht hat er sich ja da was eingefangen und verschleppt, das kann ja niemand so genau wissen.«

»Aber wie ich gehört habe, war es eine Herzgeschichte, oder?«

»Ja, eindeutig. Daran gibt es nicht den geringsten Zweifel.«

Die beiden nippten schweigend an ihren Wassergläsern.

»Vielleicht wird es ja einer«, durchbrach Eschbach schließlich die Stille, »der von der E-Mobilität kommt. Das wäre sicher nicht übel für den Standort.«

»Stimmt. Aber das glaube ich nicht. Dafür sind die Umsätze bei uns noch zu gering. Ich wünsche mir natürlich, dass es ein Maschinenbauingenieur werden wird, wie zu den besseren Zeiten. Und hoffe inständig, dass sie uns nicht wieder einen Juristen wie den Andermatt oder, noch beschissener, einen Erbsenzähler aus der BWL-Abteilung aufs Auge drücken werden.«

»Da müssen wir uns einfach überraschen lassen, Leo. Wir als Betriebsrat favorisieren natürlich auch einen Maschinenbauingenieur oder von mir aus auch einen Wirtschaftsingenieur. Aber letztlich müssen wir mit dem vorliebnehmen, den sie uns schicken. Und bis jetzt hat das doch auch immer recht gut geklappt.«

»Ja, schon. Aber so einen wie den Andermatt braucht es wirklich nicht mehr.«

Der Vertrauensmann stand auf und nickte zum Abschied. »Na ja, immerhin haben wir auch den überlebt.«

Eschbach sah zu seinem Kollegen auf und grinste. »Und das im besten Sinn, Leo. Im wirklich besten Sinn des Wortes.«

Lange, nachdem Bicker das Büro verlassen hatte, stand der Betriebsratsvorsitzende am Fenster, blickte auf die freie Fläche mit den backsteinroten Hallen im Hintergrund und holte dabei tief Luft.

Ohne uns vom Betriebsrat und der IG-Metall geht hier gar nichts, und das wissen diese verdammten Schlipsträger aus Wolfsburg auch, dachte er selbstzufrieden. *Und wenn sie es vergessen sollten, werden wir sie bei Gelegenheit daran erinnern. Das war schon immer so, und das wird sich auch, zumindest solange ich etwas zu sagen habe, nicht ändern.* Damit griff er zum auf dem Schreibtisch liegenden Telefon und wählte.

»Wir müssen uns treffen«, sagte er leise, nachdem sein Gesprächspartner sich gemeldet hatte.

5

»Was für eine Räuberpistole«, brummte Hain leise in die Leere des Büros, während Pia Sophie Rott zum Ausgang brachte, und warf den Zettel mit der Telefonnummer der Sekretärin, um die seine Kollegin sie gebeten hatte, auf den Tisch. »Was für eine komplett bekloppte Räuberpistole.«

»Und?«, wollte die Kommissarin wissen, nachdem sie zurückgekehrt war und auf ihrem Stuhl Platz genommen hatte.

»Was soll ich dazu schon sagen?«, fragte der Hauptkommissar müde lächelnd zurück. »Wir haben keine Leiche, wir haben keine belastbaren Anhaltspunkte und wir haben mit Ausnahme unserer Weltklassezeugin nicht einen Menschen, dem das Ableben dieses Managers Kopfschmerzen bereitet. Noch Fragen, Frau Oberkommissarin?«

»Deinen Sarkasmus kannst du dir von mir aus sonst wohin stecken«, brummte sie deutlich genervt. »Ich glaube der Frau, zumindest, dass sie sich Gedanken darüber macht, wie ihr Boss das Zeitliche gesegnet hat. Und zumindest so weit könntest du mit ihr konform gehen.«

»Machst du dir diese Gedanken denn?«, fragte er mit hochgezogenen Augenbrauen. »Ich meine ernsthaft und so.«

»Zumindest würde ich mal ein paar Leuten ein paar Fragen stellen.«

»An wen denkst du da genau?«

»Zumindest seiner Frau und dem Arzt, der den Totenschein ausgestellt hat, würde ich gern auf den Zahn fühlen. Wenn dabei nichts rauskommt, bin ich gern bereit, die Sache auf sich beruhen zu lassen.«

Hain überlegte ein paar Sekunden, während sein Blick über der Stadt kreiste. »Gut«, sagte er schließlich. »Mit wem willst du anfangen?«

»Das ist mir völlig egal«, erwiderte Pia sichtlich erfreut. »Du bist der Boss, du bist mir ein Stück entgegengekommen und deshalb darfst du diese Entscheidung treffen.«

»Dann also ab nach Baunatal«, rief Hain eine Spur zu enthusiastisch, sprang aus dem Stuhl hoch und griff nach seinem Sakko. »Um die Frau kümmern wir uns im Anschluss.«

Sie bedachte ihn mit einem misstrauischen Blick. »Das willst du doch nur so rum machen, weil du denkst, dass nach dem Besuch beim Werksarzt die Sache erledigt ist, oder?«

»Jetzt wirst du aber undankbar«, brummte Hain grinsend, während er sich aus der Tür schob.

Die Fahrt ins vor den Toren der Stadt gelegene Werk dauerte wegen eines auf der A 49 in den Graben gerutschten Lkw eine knappe Stunde. Dann hatten die beiden den Mazda abgestellt und sich auf den Weg zum Haupttor gemacht. Dort wurden sie mit Tagesausweisen ausgestattet und traten 15 Minuten später durch eine Glastür, auf der in großen Lettern »Betriebsärztlicher Dienst« zu lesen war. Neben der ersten Tür auf der linken Seite stand »Anmeldung, Frau Bessemer«.

Hain klopfte.

»Ja, herein«, kam es von der anderen Seite.

Die beiden Polizisten traten ein und stellten sich vor.

»Aha, von der Kriminalpolizei sind Sie«, bemerkte die in einem weißen Kittel steckende Frau hinter dem Schreibtisch ein wenig spitz. Sie blickte dabei auf die hochgehaltenen Ausweise der Kommissare. »Und was kann ich für Sie tun?«

»Wir würden gern mit dem Arzt sprechen, der den Tod des Werksleiters, Herrn Andermatt, festgestellt hat.«

Die Frau sah von Ritter zu Hain und wieder zurück.

»Und was genau wollen Sie von ihm?«

»Das, gnädige Frau«, erwiderte Thilo zuckersüß, »würden wir gern mit ihm persönlich erörtern. Und nur mit ihm, wenn Sie nichts dagegen haben.«

»Was sollte ich denn dagegen haben?«, zischte sie. »Am besten wenden Sie sich zunächst an Dr. Nolting, unseren leitenden Werksarzt. Der kann Ihnen da wohl am ehesten Auskunft geben.«

»Ist er derjenige«, mischte Pia sich ein, »der den Totenschein ausgestellt hat?«

»Nein, aber …« Die Frau hinter dem Schreibtisch ließ das Ende ihres Satzes im Ungefähren auslaufen, griff nach dem Telefonhörer und wählte eine kurze Nummer. »Ja, hier sind zwei Herrschaften von der Polizei«, sagte sie kurz darauf. »Hätten Sie kurz Zeit für sie?«

Es entstand eine kurze Pause, während der die Frau ungeduldig mit den Fingerspitzen auf der Tischplatte herumklopfte.

»Gut, ich bringe sie rüber«, brummte sie dann und legte auf. »Dr. Nolting hat nicht viel Zeit, aber er kann Sie kurz empfangen.« Sie stand auf, gab Ritter und Hain zu verstehen, ihr zu folgen, trat auf den Flur und bog nach links ab. »Wie gesagt, seine Zeit ist knapp bemessen«, wiederholte die Frau, nachdem sie vor einer Tür auf der rechten Seite stehen geblieben war, klopfte kurz, öffnete die gepolsterte Tür und verzog sich.

Der ebenfalls mit einem weißen Kittel bekleidete Mann kam auf die Polizisten zu, stellte sich als Dr. Nolting vor, begrüßte seine Gäste freundlich und bot ihnen einen Platz vor seinem Schreibtisch an.

»Also, was kann ich für Sie tun?«, wollte er wissen, als alle saßen.

»Wir würden gern mit dem Kollegen von Ihnen sprechen«, übernahm Pia, »der den Tod von Herrn Andermatt festgestellt und den Totenschein ausgestellt hat. Wenn ich Ihre Frau Bessemer von der Anmeldung richtig verstanden habe, waren das nicht Sie, oder?«

Nolting schüttelte den Kopf. »Nein, das war der Kollege Dr. Held.«

Der Mediziner legte den Kopf ein wenig schief und sah seine Besucher interessiert an. »Verzeihen Sie bitte meine Wissbegier, aber warum sind Sie denn an dem Fall interessiert? Soweit ich weiß, gab es nicht die geringste Unklarheit, was den Tod und die damit verbundene Todesursache von Herrn Andermatt betrifft.«

»Genau darüber würden wir uns gern mit Ihrem Kollegen austauschen, Herr Dr. Nolting. Es nimmt auch garantiert nicht viel Zeit in Anspruch, versprochen.«

Der Arzt lehnte sich in seinen Stuhl zurück und bedachte die Polizisten mit einem bedauernden Blick. »Sie können mir gern glauben, dass ich damit nicht das geringste Problem habe, allerdings müssten Sie dafür eine weite Reise auf sich nehmen.«

»Wie meinen Sie das?«, zeigte Hain sich sichtlich irritiert.

»Damit meine ich, dass der Kollege Held seit vorgestern nicht mehr hier in Baunatal arbeitet. Er hat ein Jobangebot in einem unserer Werke in Brasilien angenommen. Na ja, wenn ich es richtig verstanden habe, wurde er mehr oder weniger abkommandiert. Allerdings, aber das ist jetzt wirklich nur eine Vermutung von mir, zu deutlich angehobenen Bezügen. Immerhin macht er dort nach einer kurzen Einarbeitungszeit das Gleiche wie ich hier am Standort.«

»Wie … jetzt«, stammelte Hain nun entgeistert. »Der Mann ist schon in Brasilien?«

»Das ist korrekt, ja. Nach Aussage von Frau Bessemer ging sein Flieger bereits gestern Abend.«

»Und seine Familie? Ist die gleich mit übergesiedelt?«

»Soweit ich weiß, lebte der Kollege Held allein hier in Kassel. Vermutlich musste deshalb niemand mit ihm *übersiedeln*, wie Sie das nennen.«

»Keine Frau, keinen Mann, keine Kinder«, hakte Pia nach. »Nicht, dass so etwas ganz aus der Welt wäre, aber irgendwie merkwürdig ist es schon, oder?«

»Ich erinnere mich an eine Bemerkung von vor einiger Zeit von ihm, dass die ihm am nächsten stehende Person seine Mutter sei, aber das ist wirklich nur Hörensagen.«

»Die Frau lebt in Kassel?«

»In einem Seniorenstift, ja. Ansonsten kann ich Ihnen eigentlich nur sagen, dass Herr Dr. Held sein Privatleben als das angesehen hat, was es eigentlich auch sein sollte, nämlich *privat*.«

»Das klingt«, wandte Hain ein, »als wüssten Sie tatsächlich nicht viel über ihn und seinen Abgang nach Brasilien.«

»Und damit treffen Sie es zu 100 Prozent, ja. Ich bin erst gestern wieder aus meinem Jahresurlaub zurückgekehrt und wurde von dieser jähen Entwicklung ganz zweifellos überrascht.«

»Dann waren Sie also gar nicht vor Ort, als Herr Andermatt verstorben ist?«, fragte Pia.

»Nein, zu diesem Zeitpunkt war ich in Südafrika auf Safari. Ich wurde zwar per Mail über das Ereignis informiert, wirklich vertraut bin ich mit der Sache allerdings nicht.«

Der Mediziner sah der Polizistin direkt in die Augen.
»Aber was bedeutet es eigentlich, dass Sie beide hier
erscheinen? Gibt es etwa tatsächlich von Ihrer Seite Zweifel, dass es sich um eine natürliche Todesursache gehandelt
haben könnte?«

Pia Ritter erwiderte den Blick und zog dabei die Schultern
hoch. »Wie das immer so ist mit der natürlichen Todesursache und den Zweifeln daran. Wir fragen uns einfach, warum
ein eigentlich kerngesunder, sportlicher Mensch wie Herr
Andermatt von jetzt auf gleich mal so eben tot umfällt.«

Nolting sah sie lange und ernst an. »So tragisch das auch
sein mag«, erwiderte er schließlich, »und so schwer das in
manchen Fällen auch zu verstehen ist, aber der Tod gehört
nun einmal zum Leben dazu. Der langsame, siechende
ebenso wie der plötzliche, unerwartete. Herr Andermatt
verkörperte natürlich nach außen hin den durchtrainierten,
sportlichen Typen, aber vergessen Sie bitte nicht den Stress,
dem er Tag für Tag in seinem Job ausgesetzt gewesen ist.«

»Nein, das wollen wir natürlich nicht«, stimmte Hain
ihm zu, »aber wenn alle Welt quasi von einem Modellath-
leten spricht, der da plötzlich verstorben ist, kommt bei uns
nun mal die eine oder andere Frage auf.«

Wieder dachte Dr. Nolting eine Weile nach, bevor er antwortete. »Ich bin mir absolut sicher, dass der Kollege Held
die Bestimmung der Todesursache nach bestem Wissen und
Gewissen und unter Einhaltung sämtlicher ethischer Stan-
dards vorgenommen hat. Und wenn bei ihm auch nur der
geringste Verdacht für das Vorliegen eines unnatürlichen
Auslösers aufgekommen wäre, hätte er ganz sicher auf einer
Obduktion, also der Öffnung der Leiche, bestanden.«

»Das heißt also«, hakte Pia nach, »dass für Dr. Held die
Todesursache zweifelsfrei festgestanden haben muss. Was
mir, offen gesagt, ein wenig Bauchschmerzen verursacht,

weil ich bis jetzt keine Hinweise darauf habe, dass die beiden in einem besonders engen, vertraulichen Arzt-Patienten-Verhältnis zueinanderstanden. Oder muss ich mir das so vorstellen, als ob Dr. Held der Hausarzt von Herrn Andermatt gewesen ist?«

Der Werksarzt holte tief Luft. »Ich verstehe nicht ganz, worauf Sie hinauswollen, Frau Kommissarin.«

»Dann will ich es Ihnen mal am konkreten Beispiel erklären«, erwiderte sie freundlich. »Ich gehe also davon aus, dass Herr Andermatt plötzlich und ohne jegliche Vorwarnung umfällt und das Atmen einstellt. Seine Sekretärin bemerkt die Sache und kommt ihm zu Hilfe, was allerdings nichts bewirkt, weil sie auf dem Gebiet der Medizin ja nun mal keine Fachkraft ist. Also ruft sie sich Verstärkung in Form des Werksarztes Dr. Held, der zwar mit der sofortigen Reanimation beginnt, letztlich aber für Herrn Andermatt nichts mehr tun und somit nur noch den Tod feststellen kann. So weit klar?«

Der Mediziner nickte.

»Nach unseren Informationen soll Herr Andermatt am plötzlichen Herztod verstorben sein. Können Sie das bestätigen?«

»Ja, das ist auch mein Kenntnisstand. Zu Details kann ich mich allerdings nicht äußern, dazu fehlen mir einfach weiterführende Informationen.«

»Dann frage ich Sie jetzt mal als unbedarfter Laie. Kann man den plötzlichen Herztod eines Menschen ohne die Öffnung des Leichnams mit absoluter Sicherheit bestimmen?«

Dr. Nolting ließ sich mit seiner Antwort auffällig viel Zeit. »Nichts auf dieser Welt ist *absolut* sicher, und in der Medizin schon gleich gar nichts. Aber wenn Sie mich fragen, ob man den plötzlichen Herztod eines Menschen ohne Leichenschau mit an Sicherheit grenzender Wahrscheinlichkeit feststellen kann, dann würde ich die Frage mit einem klaren Ja beantworten.«

»Hm«, machte Pia süffisant. »Mit *an Sicherheit grenzender Wahrscheinlichkeit* klingt in meinen Ohren so ganz und gar nicht nach *absoluter* Sicherheit. Aber sollte nicht beim geringsten Zweifel an der Todesursache, und den schlussfolgere ich jetzt einfach mal aus Ihren Worten, auf einer Leichenschau bestanden werden?«

»Das natürlich. Allerdings hatte der Kollege offenbar keine Zweifel, wenn ich mir die Faktenlage vor Augen führe.«

»Vielleicht wollte er ja einfach auch keine haben«, erwiderte Pia ein wenig spitz.

Der Werksarzt hob die Augenbrauen und bedachte die Polizistin mit einem zutiefst geringschätzigen Blick. »Ich bin mir nicht sicher, ob mir Ihr Ton gefällt, Frau … Wie war noch gleich Ihr Name?«

»Ritter. Oberkommissarin Pia Ritter.«

»Ja. Ich bin mir wirklich ganz und gar nicht sicher, ob mir Ihr Ton gefällt, Frau Ritter. Aber dass mir die Intention Ihrer Worte nicht gefällt, daran habe ich nicht den geringsten Zweifel.«

»Damit kann ich leben. Womit mir das Leben schwerer fällt, ist die Tatsache, dass ein, zumindest nach meiner Meinung, unter mysteriösen Umständen aus dem Leben geschiedener Mensch recht schnell ins Leichenschauhaus und noch schneller ins Krematorium geschafft wurde. Das gibt mir ernsthaft zu denken.«

»Sie wollen also weiterhin intendieren, dass beim Tod des bedauernswerten Herrn Andermatt nachgeholfen wurde?« Er lachte laut auf. »Woher nehmen Sie nur die Chuzpe, so etwas Naives und zutiefst Weltfremdes auch nur im Ansatz zu glauben?«

»Weil diese Sache auch nach meiner Meinung bis zum Himmel stinkt, Herr Dr. Nolting«, mischte Hain sich energisch ein. »Und wenn etwas einen solch intensiven Duft verbreitet, werden meine Kollegin und ich nun einmal hellhörig und neugierig.«

»Das bleibt Ihnen natürlich unbenommen. Allerdings bezweifle ich, dass Ihnen viele Ermittlungsansätze offenstehen, so ganz ohne Leichnam. Ich bin zwar kein Gerichtsmediziner, aber so weit meine Kenntnisse reichen, ist es nun einmal unmöglich, aus den verbrannten Überresten eines Leichnams auch nur die winzigsten Schlüsse zu ziehen, egal in welcher Richtung.«

»Das mag wohl sein, aber …«

Das Telefon auf dem Schreibtisch von Dr. Nolting unterbrach die Worte des Hauptkommissars.

»Ja, bitte«, sagte der Mediziner ruhig, nachdem er das Gerät ans Ohr geführt hatte, und lauschte ein paar Augenblicke. »Gut, ich bin gleich da.« Er blickte die beiden Kripobeamten an und zuckte mit den Schultern. »Ich würde Ihnen gern mehr Zeit widmen, aber leider werde ich dringend bei einem unaufschiebbaren Termin erwartet.« Er erhob sich und nickte zuerst Ritter und dann Hain zu. »Wenn Sie mich also bitte entschuldigen würden.«

»Das machen wir, klar«, erwiderte die Kommissarin. »Aber vermutlich sind noch nicht alle mit dem Fall verbundenen Fragen zu unserer vollständigen Zufriedenheit beantwortet. Was nichts anderes bedeutet, als dass wir uns vermutlich noch einmal bei Ihnen melden werden.«

»Immer gern zu Ihren Diensten«, gab Dr. Nolting ein wenig zu salopp zurück, kam um den Schreibtisch herum und reichte die rechte Hand zur Verabschiedung.

6

Helene Skruppek rutschte nervös auf dem nur spärlich gepolsterten Stuhl hin und her. Ihr Mann Wolfgang auf dem Stuhl daneben hingegen saß unbewegt da und fixierte das gläserne Schild neben der Tür gegenüber.

Prof. Dr. Hillermann, Leiter der Onkologie.

»Bist du gar nicht aufgeregt?«, wollte sie wissen.

»Nein, überhaupt nicht«, erwiderte er nach einer Weile des Nachdenkens. »Es kommt, wie es kommt. Machen können wir ohnehin nichts am Ergebnis, egal, wie es ausfällt.«

Sie drehte den Oberkörper und sah ihn fragend an. »Aber du wünschst dir doch auch, dass nicht wieder was gekommen ist? Du wünschst dir doch auch, dass dein Leben weitergeht. Deins, unseres und das mit unseren Kindern?«

»Klar wünsche ich mir das, Hella, und das weißt du auch. Aber was soll ich denn sagen? Wenn der Krebs zurückgekommen ist, dann ist das so. Natürlich wäre es toll, wenn der Professor uns sagen würde, dass alles gut ist, aber mehr als es uns wünschen, können wir nun mal nicht.«

»Aber …« Sie brach ab, weil die Tür geöffnet wurde, vor der die beiden seit mehr als einer halben Stunde gewartet hatten, und Professor Hillermann sie nun mit ernstem Gesicht hereinbat.

Das hat gar nichts zu sagen, versuchte Helene Skruppek

sich schnell einzureden. *Das hat absolut nichts zu sagen. Der hat ja schon immer so verbissen geguckt.*

Der Arzt bot den beiden einen Platz vor seinem Schreibtisch an und ließ sich selbst auf dem mit Leder bezogenen Stuhl dahinter nieder. »Ich kann Ihnen leider keine guten Nachrichten überbringen«, begann er das Gespräch ohne große Floskeln. »Der Krebs ist zurück, und er ist in einer Form zurückgekehrt, die leider nicht zu großer Hoffnung Anlass gibt.«

»Wo sitzt er?«, wollte Wolfgang Skruppek tonlos und ohne jegliche Emotion wissen.

»In den Lymphen auf der rechten Seite und beidseitig im Rippenfell.«

»Im Rippenfell?«

»Ja. Es hat sich leider ein Malignes Pleuramesotheliom gebildet. Wir haben auch eine kleine Metastase im Gehirn entdeckt, die jedoch, wie gesagt, noch sehr klein ist.«

Nun war doch so etwas wie eine Gefühlsregung bei dem Ingenieur zu erkennen. »Das sind wirklich keine guten Nachrichten.«

Hillermann warf einen Blick auf die Unterlagen vor sich. »Sie wissen, was der Befund bedeutet, nehme ich an. Speziell der Befall des Rippenfells ist sehr schwerwiegend.«

»Ja, klar. Wir hatten in der Klinik in Immenhausen drei oder vier Fälle davon. Sie sind alle im letzten Vierteljahr gestorben.«

»Ja, die Prognose bei dieser Diagnose ist leider sehr, sehr schlecht.«

Helene Skruppek schluckte hörbar, kämpfte mit den Tränen, sah zu ihrem Mann, blickte den Arzt an, wendete den Blick wieder zu ihrem Mann und brach in ein lautes verzweifeltes Schluchzen aus. »Nein«, rief sie klagend. »Nein, verdammt noch mal, nein!«

Ihr Mann beugte sich zu ihr, legte ihr den Arm um die Schulter und zog sie zu sich heran. »Bitte, Hella. Bitte.«

Sie wand sich aus seiner Umarmung und sah ihn mit großen Augen an. »Ich will das nicht! Hörst du, ich will das nicht. Ich will es einfach nicht!«

»Die Tatsache«, wandte Hillermann sich vorsichtig an die Frau, »dass die Prognose für Ihren Mann nicht überragend ist, heißt noch lange nicht, dass wir ganz ohne Möglichkeiten sind, Frau Skruppek. Wenn wir möglichst bald nach der unvermeidlich bevorstehenden Operation mit einer kombinierten Chemo- und Strahlentherapie beginnen, können wir das Leben Ihres Mannes aller Wahrscheinlichkeit nach signifikant verlängern.«

»*Aller Wahrscheinlichkeit nach signifikant verlängern*«, wiederholte sie die Worte des Mediziners leise. »*Aller Wahrscheinlichkeit nach* …«

»Hella«, ging Wolfgang Skruppek sanft dazwischen. »Hella?«

Sie sah zu ihm auf. »Ja, Wolfgang?«

»Hella, ich würde gern mit Professor Hillermann die Details der Therapie durchsprechen. Jetzt, wo uns die Ergebnisse der Untersuchungen vorliegen, sollte das Priorität haben. Was meinst du?«

Seine Frau nickte ergeben. »Das stimmt, ja. Aber wenn du nichts dagegen hast, würde ich gern draußen warten. Ich möchte nicht erneut diese ganzen Wörter wie Chemo, Bestrahlungen und das alles hören. Ich werde noch früh genug damit konfrontiert, also erspare ich mir das für jetzt.«

»Natürlich. Wie du willst, Hella.«

»Wirklich? Es macht dir nichts aus, wenn ich dich mit dem Professor allein lasse?«

»Aber nein, sicher nicht. Ich berichte dir später, was wir vereinbart haben, ja?«

Sie stimmte ihm durch ein Kopfnicken zu, machte die gleiche Bewegung in Richtung des Mannes im weißen Kittel und war kurz darauf aus dem Raum verschwunden.

»Das war sehr klug von Ihnen, Herr Skruppek«, lobte Hillermann den 42-jährigen Ingenieur. »Klug und taktisch wirklich clever eingefädelt.«

»Ja. Es gibt Situationen, da muss man mit seinem behandelnden Arzt eher diskret ein paar Worte wechseln.«

Die beiden sahen sich ein paar Sekunden schweigend an.

»Wie lange habe ich noch, wenn ich mich jeder Therapie verweigere, Herr Professor? Außer natürlich weiterhin etwas gegen die Schmerzen nehme.«

»Sie wissen, dass ich Ihnen das auf keinen Fall empfehlen kann, Herr Skruppek. Mit dieser Entscheidung würden Sie wertvolle Zeit verschenken.«

Manfred Skruppek holte tief Luft. »Wäre die durch die Behandlungen gewonnene Zeit wirklich *wertvoll*?«

»Sie könnten Sie mit Ihrer Familie verbringen. Das macht sie nach meiner Meinung schon wertvoll, ja.«

Wieder gab es eine längere Pause.

»Sie können sich doch erinnern, was ich vor eineinhalb Jahren zu Ihnen gesagt habe, oder? Dass ich dieses Joch, die Anstrengungen und die Belastungen nicht ein weiteres Mal mitmachen werde. Sie wissen, wie schlecht es mir damals ging und wie die Chemo mir zugesetzt hat.«

»Ich kann mich sehr gut erinnern, natürlich. Aber die Medizin und die Pharmakologie haben in den letzten eineinhalb Jahren große Fortschritte gemacht. Es gibt auch ein neues Präparat, das ich Ihnen auf jeden Fall empfehlen würde.«

»Eine Chemotherapie?«

Hillermann nickte.

»Nein, das werde ich auf keinen Fall machen. Ich weiß, dass ich sterben werde, und ich weiß, dass es recht bald passieren wird. Ich habe damals gekämpft wie ein Löwe für mich und meine Familie, aber das ist vorbei. Ich kann es nicht mehr und ich will es auch nicht mehr. Und deshalb will ich auf keinen Fall mehr etwas in Richtung Chemo oder Bestrahlung auf mich nehmen.« Über sein Gesicht huschte die Andeutung eines Lächelns. »Also, Herr Professor, wie lange wird es gehen, wenn wir es auf meine Weise zu Ende bringen?«

Nun holte der Mann im weißen Kittel mit geschlossenen Augen tief Luft. »Zehn Wochen, mit viel Glück vier, aber allerhöchstens fünf Monate. Auf keinen Fall länger, dazu sind die relevanten Tumore zu groß und die Metastasen zu weit fortgeschritten. Und die letzten zwei, drei oder vier Wochen werden definitiv nicht schön werden.«

»Die letzten zwei Jahre waren insgesamt nicht besonders erquickend. Da kommt es doch auf ein paar Wochen mehr oder weniger nun wirklich nicht an.«

Hillermann griff zu einer Schublade auf der linken Seite des Schreibtischs, holte eine Flasche 25 Jahre alten schottischen Whiskys und zwei Gläser heraus und stellte alles nebeneinander auf die Tischplatte. »Das ist ein wirklich guter Whisky. Und ich würde mich sehr freuen, wenn Sie ein Glas davon mit mir trinken.«

Nun lachte Skruppek laut auf. »Ist der Papst katholisch? Ist Paris eine Stadt? Bin ich dem Tod geweiht? Natürlich nehme ich einen mit Ihnen, Professor. Ich glaube nämlich, dass jeder, der dieses Angebot ablehnen würde, ein echter Hornochse sein müsste. Also, rein mit dem Zeug ins Glas und runter damit.«

Die goldgelbe Flüssigkeit brannte ein ganz klein wenig in der Kehle. Skruppek, der alles andere als ein Whiskykenner war, hob trotzdem anerkennend die Augenbrauen. »Das schmeckt schon gut, dieses Zeug. Vielleicht hätte ich früher damit anfangen sollen, was meinen Sie?«

Professor Hillermann hob die Flasche und füllte die Gläser erneut. »Es ist nie zu spät, sogar in Ihrem Fall nicht, Herr Skruppek. Ich habe schon damals, als wir über Ihre erste Erkrankung sprachen, den Eindruck gehabt, dass man mit Ihnen tatsächlich Tacheles reden kann. Und es tut mir wirklich unendlich leid, dass ich Ihnen nichts Positiveres überbringen kann.«

Der Mann vor dem Schreibtisch griff nach dem Glas, prostete dem Arzt zu, der die Geste erwiderte, und beide tranken erneut aus.

»Jetzt muss ich aber auf die Bremse treten«, meinte Hillermann lächelnd, »sonst werfen sie mich noch wegen Trunkenheit im Dienst raus.«

Skruppek winkte ab. »Das glaube ich nicht. Die wissen schon, was sie an Ihnen haben.«

»Wollen wir es hoffen. Was mich ein bisschen mehr umtreibt als die Frage, ob ich wegen meiner Whiskyfahne besser gleich nach Hause gehen sollte, ist, wie Sie Ihre Entscheidung Ihrer Frau verkaufen wollen? Haben Sie schon darüber nachgedacht?«

Der Krebspatient stellte das Whiskyglas auf die Schreibtischplatte, lehnte sich zurück und verschränkte die Arme vor der Brust. »Ob Sie es glauben oder nicht, ich wusste, was Sie mir sagen würden. Ich hatte ja schon seit ein paar Wochen, als wir uns über die Schmerztherapie unterhalten haben, diese Vorahnung, dass da wieder etwas in meinem Oberkörper wächst, was dort nicht hingehört. Also hatte ich auch ausreichend Zeit, mir über meine Vorgehensweise Gedanken zu machen.«

Hillermann nickte. »Sie hatten schon immer eine gute Sensibilität für Ihren Körper.«

»Danke. Und es ist mir schon seit längerer Zeit klar gewesen, dass ich diese ganze Krebstherapiegeschichte nicht noch einmal mitmachen werde. Ich kann und will es nicht mehr. Also mache ich mir jetzt, soweit das möglich ist, noch eine gute Zeit und hoffe, Sie stellen mich für die letzten Wochen so mit Medikamenten ein, dass ich am D-Day entspannt und schmerzfrei ins nächste Level davonschweben kann.«

»Sie wissen, dass wir alles tun werden, um Ihnen diese Zeit so leicht wie möglich zu machen. Und ich gebe Ihnen mein persönliches Wort, dass dies auch so umsetzbar sein wird.«

»Das ist gut zu wissen, vielen Dank.«

»Und die Sache mit Ihrer Frau?«

»Meine Hella weiß eigentlich, wie es weitergeht. Wir haben so häufig darüber gesprochen, dass es darüber keine Diskussionen geben dürfte.«

»Sie weiß, dass Sie nichts mehr gegen die Krankheit unternehmen möchten?«

»Das war, wie gesagt, so oft Thema bei uns, dass ich mir ziemlich sicher bin. Natürlich verändert es die Situation, wenn es dann wirklich so weit ist, aber das kriege ich hin, vertrauen Sie mir. Wir werden eine Weile zusammen weinen, dann werden wir eine Weile miteinander lachen und weinen, dann kommen hoffentlich noch ein paar schöne Wochen, und dann muss sie einfach loslassen. Immerhin sterbe ich nicht schlagartig an einem Herzinfarkt, wir haben Zeit, uns voneinander zu verabschieden. Das war bei meiner Mutter und meinem Vater definitiv anders, der ist nämlich auf einer Fahrradtour mit seinen Männerkumpels tot vom Rad gefallen.«

»Beide Varianten haben ihre Vorteile und ihre Nachteile. Ich muss glücklicherweise nicht entscheiden, welche die bessere ist.«

»In meinem ganz persönlichen Fall bin ich froh, dass es so kommt, wie es kommt.«

Der Professor holte tief Luft. »Was ist mit Ihren Kindern? Werden Sie es ihnen sagen?«

»Zunächst nicht. Der Kleine ist noch nicht alt genug, um die Sache komplett verstehen zu können, und die Große ist wirklich nah am Wasser gebaut. Philip, der Mittlere, wird es gut meistern, da bin ich mir sicher, obwohl er sehr stark an ADHS leidet. Er ist, trotzdem, ziemlich weit für sein Alter.«

»Wie alt war er noch?«

»Elf. Der Kleine ist vier und die Große vierzehn.« Der Ingenieur fixierte einen Punkt an der Wand. »Was mir ein bisschen Kopfschmerzen bereitet, ist die Sache mit unserem Haus. Wir haben vor vier Jahren gebaut, leider mit null Eigenkapital, und die Finanzierung und den Zinssatz auch nur für fünf Jahre festgemacht.«

»So stark sind die Zinsen seitdem aber nun auch nicht gestiegen, oder?«

»Zwei Prozent Erhöhung kann meine Frau als Alleinverdienerin in Teilzeit unmöglich stemmen. Und leider haben wir es nicht geschafft, Rücklagen anzusparen.«

Hillermann sah seinen Patienten skeptisch an. »Klingt, als würde die Finanzierung noch ein paar Jahre laufen?«

»Mehr als zwanzig, wenn es denn klappen sollte.«

»Wow.«

»Ja, schon. Aber damals, als es das Geld praktisch zinsfrei gegeben hat, wollte sich halt jeder den Traum vom Eigenheim erfüllen. Unseres ist vielleicht ein klein wenig üppig geraten, aber auch was das angeht, sind wir ja keinesfalls allein auf der Welt. Und, da bin ich mir schon irgendwie sicher, meine Frau wird das hinbringen.« Über sein Gesicht huschte ein Lächeln. »Und weil ich nicht an Gott und ein Leben nach dem Tod glaube, denke ich, dass mich das dann auch nicht mehr die Bohne angehen wird, auch wenn das jetzt sehr, sehr egoistisch erscheinen mag.«

»Nein, keinesfalls. Sie sind sich Ihrer Möglichkeiten und Einschränkungen bewusst, und so etwas macht, das habe ich hundertfach erlebt, frei. Frei, loslassen zu können, und frei, um sich ohne Belastung verabschieden zu können. Das ist eine große Kunst, wirklich.«

Wolfgang Skruppek nickte, stand auf und reichte dem Mediziner die Hand zum Abschied. »Jetzt gehe ich erst mal mit meiner Frau essen. Ich habe total Lust auf ein großes, blutiges Steak. Und Sorgen, dass ich wegen des roten Fleischs einen Herzinfarkt oder einen Schlaganfall riskiere, muss ich mir vermutlich keine mehr machen.«

»Nein, das müssen Sie wirklich nicht«, stimmte der Professor ihm zu und erwiderte seinen festen Händedruck. »Und wegen der palliativen Therapie kommen Sie morgen in meine Sprechstunde, ja? Wir stellen die Medikation gegen die Schmerzen sofort um, damit Sie möglichst wenig damit zu tun haben.«

»Das mache ich.«

Eine Stunde später saßen Helene Skruppek und ihr Mann an einem Tisch bei ihrem Lieblingsitaliener und warteten auf das Essen. Bis dahin hatten sie auf seinen ausdrücklichen Wunsch hin alles um das Thema Krebs und Leben und Tod thematisch komplett ausgeblendet. Nun jedoch hob die Frau ihr Glas und betrachtete den rubinroten Wein darin.

»Wir sind auf der Zielgeraden, wenn ich dich mal zitieren darf«, formulierte sie leise, den Wein nicht aus den Augen lassend. »Oder? So hast du es doch immer genannt.«

»Ja, genau so habe ich es genannt. Und es stimmt auch, dass wir auf der Zielgeraden sind.«

»Also keine kurativen Maßnahmen mehr?«, wollte sie überraschend emotionslos wissen. Nichts an ihr erinnerte mehr an den übertrieben gefühlsbetonten Auftritt im Arztzimmer.

Wolfgang Skruppek schüttelte den Kopf.

»Du weißt, dass ich das nicht noch einmal mitmachen werde, Hella. Ich kann es einfach nicht noch einmal, das habe ich auch dem Professor gesagt.«

»Ich weiß.«

»Woher weißt du das? Hast du gelauscht?«

»Nein, wo denkst du hin. Ich kenne dich und ich weiß, wie sehr du damals, während der Chemo und den Bestrahlungen, gelitten hast.« Sie zog die Nase hoch. »Selbstverständlich würde ich mir wünschen, dass du noch einmal alles gibst, um gesund zu werden, aber ich habe natürlich auch die Hoffnungslosigkeit in Professor Hillermanns Worten mitbekommen. Sie war ja auch nur schwer zu überhören.« Nun lief über das Gesicht von Helene Skruppek doch wieder eine Träne. »Ich weiß, ich müsste gerade jetzt stark sein, Wolfgang, aber ich schaffe es einfach nicht.« Sie schluchzte leise. »Ich weiß überhaupt nicht, wie das alles weitergehen soll, wenn du …«

Ihr Mann schob seine Arme über den Tisch und nahm ihre Hände in seine. »Es wird weitergehen, und das weißt du auch, Hella. Die Kinder werden größer und größer und schließlich erwachsen, und du wirst eine wundervolle alleinerziehende Mutter sein.«

»Aber es geht doch nicht nur um die Kinder. Es geht in letzter Konsequenz doch auch um dich und um mich. Oder vielleicht sogar nur um dich und um mich.« Sie erwiderte sanft den Druck seiner Finger. »Ich liebe dich, Wolfgang, und du bist der Mann, mit dem ich alt werden wollte. Es kann doch nicht sein, dass das jetzt alles …«

Sie brach ab, weil sich der Kellner mit dem Essen näherte. Schlagartig wechselten die beiden das Thema und sprachen in den nächsten 20 Minuten ausschließlich über das großartige Essen, das der Koch zubereitet hatte. Dann, als die Teller abgeräumt waren und jeweils ein Espresso vor ihnen stand, nahm Helene Skruppek den Faden wieder auf.

»Meinst du, du kannst mir ehrlich sagen, wie viel Zeit uns bleibt?«

Ihr Mann nickte, wartete jedoch einen Augenblick mit seiner Antwort. »Ein halbes Jahr sollte drin sein«, log er. »Versuchen wir, uns darüber zu freuen, dass uns noch so viel Zeit bleibt.«

Helene Skruppek schluckte. »Ich werde das Haus nicht halten können, Wolfgang. Ich weiß, dass du das jetzt gar nicht gebrauchen kannst, aber ich muss es, so leid es mir auch tut, einfach ansprechen.«

»Und das ist gut so.« Er nippte an seinem Kaffee. »Natürlich würde ich dir gern ein Vermögen hinterlassen, auf dem du aufbauen kannst, aber ein solches gibt es nun einmal nicht. Wir werden gemeinsam sehen, was wir noch tun können, aber leider kann ich dir nicht viel Hoffnung machen, was die finanzielle Situation angeht. Es wäre halt alles um so vieles leichter, wenn ich damals diesen unverzeihlichen Fehler nicht gemacht hätte. Vermutlich wärst du, wenn das nicht passiert wäre … danach auch nicht auf Rosen gebettet, aber es wäre garantiert alles um einiges leichter. Deshalb werde ich mir bis zum letzten Atemzug nicht verzeihen können, damals diese blöde Bürgschaft für meinen Bruder übernommen zu haben.«

»Das hatten wir in den letzten Jahren nun wirklich oft genug, Wolfgang, und deshalb lass uns auch darüber bitte nicht mehr reden«, unternahm sie einen von vornherein zum Scheitern verurteilten Versuch, dieses leidige Thema ein für alle Male ad acta zu legen. »Wir werden nicht verhungern, die Kinder und ich, und wir werden auch in einer Drei-Zimmer-Wohnung nicht untergehen.« Damit trank sie ihren Espresso in einem Zug aus. »Natürlich würde ich das alles lieber mit dir an meiner Seite durchstehen, aber …«

»Das weiß ich, Hella. Das weiß ich wirklich.«

7

Hain ließ den Mazda auf dem Parkstreifen ausrollen, schaltete den Motor aus und zog den Schlüssel ab. Sein Blick wechselte von einer Straßenseite zur anderen.

»Asiatisch oder italienisch?«, wollte er mit Blick auf die vor ihnen liegenden Restaurants wissen.

Pia sah ihn schweigend an.

Ihr Kollege rollte genervt mit den Augen und schnappte dabei nach Luft. »He, jetzt ist es aber mal gut, ja? Seit wir aus Noltings Büro gekommen sind, hast du nicht ein Wort mit mir geredet. Mich würde schon brennend interessieren, warum das so ist. Warum du so bist.«

»Weil ich nachdenken musste, ohne von dir gestört zu werden.«

»Lässt du mich teilhaben an deinen Gedanken?«

Sie sah ihrem Kollegen fest in die Augen. »Ich weiß nicht. Bis jetzt warst du, offen gesagt, nicht sehr hilfreich bei dieser komischen Geschichte. Und ich habe echt keine Lust, weiterhin von dir auf die Rolle genommen zu werden, nur weil ich ein paar Fragen stellen will.«

Hain hielt ihrem Blick stand und nickte. »Es tut mir leid, dass ich vorhin so spöttisch mit deinem Wunsch umgegangen bin, in dieser Sache *ein paar Fragen zu stellen*. Das war scheiße von mir und ich bedaure es.«

Pia bedachte ihren Kollegen mit einem äußerst misstrauischen Blick. »Du nimmst mich aber nicht schon wieder auf die Rolle, oder?«

»Wirklich nicht, versprochen. Ich denke mittlerweile genauso wie du, nämlich, dass wir ein paar Leuten auf den Zahn fühlen sollten, was den Tod von Andermatt betrifft.«

»Das ist ja großartig, Thilo. Aber was genau hat denn diesen Sinneswandel ausgelöst?«

Hain überlegte kurz. »Auf jeden Fall die Tatsache, dass der Arzt, der den Totenschein ausgestellt hat, so schnell nach Brasilien versetzt wurde. Und natürlich das echt merkwürdige Verhalten dieses Dr. Nolting. Völlig befremdlich, wenn du mich fragst.«

Pia schien noch immer nicht komplett von seinem plötzlichen Umschwung überzeugt zu sein, zumindest deutete ihr Gesichtsausdruck darauf hin. Hain glaubte, die Tendenz wahrgenommen zu haben, denn er legte sofort nach. »Und wenn ich das dann noch damit verknüpfe, dass Andermatt offenbar kerngesund gewesen ist und darüber hinaus seine Sekretärin übergroße Zweifel hat, dass die Sache sauber abgelaufen ist, dann sollten wir nicht zögern und auf der Stelle zu seiner Witwe fahren.«

»Also, dann nichts wie …«

Das Telefon des Hauptkommissars unterbrach die beiden.

»Ja, Hain«, meldete er sich.

»Moin, Thilo. Hier ist Herbert.«

»Hallo, Herbert. Was gibt es denn?«

»Was machen du und deine Kollegin denn gerade?«

Hain rümpfte die Nase. Normalerweise war es nicht die Art ihres Chefs, Fragen dieser Art zu stellen.

»Wir gehen einer Sache nach.«

»Darf ich fragen, um was für eine Sache es sich handelt?«

»Klar darfst du das.«

Es gab eine kurze Pause.

»Mein Vormittag war nicht so, dass ich ihn mir gleich wieder wünsche, also reg mich besser nicht auf, Thilo. Was macht ihr?«

»Wir hatten heute Morgen ein Gespräch mit einer besorgten Frau. Einer Sekretärin. Ihr Boss ist gestorben und sie macht sich Sorgen, dass bei seinem Tod nicht alles mit rechten Dingen zugegangen sein könnte.«

Schiller stöhnte deutlich hörbar auf. »Dann will ich mal den Hellseher geben, Thilo. Ihr seid auf dem Heimweg vom VW-Werk, wo ihr ein paar Leuten mit euren Fragen ziemlich auf den Keks gegangen seid. So weit richtig?«

»Du schaffst es, mich auch nach so vielen Jahren der gemeinsamen Arbeit noch zu überraschen, Herbert. Woher weißt du das?«

»Weil ich gerade vom persönlichen Referenten des Hessischen Innenministers angerufen wurde. Dessen Boss, also unser Innenminister, wurde vom persönlichen Referenten des Niedersächsischen Ministerpräsidenten angerufen, dessen Boss dringend um Zurückhaltung im Fall Benjamin Andermatt bittet.«

»Jetzt bin ich bei den vielen Referenten und Ministern irgendwie nicht mitgekommen«, erklärte Hain wahrheitsgemäß.

»Thilo, der Niedersächsische Ministerpräsident hat den Hessischen Innenminister darum gebeten, in der Sache Benjamin Andermatt auf jegliche Nachforschungen zu verzichten. So weit klar?«

»Jetzt schon, ja. Warum bringst du es nicht gleich so verständlich rüber, Herbert?«

»Weil ich immer noch total sauer darüber bin, dass unser aller Dienstherr uns auf Ersuchen aus Hannover einen Maulkorb verpassen will.«

Hain zögerte. »Und das bringt dich dazu, so geschwollen daherzureden?«

»Treib es nicht auf die Spitze, Thilo. Mein Tag war bis jetzt wirklich zum Abgewöhnen, und dieser Anruf hat ihm sozusagen das Krönchen aufgesetzt. Da will ich mich jetzt nicht auch noch von dir verarschen lassen.«

»He, he, Herbert, ich will dich wirklich nicht verarschen. Viel lieber wüsste ich, wie die Staatskanzlei in Hannover so schnell von unseren Fragen Wind bekommen hat.«

»Diese Frage, lieber Thilo, kann ich dir beim besten Willen nicht beantworten.«

Der Hauptkommissar warf einen Blick auf seine Armbanduhr. »Es ist gerade mal 35 Minuten her, dass wir das Werksgelände verlassen haben. Da müssen die Drähte zwischen Baunatal, Wolfsburg und Hannover aber mal richtig geglüht haben.«

»Von mir aus. Mich interessiert aber zunächst mal, warum ihr bei denen vorstellig geworden seid.«

Hain gab dem Vorgesetzten einen kurzen Abriss dessen, was sich seit dem Auftauchen von Sophie Rott im Präsidium ereignet hatte. »Und insgeheim«, setzte er zum Abschluss grinsend hinzu, »träumen Pia und ich schon sehr detailliert davon, zu einer Dienstreise nach Brasilien aufzubrechen, um diesen Dr. Held einer ausführlichen Befragung zu unterziehen.«

»Abgelehnt«, brummte Schiller.

»Oh Mann, nun sei doch nicht immer so voreilig«, entgegnete Hain mit übertrieben gekünstelter Enttäuschung. »Ohne diese Vernehmung geht in dem Fall bestimmt nichts vorwärts.«

»Haben wir es denn überhaupt mit einem Fall zu tun, Thilo? Ich meine, mit einem ernsthaften Fall? Und jetzt überleg dir bitte genau, was du sagst. Wir reden hier immerhin von einer bereits kremierten Leiche.«

»Ja«, räumte Hain nach einer kurzen Bedenkzeit ein, »ich gestehe, dass dieses Detail uns auch schon ein wenig Bauchschmerzen bereitet hat. Aber so weit sind wir ja noch nicht, dass es auf den Leichnam ankommt. Jetzt würden wir, wenn du dem zustimmst, gern erst mal mit der Witwe sprechen. Danach können wir vielleicht mehr dazu sagen, ob es sich um einen *Fall* handelt.«

Wieder entstand eine Pause.

»Wenn ich die, übrigens komplett unmissverständliche, Anordnung unseres Dienstherrn konsequent umsetzen würde, hätte das zur Folge, dass ihr auf der Stelle zurück ins Präsidium kommt. Der will nämlich nicht, dass aus dem Tod des Herrn Andermatt ein *Fall* wird. Aber weil ich diese permanenten Einmischungen ohnehin nicht leiden kann, habe ich leider noch nicht mit euch sprechen können. Also macht, was zu machen ist, und kommt direkt im Anschluss in mein Büro. Alles klar?«

»Aber so was von klar, Herbert. Und – danke.«

»Dafür nicht. Bis später.«

»Bis später.« Der Hauptkommissar steckte das Telefon kopfschüttelnd weg.

»Baunatal, Wolfsburg, Hannover?«, fragte Pia ihn besorgt. »Und Wiesbaden scheint auch noch irgendwie eine Rolle zu spielen? In welches Wespennest, zum Teufel, haben wir denn da gestochen?«

Hain erklärte ihr in kurzen Worten die Sachlage.

»Schon außergewöhnlich, dass die gleich so einen Aufstand machen, was meinst du?«

»Vielleicht muss man das im Kontext der vergangenen Jahre sehen, Pia. Die haben so viel Scheiß gemacht und dafür so viel abgekriegt und bezahlt, dass sie vermutlich auf keinen

Fall wegen eines ungeklärten oder zumindest sehr merkwürdigen Todesfalls eines ihrer Werksleiter durch die Medien getrieben werden wollen. Wenn ich so verbissen daran arbeiten würde, meinen guten Ruf wiederherstellen zu wollen, würde ich vermutlich genauso handeln.«

»Mit dieser These könntest du durchaus recht haben«, stimmte sie ihm zu. »Also bleibt zuallererst mal das persönliche Umfeld.«

»Genau. Und deshalb schlage ich vor, dass wir auf unser Mittagessen verzichten und gleich zur Witwe fahren.«

»Beste Idee. Zeit scheint heute eine wichtige Komponente zu sein.«

»Stimmt. Und ich bin schon sehr gespannt, ob die verwitwete Frau Andermatt auch schon in irgendeiner Form instruiert wurde, wie sie mit uns und unseren Fragen umzugehen hat.«

Es dauerte ein paar Minuten, bis ein Kollege im Präsidium die Adresse von Liv-Grete Andermatt herausgefunden hatte. Kurz darauf standen die beiden Kommissare vor einem großen Anwesen im Westen Kassels.

»Feine Wohngegend, feudales Eigenheim«, fasste Pia ihre Eindrücke komprimiert zusammen, während ihr rechter Zeigefinger die Klingel betätigte.

»Ja, hier scheint jemand nicht auf den Cent achten zu …«

»Ja, bitte, was gibt es?«, kam es mit starkem rheinischen Akzent aus der Sprechanlage.

»Ich bin Oberkommissarin Pia Ritter, bei mir ist mein Kollege Thilo Hain. Wir sind von der Kriminalpolizei Kassel und haben ein paar Fragen zum Tod von Herrn Andermatt.«

»Aber nicht an mich«, widersprach die Frauenstimme. »Ich bin hier nämlich nur für die häusliche Schönheitspflege zuständig.«

»Würden Sie uns trotzdem kurz ins Haus lassen?«

»Wenn ich Ihre Dienstausweise gesehen habe, könnte ich darüber nachdenken. Halten Sie sie einfach hoch.«

Erst jetzt erkannten die beiden Polizisten die kleine, versteckt angebrachte Kamera über ihren Köpfen und kamen dem Wunsch ihrer unbekannten Gesprächspartnerin nach, was diese mit einem satten Brummen des Türöffners quittierte.

»Ich bin Silke Brauss«, stellte sich die etwa 40-jährige Frau, die sie eine Minute später an der Haustür empfing, formlos vor. »Zuständig, wie gesagt, für die häusliche Schönheitspflege.«

»Frau Andermatt ist nicht zu Hause?«, wollte Pia wissen.

»Nein, die musste nach der Beerdigung noch ein paar Termine wahrnehmen und ist bis jetzt noch nicht wieder zurück. Ist im Moment alles ein bisschen stressig für sie, glaube ich.«

»Was wohl nicht so furchtbar verwunderlich sein dürfte«, erwiderte die Kommissarin.

»Na ja. Das kann man so und so sehen.«

»Ja? Und wie sehen Sie es?«

»Eher so.«

»Was bedeutet?«

»Hm. Vor vier Wochen hat sie ihrem Ex noch die Pest an den Hals gewünscht und jetzt macht sie auf trauernde Witwe. Passt für mich nicht so richtig zusammen.«

»Das ist ja interessant«, mischte Hain sich aus dem Hintergrund ein. »Meinen Sie, wir könnten Ihnen unsere Fragen drinnen stellen? Es fühlt sich irgendwie blöd an, hier so zwischen Tür und Angel.«

Frau Brauss blickte kurz zum Tor und nickte. »Kaffee gibt's aber keinen, ich habe nämlich gerade die Maschine sauber gemacht.«

»Das macht nichts, wir sind nicht so hinter Kaffee her.«

Das Innere des Hauses war genauso luxuriös wie die Außenanlage. Das etwa 80 Quadratmeter große Wohnzimmer verschlug den Polizisten geradezu den Atem.

»Wow«, machte Pia.

»Da sind Sie beeindruckt, was?«, kicherte die Putzfrau und schob die Besucher sanft Richtung Küche. Dort lehnte sie sich mit dem Rücken an den Kühlschrank. »Ja, beeindruckt war ich auch am Anfang, aber wenn man sich näher mit Leuten dieser Preisklasse beschäftigt, wird man viel ruhiger und entspannter. Die machen auf dem Klo nämlich die gleichen Sachen wie Sie und ich, und der Duft ist auch nicht großartig anders, wenn Sie verstehen, was ich meine.«

»Ist nicht wahr«, entfuhr es Hain. »Wenn man Ihnen zuhört, könnte man glatt meinen, dass Ihnen nicht sehr viel an Ihrem Job liegt, so offen wie Sie daherreden.«

Silke Brauss bedachte den Kommissar mit einem toxischen Blick. »Normalerweise rede ich auch nicht so über meine Arbeitgeber. Aber erstens wird mein Lohn von Herrn Andermatt bezahlt, und der hat nun mal das Zeitliche gesegnet, und zweitens hat mir die Hausherrin vorgestern zum Ende des Monats gekündigt. Und sie war sich nicht mal zu fein dazu, mir zu erklären, dass ihre Entscheidung ausschließlich damit zusammenhängt, dass sie für die Kosten meiner Arbeit ab jetzt selbst aufkommen muss. Und da wäre ihr eine schwarz arbeitende Polin allemal lieber als ich teure deutsche Festangestellte.«

»Holla, das geht aber mal schnell«, bemerkte Pia mitfühlend.

»Nee, lassen Sie mal. Ich war schon länger nicht mehr glücklich mit dem Job, also passt das schon ganz gut.«

»Wie lange waren Sie denn hier angestellt?«

»Seit knapp drei Jahren. Als die Familie hierhergezogen ist, haben sie eine Problemlöserin gesucht und die beste gefunden, die für Geld zu haben war.«

»Also waren … sind Sie für deutlich mehr zuständig«, wollte Pia wissen, »als nur für die reine Sauberkeit im Haus?«

»Aber natürlich. An manchen Tagen hat sich die Arbeit hier angefühlt wie eine Mischung aus Pädagogin, Psychologin, Soziologin und beste Freundin. Aber diese Phase haben wir schon eine Weile hinter uns.«

»Das heißt, Ihr Verhältnis zur Familie Andermatt ist im Lauf der Zeit abgekühlt?«

»Nein, nicht das Verhältnis zur Familie Andermatt. Nur mein Verhältnis zu den Bewohnern dieses Hauses. Ich habe auch bei Herrn Andermatt nach dem Rechten gesehen, nachdem er ausgezogen ist, und mit ihm und bei ihm war es immer sehr viel einfacher und angenehmer als hier.«

»Wie meinen Sie das?«

Silke Brauss ließ den Kopf nach hinten fallen, holte tief Luft und spannte die Schultern. »Es gibt gute Gründe, warum Herr Andermatt das Weite gesucht hat. Einer davon ist, dass das Zusammenleben mit Frau Andermatt, sagen wir mal, in der Regel nicht ganz einfach ist. Das war zwar schon immer so, aber seit er verduftet ist, hat sich das dramatisch verstärkt.«

»Herr Andermatt hat sich also von seiner Frau getrennt?«

»Jepp.«

»Gab es eine andere Frau in seinem Leben?«

»Ja, aber es waren eigentlich gleich drei an der Zahl. Die hießen Arbeit, Arbeit und Arbeit. Ich glaube, ehrlich gesagt, nicht einmal, dass er etwas mit einer anderen Frau angefangen hat, nachdem er hier ausgezogen ist.«

»Er hat sich also mit allem, was er hatte, in die Arbeit

gestürzt?«, wollte Pia wissen. »Aber ein Privatleben hat doch jeder Mensch.«

»Klar hatte auch er das. Nur hat er es praktisch komplett auf die Urlaubszeit verschoben. Im Urlaub war er für niemanden erreichbar, konsequent und unbeirrbar. Er ist dann irgendwohin geflogen und einfach abgetaucht.«

»Beneidenswert.«

»Wenn Sie meinen. Meins wäre so was nicht.«

»Hatte er eine bestimmte Vorliebe, was seine Reiseziele anging?«

Sie dachte kurz nach. »Nein, eine Vorliebe hatte er nicht. Er hat halt alles gemacht, was mit Klettern zu tun hatte. In Europa hatte er nach seiner Aussage jeden interessanten Berg bestiegen und sich in den letzten Jahren den Gebirgen außerhalb Europas zugewandt. Soweit ich weiß, war er auf dem Höchsten in den Vereinigten Staaten und, erst letztes Jahr, dem in Südamerika. Aber fragen Sie mich bloß nicht, wie die alle heißen.«

»Nein, bestimmt nicht«, beruhigte Hain die Frau. »Viel mehr würde mich interessieren, wie es um Herrn Andermatts Gesundheit stand.«

Silke Brauss zuckte mit den Schultern. »Dazu gibt es eigentlich rein gar nichts zu sagen bis auf die Tatsache, dass der Mann topfit gewesen ist. Ich habe ja auch seine Wäsche gemacht, und das meiste davon waren Sportklamotten. Der ist in Kilometern wahrscheinlich im Jahr einmal komplett um die Erde gerannt, so irre war der drauf.«

»Und bei so einem fitten Menschen«, murmelte Pia kaum hörbar, »bleibt dann ganz plötzlich das Herz stehen.«

»Ja, das fand ich auch ein wenig merkwürdig, als ich davon gehört habe. Aber mein Mann hat mir erzählt, dass sogar Fußballer, also Profifußballer, manchmal einfach auf dem Platz umfallen und tot sind. Klingt irgendwie komisch, scheint aber wirklich so zu sein. Und wenn denen das passiert, dann wundert es mich bei Herrn Andermatt auch nicht mehr so.«

»Ja«, stimmte Pia der Frau zu, »es gibt immer wieder Sachen, die glaubt man erst mal gar nicht. Und dann stellt sich heraus, dass sie doch real sind.«

»Wissen Sie«, wollte Hain nach einer kurzen Phase des Schweigens wissen, »ob Herr Andermatt mit irgendjemandem Ärger gehabt hat? Hat er vielleicht gespielt oder so etwas? Oder irgendwelche anderen dunklen Leidenschaften vielleicht?«

»Nee, von so was habe ich wirklich keine Ahnung. Man kann den Leuten ja immer nur bis vor den Kopf gucken, was sich dahinter abspielt, erfährt man oft erst, wenn es zu spät ist. Aber bei ihm ist mir wirklich nie was in der Richtung aufgefallen. Und wenn jemand schon keine Freunde hat, wie soll er dann erst zu Feinden kommen?«

»Er hatte keine Freunde? Nicht einen?«

»Nach seiner Aussage nicht, nein. ›Meine alten Freunde sind mir alle abhandengekommen‹, hat er mal gesagt, ›und für neue habe ich einfach keine Zeit.‹«

»Wann genau haben Sie Herrn Andermatt zum letzten Mal gesehen?«, wollte Hain wissen.

»Zwei Tage vor seinem Tod. Ich war in seinem Haus am Saubermachen, als er nach Hause gekommen ist. Eigentlich ein bisschen früh für ihn, weswegen ich nicht mit ihm gerechnet habe. Aber es ging ihm nicht gut, er hatte wohl was mit dem Magen. Hat sich gleich ins Bett gelegt und kurz darauf auch geschlafen.«

»Woher wissen Sie das so genau?«, hakte Pia nach. »Ich meine, dass er gleich eingeschlafen ist?«

Über Silke Brauss' Gesicht huschte ein Lächeln. »Kindchen, ich bin alt genug und verheiratet genug, dass ich einen schnarchenden Mann erkenne. Und Herr Andermatt hat an diesem Nachmittag sehr, sehr laut geschnarcht.«

»Aber er hat nicht mit Ihnen über seine gesundheitlichen Probleme gesprochen, oder?«

Die Putzfrau schüttelte den Kopf. »Das nicht. Musste er aber auch nicht.«

»Wie meinen Sie das?«

Sie sah die beiden Polizisten eindringlich an. »Ich weiß nicht, ob ich mit Ihnen darüber sprechen möchte. Das ist wirklich privat und sehr intim, müssen Sie wissen.«

»Bei einer ungeklärten Todesursache gibt es weder Privatheit noch Intimität für uns, Frau Brauss.«

»Wie jetzt? Ich dachte, er sei an einem Herzkasper gestorben. Das stand so in der Zeitung, und das hat mir auch Frau Andermatt erzählt.«

»Es kann natürlich so gewesen sein, wie es in der Zeitung stand und wie Frau Andermatt es Ihnen geschildert hat. Wir wollen auch gar keine andere Version lancieren. Aber wenn es auch nur den geringsten Zweifel an einer natürlichen Todesursache gibt, müssen wir schon von Amts wegen ermitteln.«

»Und es gibt diese *Zweifel*?«

»Ganz, ganz vage Zweifel gibt es, ja«, bestätigte Pia der Frau. »Aber die gibt es praktisch bei jedem dritten Todesfall.«

»Aha.«

»Und deshalb muss leider noch mal auf die Intimität zurückkommen, von der Sie gesprochen haben«, kam Hain auf ihre vorherige Bemerkung zurück. »Wir wären wirklich sehr daran interessiert, was genau Sie damit gemeint haben.«

Wieder huschte der Blick der Hausangestellten zwischen den Beamten hin und her. »Ich weiß nicht.«

»Los, geben Sie sich einen Ruck. Vielleicht hilft das, was Sie wissen, uns ja weiter. Und wenn wirklich etwas bei Herrn Andermatts Tod nicht mit rechten Dingen zugegangen sein sollte, dann ist Ihnen doch vermutlich auch daran gelegen, dass wir die Ursache dafür herausfinden.«

»Das schon, klar.«

»Also?«

Sie nickte. »Ich glaube, dass er medikamentenabhängig war. Er hat in den letzten Wochen regelmäßig Päckchen von einer Versandapotheke bekommen.«

»Vielleicht waren da ja nur Hautcremes drin«, gab Pia zu bedenken.

»Das habe ich mir eine Zeit lang auch gedacht, aber vor zwei Wochen kam ein Päckchen an, das ziemlich ramponiert gewesen ist. Und da habe ich einfach mal reingeschaut.«

»Aha. Und was haben Sie gesehen?«

»Es war ein Schmerzmittel, ein ziemlich starkes sogar. Valoron, um genau zu sein.«

Die beiden Kripobeamten sahen sich fragend an.

»Kenne ich nicht«, ließ Pia die Frau schließlich wissen.

»Ich würde das garantiert auch nicht kennen, wenn nicht meine Mutter das Zeug in ihren letzten Lebensmonaten hätte nehmen müssen. Sie hatte Magenkrebs und echt fiese Schmerzen, aber dieses Valoron hat ihr die letzten Wochen ihres Lebens ziemlich erträglich gemacht.«

»Und so was hat Herr Andermatt sich in einer Onlineapotheke bestellt?«, zeigte Pia sich erstaunt.

»Genau. So was hat Herr Andermatt sich online bestellt.«

»Aber vielleicht«, mutmaßte Hain, »war er doch in irgendeiner Form von einer Krankheit betroffen, von der niemand etwas wusste. Möglich wäre es immerhin.«

»Vielleicht, ja, aber ich glaube es nicht. Wir hatten wirklich oft Kontakt und, das glaube ich schon sagen zu können, auch einen recht guten Draht zueinander. So etwas wäre mir garantiert aufgefallen. Außerdem war er nie beim Arzt, zumindest weiß ich nichts davon. Und krank ist er auch nie gewesen, bis auf dieses eine Mal neulich.«

»Und wenn er das Schmerzmittel für jemand anders bestellt hat?«, warf Pia ein. »Auch das wäre immerhin möglich.«

Noch bevor Frau Brauss zu einer Antwort ansetzen konnte, flog die Küchentür auf. Ein etwa 15-jähriger Junge stürmte in den Raum und warf seine Jacke auf den Boden.

»Hab ich einen Hunger, Frau Brauss. Das Futter auf dieser komischen Beerdigungsfeier war vielleicht krass was für Gourmets, aber satt konnte man davon auf keinen Fall werden.« Erst in diesem Augenblick nahm er wahr, dass sich außer der Zugehfrau noch zwei weitere Personen in der Küche aufhielten. »Wer sind Sie denn?«, wollte er etwas unfreundlich wissen. »Und was machen Sie in unserem Haus?«

Pia zeigte ihm ihren Dienstausweis und stellte sich und ihren Kollegen vor.

»Und was wollen Sie von uns? Haben wir etwas verbrochen, oder was?«

»Nein, ihr habt nichts verbrochen. Wir untersuchen nur ein paar Details zum Tod deines Vaters.«

»Die Polizei? Mein Vater? Der ist an einem Herzinfarkt gestorben. Seit wann interessiert sich die Polizei für einen Herzinfarkt?«

Pia und ihr Kollege tauschten einen kurzen Blick aus.

»Wir als Polizisten sind dazu verpflichtet, jedem Zweifel an einer natürlichen Todesursache nachzugehen«, beschied Hain dem Jungen, »und sei er noch so abwegig und unglaublich. Richtige, ernsthafte Zweifel gibt es bei deinem Vater zwar nicht, doch ein paar Details bezüglich seines Todes sind schon interessant für uns. Aber zuallererst und ganz brennend würde uns interessieren, wer du bist.«

»Ich? Wer ich bin?« Er blickte zu Frau Brauss. »Hat sie Ihnen das nicht erzählt? Ich bin Steve Andermatt.«

»Also der Sohn von Benjamin Andermatt?«

»Na logo. Und natürlich auch der von Liv-Grete Andermatt.« Er trat von einem Bein aufs andere und sah Pia Ritter dabei an, als würde er seine Chancen auf ein Date mit ihr ausloten. »Aber was soll denn diese komische Fragerei jetzt? Mein Vater ist garantiert an einem Herzinfarkt gestorben, und es ist mir völlig schleierhaft, was es für *Zweifel* geben könnte, dass es was anderes gewesen war.«

»Ach«, ließ Pia ihn ruhig wissen, »das kommt öfter vor, als man denkt, dass sich im Nachgang zu einem Todesfall die Polizei ein bisschen damit beschäftigt. Meistens geht ja alles mit rechten Dingen zu, aber wir müssen, wie gesagt, jeden noch so kleinen Zweifel ausräumen. Aber im Fall deines Vaters geht es wirklich mehr darum, die Sache mit dem Herzstillstand einfach nur zu bestätigen.«

»Wer genau könnte denn *Zweifel* haben?«, wollte er rotzig wissen.

»Im Augenblick nur mein Kollege und ich, sonst niemand.«

»Das können Sie Ihrer Oma erzählen«, giftete er zurück. »Wenn mein Vater an irgendetwas gestorben ist, dann an einem Herzinfarkt wegen dem vielen Kaffee, den er in sich reingeschüttet hat. Niemand auf der ganzen Welt hat so viel Kaffee getrunken wie er, da wette ich drauf.«

»Interessant. Das werden wir auf jeden Fall überprüfen.«

»Ja, von mir aus, machen Sie das. Und außerdem möchte ich jetzt erst mal Ihren Durchsuchungsbefehl sehen. Ohne den dürfen Sie nämlich gar nicht in unser Haus.« Er trat einen Schritt auf Pia zu. »Also, wo ist der Schrieb?«

»Steve«, mischte Frau Brauss sich sanft ein, »ich glaube, es ist besser, wenn du jetzt auf dein Zimmer gehst.«

»Sie haben mir gar nichts zu sagen«, fuhr er die Haushaltshilfe an und heftete danach sofort seine Augen wieder auf Pia Ritter. »Und wenn Sie mir keinen Durchsuchungsbefehl zeigen können, müssen Sie leider sofort unser Haus verlassen.«

Hain setzte sich provozierend langsam in Bewegung und schob sich zwischen Andermatts Sohn und seine Kollegin, über deren Gesicht sich ein breites Grinsen zog.

»Steve. Ich darf doch Steve sagen, oder?«

»Von mir aus, klar.«

»Gut. Und was würdest du gern von uns sehen?«

»Na, einen Durchsuchungsbefehl.«

Hain sah Pia an, die, noch immer feist grinsend, die Schultern hochzog. »Frag mich nicht. Ich weiß nicht, was er meinen könnte.«

»Mann, was seid ihr denn für Polizisten? Wenn man in ein Haus kommt, dann braucht man dafür einen Durchsuchungsbefehl, das ist doch klar.«

»Aber wir wollen doch gar nichts durchsuchen, Steve.«

»Trotzdem dürfen Sie ohne diesen Wisch nicht einfach zu uns ins Haus kommen.«

Nun schlug sich Pia Ritter sanft mit der rechten flachen Hand an die Stirn. »Ich glaube, ich weiß, was Steve meint, Thilo. Gerade ist es mir eingefallen.«

»Echt? Dann hilf mir doch mal auf die Sprünge. Ich habe nämlich nicht den geringsten Schimmer, wovon unser junger Freund hier spricht.«

»Er meint vermutlich einen Durchsuchungs*beschluss*. Durchsuchungs*befehl* klingt für ihn vermutlich ganz ähnlich, aber den gibt es im deutschen Recht leider überhaupt nicht.« Sie sah den rotwangigen Jungen süffisant lächelnd an. »Ist nicht schlimm, Steve. Wenn man sein Halbwissen aus schlechten Krimis bezieht, kommt das schon mal vor. Wenn man allerdings so auf den Brei haut wie du, sollte man seine Sachkenntnis schon eher auf Fakten aufbauen.«

»Durchsuchungsbefehl, Durchsuchungsbeschluss, das meint doch garantiert dasselbe. Sie wollen mich doch jetzt nur auflaufen lassen, weil Sie unbefugt in unser Haus eingedrungen sind.«

»Das stimmt nicht, Steve«, widersprach Frau Brauss. »Ich habe die beiden hereingelassen.«

»Dann durften Sie das eben nicht. Ist wahrscheinlich sowieso das Beste, dass meine Mutter Sie gefeuert hat.«

»Wenn du meinst.«

»Ja, das meine ich«, brummte er genervt, öffnete die Kühlschranktür, nahm eine Dose Energydrink heraus und schlich wie ein geprügelter Hund davon.

»Sehen Sie? Auch reiche Leute haben ihre Probleme«, murmelte Silke Brauss leise.

»Die mit ihm scheinen aber zum Teil auch der Pubertät geschuldet zu sein«, gab Hain zu bedenken.

»Nein, nein. Der ist schon so, seit ich ihn kennengelernt habe, und da war er garantiert noch nicht in der Pubertät.«

»Warum waren Sie eigentlich nicht auf Herrn Andermatts Beerdigung?«, wechselte Hain ansatzlos das Thema.

Die Putzfrau zog die Schultern hoch. »Erstens habe ich es nicht so mit Friedhöfen, und zweitens war ich einfach nicht eingeladen. In diesen Kreisen bleibt man gern unter sich, sogar im Angesicht des Todes. Da war heute nur die Elite zugelassen, wenn Sie verstehen, was ich meine.«

»Ich denke schon, ja«, erwiderte Hain.

»Und ich würde gern noch mal auf die Schmerzmittel zurückkommen«, mischte Pia sich wieder ein, »die er nach Ihrer Meinung eingenommen hat. Das war also ein sehr starkes, vermutlich verschreibungspflichtiges Medikament?«

»Ja, wie gesagt, es war Valoron. Das kriegt man auf jeden Fall nur auf Rezept. Oder man besorgt es sich eben bei einer dieser Onlineapotheken, die es vielleicht mit dem Rezept nicht so genau nehmen, was weiß ich.«

»Das werden wir überprüfen«, versicherte die Oberkommissarin ihr. »Aber mich beschäftigt noch etwas anderes.«

»Ja?«

»Sie waren also zwei Tage vor Herrn Andermatts Tod in seinem Haus. Ist Ihnen …«

Silke Brauss hob den Arm. »Nein. Genau genommen war ich am Tag seines Todes zum letzten Mal in seinem Haus. Nur habe ich ihn da nicht gesehen, weil er vermutlich schon tot war, als ich mit meinem Job durch war.«

»Aha«, meinte Pia. »Gut, dass Sie das präzisieren. Mir geht es allerdings um ihren letzten persönlichen Kontakt. Ist Ihnen da irgendetwas aufgefallen? Gab es Veränderungen, oder hat er während Ihrer Anwesenheit Besuch bekommen?«

»Nein, es war alles wie immer. Ich habe die Dinge abgearbeitet, die zu machen waren, und bin dann wieder gegangen.«

»Was für Dinge waren das?«

»Na, was in einem Junggesellenhaushalt so zu erledigen ist. Ich habe die Böden komplett gereinigt, während die Waschmaschine und die Spülmaschine gelaufen sind, habe abgestaubt, in Steves Zimmer für Ordnung gesorgt und dann noch etwa eine Stunde gebügelt. Zum Schluss habe ich noch die Spülmaschine ausgeräumt. Dann war ich fertig.«

»Wie lang hat Ihr Einsatz im Haus gedauert?«

»Viereinhalb Stunden, so wie eigentlich immer.«

»Und es ist Ihnen nichts Ungewöhnliches oder Bemerkenswertes aufgefallen?«

»Nein, es war ein ganz normaler Arbeitstag für mich.«

»Und wenn …«, wollte Pia eine weitere Frage stellen, doch mit dem Ertönen eines dezenten Geräusches aus dem Flur schüttelte Frau Brauss den Kopf.

»Die Hausherrin kommt zurück«, gab sie den Kommissaren zu verstehen. »Das heißt, dass ich mich jetzt wieder meinen eigentlichen Aufgaben zuwenden muss.« Sie griff nach einem Notizwürfel neben dem Kühlschrank, riss das oberste Blatt ab und kritzelte etwas darauf. »Das ist meine private Telefonnummer. Wenn Sie noch Fragen haben, rufen Sie mich einfach an.«

»Das ist nett, vielen Dank«, erwiderte Pia Ritter. »Wir kommen bei Bedarf gern darauf zurück.«

»Klar. Aber jetzt muss ich wirklich.«

»Sollen wir hier warten, wenn wir Frau Andermatt ein paar Fragen stellen wollen?«

»Passt schon. Ich gehe zur Tür und bereite sie auf Ihren Besuch vor; obwohl, das dürfte eigentlich der kleine Prinz schon erledigt haben.« Damit schlüpfte die Haushälterin durch die Tür und zog sie hinter sich zu. Es dauerte allerdings keine halbe Minute, bis sie wieder geöffnet wurde und eine etwa 40-jährige, komplett in Schwarz gekleidete, sportlich-schlanke Frau die Küche betrat.

»Liv-Grete Andermatt, guten Tag«, stellte sie sich vor und reichte den Besuchern die Hand. Hain nannte seinen und den Namen seiner Kollegin, beide hielten ihre Dienstausweise hoch.

»Ja, ich weiß, dass Sie von der Polizei sind«, winkte sie ab. »Das hat mir mein Sohn schon völlig entrüstet am Telefon erklärt. Und er hat mir weiterhin, mit noch größerer Entrüstung, mitgeteilt, dass Sie den Tod meines fast geschiedenen Mannes untersuchen. Stimmt das?«

Hain nickte.

»Aber was gibt es denn da zu untersuchen? Benjamin ist an einem Herzinfarkt gestorben, der von einem Arzt festgestellt und auch so im Totenschein dokumentiert wurde. Oder sind Sie etwa anderer Meinung?«

»Nein, nein«, beschwichtigte Pia Ritter die Frau. »Es ist nur so, dass es ein paar ganz kleine Ungereimtheiten gibt im Zusammenhang mit dem Tod Ihres … fast geschiedenen Mannes, und denen wollen und müssen wir einfach nachgehen.«

Liv-Grete Andermatt schüttelte zweifelnd den Kopf. »Was, bitte, sollen das denn für Ungereimtheiten sein, von denen Sie da sprechen?«

»Zunächst sind wir überrascht, dass ein Mann mit den sportlichen Qualitäten Ihres Mannes einen Herzinfarkt erleidet. Außerdem gibt es Hinweise, dass er in den letzten Wochen seines Lebens erkrankt war, was sich allerdings bis jetzt nicht bestätigt hat.«

»Ach was, er hatte irgendeine Kleinigkeit mit dem Magen oder dem Darm. Mein Sohn Steve, den Sie ja schon kennenlernen durften, hat mir vor ein paar Wochen zum ersten Mal davon erzählt. Aber das kann doch unmöglich etwas mit seinem Herzinfarkt zu tun haben.«

»Hat Ihr Mann denn früher schon mal Probleme mit dem Magen oder dem Darm gehabt, Frau Andermatt?«, wollte Hain wissen.

»Benjamin hat *immer* irgendetwas gehabt, weswegen er leiden konnte. Wenn er einen Husten oder einen kleinen Schnupfen hatte, dann war das für ihn eine schwere Grippe, und wenn er einen Pickel irgendwo an seinem Körper feststellte, dann war das der Vorbote einer schlimmen Hauterkrankung. Nach außen hat er immer so getan, als wäre er ein sportlicher, harter Kerl, aber ich kann Ihnen versichern, dass er das einfach nicht war. Für mich hatte sein Verhalten manchmal schon etwas von einem Hypochonder.«

»Aber es stimmt, dass er zum Bergsteigen gegangen ist? Also auf richtig hohe Berge?«

»Ja, natürlich, das hat er gemacht, und was das angeht, war er auch sehr ehrgeizig. Aber diese Härte, die er dort oben vermutlich manchmal gezeigt hat, die hat er leider nicht wieder mit ins Tal gebracht.«

Pia hatte ihr Telefon aus der Jacke gezogen und machte sich mit einem Stift Notizen darauf. »Seit wann haben Sie und Ihr Mann in Trennung gelebt?«

»Seit etwas mehr als einem Jahr. In knapp vier Wochen hätten wir den Termin für die Scheidung gehabt.«

»Aber weil Sie noch verheiratet sind, dürften Sie die Haupterbin eines eventuell vorhandenen Vermögens sein, nehme ich an.«

»Ja, sein Tod ist für mich wirtschaftlich ein Vorteil, das kann ich nicht leugnen.«

»War Ihr Mann denn sehr vermögend?«

»Er hat in den letzten Jahren überaus gut verdient, ja. Ich habe mir noch keinen abschließenden Überblick verschaffen können, aber man kann ihn, oder besser uns beide, durchaus als vermögende Leute bezeichnen.«

»Das Haus hier gehört zum Vermögen, nehme ich an?«

»Natürlich, ja.«

»Und es ist schuldenfrei?«

»Natürlich.«

»Sie selbst sind nicht berufstätig?«

»Nein, im Augenblick nicht. Als die Kinder gekommen sind, habe ich meinen Job an den Nagel gehängt.«

»Darf ich fragen, was das für ein Job war?«

»Ich habe als Model gearbeitet, viele Jahre lang. Auch in der Zeit, als ich meinen ... Mann kennengelernt habe.«

»Ihr Vorname, Liv-Grete«, wollte Hain wissen, »ist für eine deutsche Frau außergewöhnlich. Zumindest kenne ich niemanden, der so heißt.«

»Ja, das stimmt«, erwiderte die Witwe ein wenig kraftlos. »Meine Mutter ist Norwegerin und sie hat sich bei der Auswahl meines Namens damals durchgesetzt.«

»Aber Sie leben schon immer in Deutschland?«

»Ja. Wir haben manchmal Ferien in Norwegen gemacht, als ich noch ein Kind war, mehr aber nicht.«

Pia, die sich noch immer fleißig Notizen machte, hob den Kopf und sah die Frau intensiv an. »Wir fragen uns, ob Ihr Mann Feinde gehabt haben könnte, Frau Andermatt. Gibt es irgendjemanden mit dem er über Kreuz lag, von dem Sie wissen?«

Die Frau in Schwarz dachte eine Weile nach. »Wenn man es im Job dorthin geschafft hat, wo Benjamin war, dann hat man nicht nur Freunde, das sollte klar sein. Natürlich gibt es dann Neider, wie überall auf der Welt, aber ich muss Ihnen sagen, dass ich mich für alles, was mit seiner Arbeit zusammenhing, nicht interessiert habe. Mir war dieses Oberschichtgeprotze und die unaufhörlichen Schwanzvergleiche dieser selbst ernannten Elite immer sehr suspekt.« Sie dachte einen kurzen Moment nach. »Nein, ich kann sogar sagen, dass sie mir zuwider gewesen sind.«

»Gibt es jemand Bestimmten, an den Sie denken, wenn Sie von Neidern sprechen?«

»Ach, da gab es immer wieder welche, aber an Namen kann ich mich beim besten Willen nicht erinnern. Speziell als wir nach Kassel kamen, weil mein Mann hier die Werksleitung übernommen hat, war das wohl ein großes Thema.«

»Waren Sie überrascht, dass er diesen Job angeboten bekam?«

»Eigentlich nicht. Er war ja immerhin persönlicher Assistent des Vorstandsvorsitzenden, das soll schon etwas heißen.«

»Haben Sie ihn in die Vereinigten Staaten und nach Mexiko begleitet?«

Liv-Grete Andermatt sah die Kommissarin überrascht an. »Ich sehe, Sie haben Ihre Hausaufgaben gemacht. Und nein, ich habe ihn nicht nach Übersee begleitet. Damals war unsere Tochter noch nicht im Internat, und Steve war schon immer ein schwieriger Fall, weshalb ich es vorzog, in Deutschland zu bleiben und mich um die Kinder zu kümmern. Außerdem ist klar gewesen, dass diese Abordnung auf eine überschaubare Dauer angelegt sein würde.«

»Und als er zurückkam, zogen Sie sofort nach Kassel?«

»Nein, nicht direkt. Er blieb noch ein paar Wochen in Wolfsburg, weil nicht sofort sicher war, wo man ihn einsetzen würde.«

»Aber das, was nach dem Abgang seines damaligen Chefs, also des ehemaligen Vorstandsvorsitzenden, passiert ist, könnte man schon als beachtlichen Karrieresprung für Ihren Mann ansehen, was meinen Sie?«

»Dazu kann ich Ihnen wirklich nicht viel sagen, weil mich diese ganzen Dinge einfach nicht interessiert haben. Natürlich war ich überrascht, als er mir dieses Haus hier gezeigt hat, aber mein Mann war schon immer für jedwede vorstellbare Überraschung gut. Und wenn Sie mich jetzt fragen, was dieses Anwesen denn gekostet hat, müsste ich Ihnen sagen, dass ich es wirklich nicht weiß. Benjamin hat mir jeden Monat eine bestimmte Summe auf mein Konto überwiesen, damit ich ihn nicht anbetteln musste, und damit war der Fall für mich erledigt.« Sie sah in die zweifelnden Gesichter ihrer Besucher. »Halten Sie das von mir aus für komplett altmodisch oder auch merkwürdig, aber das war unser Deal; das haben wir schon immer so gemacht. Am Anfang war es natürlich etwas weniger, aber er hat schließlich Jahr für Jahr besser verdient. Und er kam selbstverständlich auch jedes Jahr in den Genuss einer ziemlich üppigen Bonuszahlung.«

»Aber Sie haben wirklich keine Vorstellung, wie hoch genau das Vermögen Ihres Mannes, und damit natürlich auch Ihres, sein könnte?«

Die Witwe schüttelte den Kopf. »Ganz ehrlich nicht. Es wird nicht wenig sein, und ich bin vermutlich auch für den Rest meines Lebens gut versorgt, aber Details dazu kann ich Ihnen nicht nennen.«

»Hat Ihr Mann eine Lebensversicherung abgeschlossen?«

»Selbstverständlich. Jeder vernünftige Mensch sollte eine Lebensversicherung haben, meinen Sie nicht?«

»Klar. Und Sie sind die Begünstigte?«

»Wenn man verheiratet ist, ist das wohl der Normalfall.«

»Und Ihr Mann hat die Police mit seinem Auszug nicht vielleicht abgeändert?«

»Nein, darüber haben wir ausführlich gesprochen. Es ging dabei natürlich auch um die Kinder und deren Zukunft.«

»Es mag Ihnen vielleicht indiskret erscheinen«, meinte Hain, »aber mich würde interessieren, warum Sie und Ihr Mann sich getrennt haben.«

Nun lehnte Liv-Grete Andermatt sich zurück und betrachtete einen imaginären Punkt an der gegenüberliegenden Wand. »Wir haben uns getrennt, weil uns schon seit einigen Jahren nichts mehr verbunden hat. Klassischerweise sagt man dazu wohl *auseinandergelebt,* und das trifft es in unserem Fall ziemlich genau. Wir dachten, dass die gemeinsame Sorge für die Kinder Liebe sei, aber das war sie nicht. Irgendwann und irgendwo auf unserem gemeinsamen Weg hat sich die Liebe einfach davongeschlichen, und wir haben es lange Zeit nicht gemerkt. Und als es uns endlich bewusst geworden ist, war es längst viel zu spät für uns.«

»Das klingt sehr abgeklärt, Frau Andermatt«, konstatierte Pia. »Dann war Ihre Trennung wohl eine von den wenigen, bei denen man von *gegenseitigem Einverständnis* spricht?«

»Nein, keinesfalls«, widersprach die Witwe. »Für Benjamin war das lange nicht so klar wie für mich. Er hätte dieses tote Pferd gern noch weitergeritten, wenn Sie mir die flapsige Umschreibung gestatten.«

Die beiden Polizisten konnten sich ein Grinsen nicht verkneifen.

»Entschuldigung«, meinte Hain achselzuckend.

»Das macht nichts. Ich bin längst über die Sache hinweg. Und auch über die Vorwürfe und Streitereien deshalb.«

»Also doch nicht die viel zitierte Heile-Welt-Trennung, von der man immer liest?«, fasste Pia ihre Worte kurz zusammen.

»Auf gar keinen Fall, ganz im Gegenteil. In den letzten Monaten haben wir ausschließlich über unsere Rechtsanwälte miteinander kommuniziert.«

»Wie ging es den Kindern dabei?«

»Nathalie ist die meiste Zeit des Jahres in der Schweiz, sie macht dort im nächsten Frühjahr ihr Abitur. Deshalb hat sie von der Trennung eigentlich nur am Rand etwas mitbekommen. Steve war alle 14 Tage für eine Nacht bei seinem Vater, aber wenn ich ihn richtig interpretiere wohl ausschließlich, um sich auf diesem Weg finanzielle Zuwendungen zu sichern. Auch die Kinder und der Vater hatten sich in den letzten Jahren auseinandergelebt, hauptsächlich dadurch bedingt, dass Benjamin mehr für seine Arbeit als für seine Familie da war.«

»Ihre Tochter hat an der Beisetzung teilgenommen?«

»Ja, sie ist aber schon wieder auf dem Weg nach Frankfurt. Sie möchte auf jeden Fall die Abendmaschine nach Genf erreichen. Sie macht ein Praktikum beim Roten Kreuz und möchte so wenig Zeit wie möglich verlieren.«

Falls Hain oder Ritter von dieser Information überrascht waren, so ließen sie es sich nicht anmerken.

»Wer hat denn«, stieg Hain nach einer kurzen Pause wieder in die Befragung ein, »dafür gesorgt, dass der Leichnam Ihres Mannes kremiert wurde?«

»Er selbst. Das hat er immer ganz dezidiert gesagt, dass er auf keinen Fall *von den Würmern gefressen* werden will.«

»Ah«, tippte der Kommissar sich an die Stirn, »das ist ein guter Hinweis, das hätte ich fast vergessen. Gibt es eigentlich ein Testament?«

Frau Andermatt zögerte einen Wimpernschlag zu lang, bevor sie zu einer Antwort ansetzte. »Selbstverständlich. Wir haben es schon vor vielen Jahren bei einem Notar hinterlegt, auch und besonders auf Benjamins Wunsch hin, weil er genau wusste, wie gefährlich seine Bergsteigerei war. Er wollte, dass im Fall eines Unfalls oder sonst einem Ereignis dieser Art alles geregelt ist.«

»Und Sie sind sich sicher, dass Ihr verstorbener Mann diesen letzten Wunsch nicht verändert hat?«

»Ganz sicher. Wir haben gegenseitig notariell vereinbart, dass wir nur gemeinsam an unseren jeweiligen Testamenten Veränderungen vornehmen können. Und da ich nie zu einem solchen Termin eingeladen wurde, bin ich mir natürlich auch hundertprozentig sicher.«

»Eine interessante Konstellation.«

»Aber höchst wirkungsvoll.«

Pia machte ein paar weitere Notizen und sah dann Frau Andermatt an. »Waren Sie schon mal in dem Haus, in das Ihr Mann nach der Trennung gezogen ist?«

»Aber selbstverständlich. Wir waren ja nicht verfeindet, zumindest am Anfang nicht. Aber es ist mittlerweile länger her, seit ich zuletzt dort war.«

»Ist es gemietet, oder hat er es gekauft?«

»Er hat es gekauft. Benjamin hielt nichts vom Mieten.«

»Sind Sie im Besitz eines Schlüssels dafür?«

Sie sah die Kommissarin verwundert an. »Nein, natürlich nicht.« Die Witwe wollte zu einer Erläuterung ansetzen, überlegte es sich jedoch anders und wies auf die immer noch neben der Tür auf dem Boden liegende Jacke ihres Sohnes. »Aber ich weiß, wo sich einer befindet.« Damit griff sie nach unten und fuhr mit der rechten Hand in die linke Jackentasche. »Hier, der mit dem roten Ring. Sie können ihn für die Zeit Ihrer Ermittlungen an sich nehmen. Aber wenn Sie damit fertig sind, hätte ich ihn gern zurück.«

»Das ist sehr freundlich«, erwiderte Pia Ritter, fädelte den Schlüssel durch den Ring und legte den Rest des Bundes auf die Arbeitsplatte.

»Sehr gern. Ich vermute allerdings, dass Sie dort nichts finden werden, was auf ein Verbrechen hinweist.«

»Wie kommen Sie darauf?«

»Weil Frau Brauss dort am Tag seines Todes grundgereinigt hat. Und sie macht das durchaus gewissenhaft.«

»Wir werden uns einfach ein bisschen umsehen, das ist alles«, meinte Hain.

Liv-Grete Andermatt drehte sich um, öffnete die Kühlschranktür und nahm eine Flasche Mineralwasser heraus. Ihr fragender Blick heftete sich an Hain und Ritter, die jedoch beide den Kopf schüttelten.

»Ein wenig überrascht von Ihren Recherchen bin ich schon«, fuhr sie fort, nachdem sie ihr Wasserglas zur Hälfte ausgetrunken hatte. »Denn immerhin haben Sie selbst angemerkt, dass mein Mann verbrannt wurde. Und wie sollte ein mögliches Verbrechen denn nachgewiesen werden, wenn es keine Leiche mehr gibt, die man untersuchen kann?«

»Ja, das ist tatsächlich ein Problem«, stimmte der Kommissar ihr zu. »Aber im Augenblick geht es uns primär darum, nichts zu finden, das die Theorie einer unnatürlichen Todesursache stützen würde. Und da liegen wir bisher eigentlich ganz gut. Jetzt schauen wir uns noch ein wenig in seinem Haus um und dann machen wir auch schon den Deckel ...« Er brach ab, weil die Küchentür aufflog und Steve Andermatt hereinstürmte.

»Oh Mann, die sind ja immer noch hier«, stieß er wütend aus. »Lassen Sie uns doch endlich in Ruhe!«

»Steve, bitte«, wurde er kaum mehr als halbherzig von seiner Mutter ermahnt. »Die Herrschaften sind unsere Gäste und ich möchte, dass du sie auch so behandelst.«

»Es ist mir scheißegal, ob die unsere Gäste sind oder nicht. Ich will jetzt was essen, und zwar sofort.«

Hain und Ritter tauschten einen vielsagenden Blick aus.

»Wir sind eigentlich auch schon fertig, Frau Andermatt. Falls aber doch noch Fragen auftauchen sollten, können wir Sie vielleicht anrufen?«

»Aber natürlich, sehr gern.« Sie griff sich den gleichen Notizwürfel wie eine halbe Stunde zuvor Silke Brauss, notierte darauf ihre mobile Telefonnummer und reichte der Beamtin den Zettel. »Rufen Sie einfach durch, unter dieser Nummer bin ich gut zu erreichen.«

»Vielen Dank.«

Die beiden Polizisten verabschiedeten sich und verließen unter wütenden Blicken von Andermatt junior das Haus.

8

Dr. Martin Held reckte sich, rieb sich die Augen und saugte tief Luft in seine Lungen. Er hatte im Halbschlaf bemerkt, dass die Boeing 747-8 der Lufthansa langsam in den Sinkflug übergegangen war und vermutete, dass innerhalb der nächsten zehn Minuten das Zeichen zum Aufrichten der Sitze und dem Anschnallen ertönen würde. Sein Blick kreiste durch die spärlich besetzte Business-Klasse von Flug 506 der deutschen Vorzeigeairline von Frankfurt nach São Paulo-Guarulhos. Es war tatsächlich sein erster Flug in der Business-Klasse, und er war noch immer überaus beeindruckt von den Annehmlichkeiten, die ihm in den letzten knapp zwölf Stunden geboten worden waren.

50 Minuten später ging er auf das für ihn angezeigte Gepäckband zu und war auch hier überrascht, dass sein Koffer schon am Kreiseln war.

Business, ich liebe dich. Und ich will nie mehr in meinem ganzen Leben in der Holzklasse unterwegs sein.

Er wuchtete sein Gepäckstück auf den Rollwagen, sah sich noch einmal um und machte sich auf den Weg zur Passkontrolle. Hier lief alles völlig problemlos, und kurz darauf erkannte er eine hübsche Frau mit dunklem Teint, die ein Schild mit seinem Namen darauf in die Höhe hielt.« »Ich bin Dr. Held«, stellte er sich kurz vor.

»Und ich bin Matilda. Matilda Huertas«, erwiderte die Frau überaus freundlich und untermalt von einem hinreißenden Lächeln. Ihr Deutsch war nur sehr sanft von einem portugiesischen Akzent gefärbt.

»Dann lassen Sie uns mal losfahren, Herr Doktor. Der Berufsverkehr in São Paulo ist nämlich eine Katastrophe.« Sie griff nach seinem Koffer. »Ach was, der Verkehr ist hier immer eine Katastrophe.«

»Nein, lassen Sie bitte, ich mache das schon«, ging er schnell dazwischen und schob die Frau zur Seite. »Der ist nämlich etwas schwer.«

»Das steht sogar drauf«, erwiderte sie lachend mit einem Blick auf den Fluganhänger, wo jeder, der des Englischen mächtig war, das Wort »HEAVY« lesen konnte.

»Mein Auto steht etwa 300 Meter von hier«, ließ sie ihn wissen. »Klappt das, oder wollen wir lieber bis dahin den Rollwagen benutzen?«

»Nein, der Koffer hat Rollen. Das geht schon«, wiegelte er ab und nickte ihr zu.

Kurz darauf hatten sie in einem VW Phaeton Platz genommen. Sie saß vorn auf dem Fahrersitz, er schräg hinter ihr auf der Rückbank. Für seinen Geschmack hätte es ruhig etwas wärmer sein können in seiner neuen Heimat. Das digitale Thermometer, das beim Starten des Motors im Display aufblitzte, zeigte gerade einmal 16 Grad Celsius an.

»Wie lange wird die Fahrt nach Taubaté dauern?«, wollte der Mediziner wissen.

»Das ist eine wirklich gute Frage, auf die ich aktuell leider keine Antwort habe. Normalerweise brauche ich für die etwa 110 Kilometer zwei Stunden, aber heute gibt es einen Streik bei den öffentlichen Verkehrsmitteln, was noch nie etwas Gutes zu bedeuten hatte. Sie sehen ja selbst, was hier los ist. Also sollten wir eher mit drei oder vier Stunden rechnen.«

»Für 110 Kilometer? Ernsthaft?«

»Willkommen in São Paulo«, grinste sie ihn im Rückspiegel an. »Aber wir haben immerhin zwei Möglichkeiten, die Strecke hinter uns zu bringen. Die eine ist heute sicher die schnellere, aber auch sehr langweilig. Sie erinnert ein bisschen an Ihre Autobahnen in Deutschland, natürlich garniert mit dem typisch brasilianischen Chaos, ohne das dieses Land einfach nicht funktioniert. Die andere führt durch ein paar mehr oder weniger große Städtchen, ist bestimmt eine halbe Stunde langsamer, bietet aber eine Menge Unterhaltung für das Auge.«

»Wir nehmen die Interessantere, also die zweite Strecke. *Schnell* muss in meinem Leben so viel gehen, dass ich mich über ein wenig Entschleunigung hier und da freue.« Er sah ihre strahlend weißen Zähne im Rückspiegel aufblitzen, während sie sich in den laufenden Verkehr einfädelte.

»Woher sprechen Sie so perfekt Deutsch?«, wollte er wissen.

»Vielen Dank für das nette Kompliment«, antwortete sie ein wenig verlegen. »Aber mein Deutsch ist doch alles andere als perfekt. Ich wünschte, es wäre so, aber leider …«

»Nein, bitte, stellen Sie Ihr Licht doch nicht so unter den Scheffel«, widersprach er eine Nuance zu energisch. »Ich bin wirklich begeistert.«

Matilda Huertas nickte erfreut. »Dann noch mal vielen Dank für Ihre Beurteilung. Ich habe Germanistik studiert.« Noch bevor sie den Satz beendet hatte, schlug die Frau mit aller Vehemenz auf den Pralltopf des Lenkrades. Draußen ertönte eine Furcht einflößende Hupe und verscheuchte einen Jugendlichen, der sich mit seinem Scooter vordrängeln wollte. »Idiota!«, schickte sie laut hinterher.

Held musste unwillkürlich grinsen. Sie nahm es im Rückspiegel wahr und zuckte mit den Schultern.

»Entschuldigung, aber das ist leider öfter notwendig, sonst kommt man hier gar nicht voran. Diese Jungs auf diesen stinkenden, lärmenden Dingern glauben, die Straße würde ihnen gehören, und das ist nun einmal nicht so.«

»Nein, nein«, beruhigte er sie. »Das ist in Deutschland nicht viel anders. Sie haben die Sache im Griff, davon bin ich überzeugt.«

Die nächsten 30 Minuten konzentrierte sie sich auf den Verkehr, während Held ein ums andere Mal die Kollision mit einem anderen Verkehrsteilnehmer zu spüren glaubte. Aber es passierte nichts. Matilda Huertas schien einen siebten Sinn für die Lücken im strapaziös zähen Stopp-and-Go-Verkehr zu haben, die sich immer erst dann auftaten, wenn sie sie gerade brauchte. Seine Hochachtung vor ihren Fahrkünsten wuchs von Minute zu Minute.

»Sie machen das garantiert nicht zum ersten Mal, oder?«, wollte der Mediziner wissen, während zu ihrer Rechten ein paar verdorrte, ungepflegte Sportplätze vorbeizogen, auf denen die Neymars und Pelés von morgen mit vollem Ehrgeiz trainierten.

»Was genau meinen Sie?«, wollte die Chauffeurin leicht verunsichert wissen.

»Sich mit einem Auto wie diesem durch diesen geradezu wahnsinnigen Verkehr zu bewegen.«

Nun lachte sie auf. »Nein, das mache ich tatsächlich nicht zum ersten Mal. Bei diesem Limousinen-Service bin ich seit gut zwei Jahren, aber davor bin ich schon für meinen Bruder gefahren. Der meinte aber, dass dieser Job zu gefährlich für eine Frau sei und hat mich vor die Tür gesetzt.«

»Zu gefährlich? Wegen des Verkehrs?«

»Nein, darum ging es ihm nicht.« Sie suchte den Blickkontakt mit ihm im Rückspiegel. »São Paulo ist eine nicht gerade ungefährliche Stadt, auch abseits des chaotischen Verkehrs. Wir haben eine exorbitante Kriminalitätsrate, und es wird leider von Jahr zu Jahr schlimmer.«

»Ja, davon habe ich gelesen. Aber es gibt doch auch Viertel, die recht harmlos und sicher sind, oder?«

»Auf jeden Fall, ja.«

»Vielleicht kann ich Sie ja mal als Fremdenführerin engagieren, Matilda. Ich werde für eine ziemlich lange Zeit hier in Brasilien sein.«

Sie zeigte ihm erneut ihre makellosen Zähne. »Mit dem größten Vergnügen, Senhor Held.«

Wieder schwiegen sie eine längere Zeit, in der sich Matilda komplett auf den Verkehr konzentrieren musste. Held sah ihr dabei zu oder versuchte, möglichst viele Eindrücke seiner neuen Heimat aufzunehmen, die hier in der Hauptsache aus Wohnbebauung in Form von Trabantenstädten und Einkaufszentren bestand. Einmal erhaschte er einen Blick auf ein Straßenschild und erkannte mit großer Freude, dass sie sich auf der Rodovia Ayrton Senna befanden. Zwar nicht mit der gleichen Geschwindigkeit, mit der sich die brasilianische Rennfahrerlegende zu dessen Lebzeiten in der Regel fortbewegt hatte, aber immerhin. Der Arzt war seit seiner Kindheit ein großer Fan des 1994 tödlich verunglückten dreimaligen Weltmeisters und besaß mehrere Modelle von Rennwagen, die der zu seinen aktiven Zeiten bewegt hatte.

Es verging eine weitere Stunde, in der sie nur quälend langsam vorwärtskamen.

»Haben Sie Hunger, Senhor Held?«, wollte die Frau am Steuer wissen. »Ich frage das allerdings auch aus sehr egoistischen Motiven, ich müsste nämlich dringend mal eine Biopause einlegen, wenn es Ihnen nichts ausmacht.«

»Was ist denn bitte eine Biopause?«

Sie lachte laut auf. »Muss ich wirklich die Hintergründe erklären, wenn eine Frau um eine Pause bittet?«

Nun verstand der Mediziner und begann ebenfalls zu lachen. »Nein, ganz sicher nicht, und ja, eine *Biopause* wäre wirklich nicht zu verachten.«

Sie quälten sich eine weitere halbe Stunde durch den Verkehr, dann verließ Matilda die Schnellstraße. 15 Minuten später rollten sie in einen Ort.

»*Chácaras Guanabara*«, konnte Held auf dem staubigen, verwitterten Schild neben der Straße lesen.

»Es sieht nicht sehr einladend aus, aber es gibt ein Restaurant hier, das macht die besten und größten Steaks im Umkreis von 300 Kilometern«, ließ sie ihn voller Vorfreude wissen. »Und ich hoffe, Sie sagen mir jetzt nicht, dass Sie Vegetarier sind.«

»Nein, natürlich nicht. Ein riesiges Steak ist wirklich genau das, was ich jetzt am besten gebrauchen kann.«

»Und es gibt dort sogar gut gekühltes deutsches Bier.«

»Das wird ja immer besser.«

Sie steuerte die Limousine am Busbahnhof des Städtchens vorbei und parkte sie knapp 200 Meter später auf dem Parkstreifen neben der Straße in eine Lücke, die ein gerade abfahrendes Auto ihr eröffnet hatte. Direkt am Beginn der gegenüberliegenden Querstraße stand vor einem Holzhaus ein riesiger, offensichtlich gut geheizter Holzkohlegrill, auf den Matilda mit ausgestrecktem Arm wies.

»Wir sind da.«

»Das riecht ja wunderbar hier«, entfuhr es ihm begeistert.

»Ja, oder? Aber ich muss mich wirklich erst mal kurz verabschieden, sonst geschieht leider ein Unglück.«

»Ja, bitte, nur zu. Ich suche uns einen Tisch und warte auf Sie. Soll ich schon etwas zu trinken bestellen?«

Sie war schon ein paar Meter entfernt, blieb jedoch noch einmal kurz stehen und rief: »Für mich bitte Wasser. Einfach nur viel Wasser ohne Kohlensäure.« Dann war sie durch die große, roh behauene Holztür verschwunden.

Held wunderte sich über die vielen Gäste um diese Uhrzeit. Im Umkehrschluss bedeutete es jedoch, dass es sich hier um eine gute Adresse handelte.

So viele Menschen können sich nicht irren. Hier muss es einfach lecker schmecken. Er erspähte einen freien Tisch in der hinteren Ecke des großen Biergartens, ließ sich auf den breiten Ledersessel fallen und legte den Kopf zurück. *Willkommen in Brasilien,* fuhr es ihm durch den Kopf. *Willkommen in deiner neuen Heimat und willkommen in deinem neuen Leben.*

Nach Matildas Rückkehr dinierten die beiden ausgiebig. Sie hatte keinesfalls auch nur einen Hauch zu viel versprochen. Das Steak war auf den Punkt, und das Fleisch von einer Qualität, wie er sie noch nie erlebt hatte.

»Einfach köstlich«, fasste er die vergangene Stunde zusammen, nachdem er die Rechnung beglichen und ein angemessenes Trinkgeld auf dem Tisch hinterlassen hatte.

»Vielen Dank noch einmal für die Einladung«, sagte Matilda.

Es war ihr zwar nicht entgangen, dass er zusammen mit seiner Kreditkarte einen Bewirtungsbeleg in seine Brieftasche gesteckt hatte, aber das war für sie kein Problem. Sie hatte schon Kunden erlebt, die am Ende des Essens getrennte Rechnungen orderten, und das war eine Brasilianerin nun wirklich nicht gewöhnt.

»Sehr gern. Ich muss mich bedanken, dass Sie mir das überhaupt ermöglicht haben in diesem Gourmettempel. Wahrscheinlich werde ich jetzt öfter zum Essen hierherkommen.«

»Sind Sie sicher? Wir haben noch nicht einmal die Hälfte

der Strecke nach Taubaté geschafft. Ich kann mir zwar vorstellen, dass Ihnen das Essen hier hervorragend geschmeckt hat, aber dass Sie zwei Stunden Fahrt oder, an Tagen wie diesem, sogar noch mehr auf sich nehmen, um hier zu essen, das glaube ich beim besten Willen nicht.«

»Da muss ich Ihnen recht geben. Ich dachte, wir seien schon viel näher an Taubaté.«

»Leider nicht. Aber jetzt, um die Mittagszeit, geht es vielleicht ein bisschen schneller voran.«

»Dann lassen Sie uns losfahren. Macht es Ihnen etwas aus, wenn ich mich auf den Beifahrersitz setze? Auf der Rückbank komme ich mir immer so unangemessen besonders vor, und das bin ich einfach nicht.«

Sie verlangsamte ihren Schritt und wartete, bis er neben ihr stehen blieb. »Nicht jeder wird mit dem Limousinen-Service vom Flughafen abgeholt, Senhor Held. Und schon gar nicht mit der Premiumklasse unserer Autos.«

Er ging langsam weiter. »Das hat wirklich nichts zu bedeuten, Matilda. Ich bin ein einfacher Arzt aus Deutschland, den es nach Brasilien verschlagen hat.«

»Ein einfacher Arzt, der die ärztliche Leitung des Werks Taubaté übernimmt«, widersprach sie höflich.

Dr. Held blieb überrascht stehen. »Sie sind gut informiert, muss ich sagen. Das imponiert mir.«

»Wir versuchen immer, ein wenig über unsere Gäste in Erfahrung zu bringen. Verstehen Sie das bitte nicht falsch, es ist einfach ein Akt der Höflichkeit.«

»Nein, auf keinen Fall, das verstehe ich nicht falsch. Ganz im Gegenteil, wie gesagt.«

»Schön.« Sie näherte sich der Beifahrertür und wollte sie für ihn öffnen, doch er kam ihr zuvor.

»Das, liebe Matilda, geht auf gar keinen Fall«, beschied er ihr lächelnd, zog die Tür auf und stieg ein.

Sie nickte und machte sich auf den Weg um den Vorderwagen herum, als ihr offenbar etwas einfiel, sie ihre Hosentaschen abklopfte, dann die Handtasche durchsuchte und schließlich umkehrte. »Entschuldigung, aber ich habe mein Telefon im Restaurant liegen lassen. Ich gehe schnell rüber und hole es; bin gleich wieder zurück.«

»Soll ich …«, rief er ihr aus dem Wagen hinterher, doch sie war schon losgelaufen. Held bewunderte ihren makellosen Körper, bis sie aus seinem Blickfeld verschwunden war, und zog gleichzeitig sein Telefon aus der Sakkotasche, das in diesem Augenblick den Eingang einer E-Mail vermeldete. Allerdings kam er nicht mehr dazu, sich um die Nachricht zu kümmern, denn seine Aufmerksamkeit wurde auf ein schnell näher kommendes, ungemein lautes Motorgeräusch gelenkt. Er hob den Kopf und erkannte durch die Scheibe der Fahrertür die Front eines riesigen Lkws, der gerade in mörderischem Tempo das Restaurant passierte und nun direkt auf den Phaeton zuhielt.

»Verdammt! Verdammt, was soll denn …«

Der riesige, martialisch wirkende Stahlbügel vor dem Führerhaus kam immer näher, für Held nun allerdings wie in Zeitlupe. Er wusste, dass es völlig egal war, ob er den nun unvermeidlichen Aufprall auf dem Fahrersitz oder auf dem Beifahrersitz miterleben würde, und er wusste auch, dass kein Mensch einen solchen Aufprall jemals überleben konnte. Also schloss er die Augen und kreuzte die Arme vor der Brust. Im letzten Sekundenbruchteil vor der Kollision allerdings riss er noch einmal den Kopf hoch und sah nach rechts. Dort erkannte er in großen, leuchtend roten Buchstaben das Wort »Cimento«, Zement.

»Oh mein G…«, brüllte er so laut, dass es ihm selbst in den Ohren Schmerzen bereitete.

9

»Was denkst du?«, wollte Pia Ritter auf dem Weg zum Mazda ihres Kollegen wissen.

Hain blieb stehen. »So langsam fange ich an, den Ausführungen seiner Sekretärin immer mehr Glauben zu schenken. Irgendwie erscheint mir das Leben und auch das Ableben von diesem Andermatt im Moment zumindest in einem merkwürdigen Licht.«

»Schön. Geht mir genauso.«

Hain ging weiter, bis sie das Cabriolet erreicht hatten.

»Aber du weißt natürlich so gut wie ich, dass wir etwas Handfestes brauchen, um unsere Nasen noch tiefer in die Sache zu stecken. Mit dem, was unsere Gespräche bis jetzt ergeben haben, wird die ganze Sache mit Karacho im Sand verlaufen.« Er stieg ein, wartete, bis seine Kollegin ebenfalls saß, und startete den Motor.

»Vielleicht«, meinte sie, »finden wir ja in seinem Haus irgendwas, das uns weiterhilft. Und ganz ehrlich, wenn dem nicht so ist, dann können wir es auch gut sein lassen.«

Er schüttelte den Kopf. »Auf gar keinen Fall, verehrte Kollegin. Zumindest diesen Dr. Held müssen wir einvernehmen. Ohne diesen Zeugen kann ich unmöglich den Deckel auf die Sache machen.«

»Also doch für ein paar Tage nach Brasilien?«, führte Pia den Gedanken fort. »Ich wäre auf der Stelle dabei.«

»Ja, das glaube ich. Aber vorher schauen wir uns seine Junggesellenbude an.«

Die »Junggesellenbude« stellte einen charmanten Euphemismus dar für die beeindruckende Stadtvilla, die Benjamin Andermatt in seinem letzten Lebensjahr bewohnt hatte. Hain parkte unter dem einzigen Schatten spendenden Baum etwa 200 Meter vom Grundstück entfernt, den Rest legten sie zu Fuß zurück. Zunächst umrundeten die beiden einmal das im Bauhausstil errichtete Gebäude, nahmen dabei den gepflegten Garten in Augenschein, betraten kurz darauf den marmorgefliesten Flur und gingen langsam durch bis zum etwa 100 Quadratmeter großen Wohnraum. Pia fühlte sich wie ein Kind im Spielwarenladen.

»Wenn ein Mensch ein *solches* Anwesen sein Eigen nennt, dann macht mich das neidisch, aber wenn es gleich zwei sind, dann bin ich sprachlos. Dieser Bunker muss doch mindestens eine Million gekostet haben.«

Hain ließ ebenfalls den Blick eine Weile kreisen. »Das reicht längst nicht, würde ich sagen. Allein der Baugrund in dieser Größe hier am Brasselsberg kostet schon fast so viel. Und wenn ich mich so umschaue, kommt mir der Gedanke, dass hier wirklich an nichts gespart wurde.«

Sie nahmen sich mehr als eine Stunde Zeit. Sahen in jede Schublade, öffneten jeden Schrank und drehten jede Schale und jede Vase um. Das Ergebnis war ernüchternd.

»Seine Frau hatte recht, Thilo«, fasste Pia Ritter ihre Bemühungen zusammen. »Hier gibt es wirklich nichts mehr zu sehen oder zu entdecken, das uns weiterhelfen könnte.«

Sie standen in der Küche, die ein wenig an die Brücke von Raumschiff Enterprise erinnerte, und blickten auf das Poolhouse im Garten.

»Verdammt, was für ein Luxus«, sinnierte der Hauptkommissar leise. »Vielleicht sollte ich mir hier einen schönen Nachmittag mit meinen Jungs machen? Stören würde es sicher niemand, und wir haben immerhin den Schlüssel zu diesem absolut umwerfenden Paradies.«

Pia sah ihn aufmunternd an. »Von mir aus. Ich lege mich in der Zeit auf meinen Vier-Quadratmeter-Balkon und habe so wenigstens keine Anpassungsprobleme, wenn ich wieder zurückmuss in meine kleine, armselige Welt.«

»Die hätte ich garantiert auch nicht. Aber mal einen Nachmittag auf dicke Hose machen, das könnte mir gefallen. Und den Jungs sowieso.«

Die junge Kommissarin holte tief Luft und strich dabei mit der rechten Hand über die auf der Anrichte stehende Espressomaschine. »So eine könnte ich mir in meiner Küche auch vorstellen.«

Hain lachte laut auf. »Einen Nachmittag illegal hier verbringen, das geht, Pia. Aber dieses Monstrum von Kaffeemaschine klauen, geht leider gar nicht.«

»Ich will sie ja gar nicht klauen. Ich habe nur gesagt, dass ich mir gut vorstellen könnte, auch so eine zu besitzen.« Sie betrachtete ihr Spiegelbild in der verchromten Oberfläche der Maschine. »Was wird so etwas wohl kosten?«

»Deutlich zu viel für jemanden, der in der Regel seinen Kaffee im Pappbecher am Bahnhof holt.«

»Du bist so was von unromantisch, das glaubt man gar nicht.«

»He, he«, echauffierte Hain sich ein wenig zu künstlich. »Immerhin reicht meine romantische Ader so weit, dass ich mir einen Nachmittag mit meinen Jungs hier im Garten vorstellen kann.«

Die Kommissarin winkte ab. »Also mach das von mir aus oder auch nicht. Wichtig ist, dass du im Anschluss den

Schlüssel wieder bei Frau Andermatt abgibst. Für mich …«
Sie stockte, weil ein Geräusch an der Haustür zu hören war.
Die beiden Polizisten tauschten einen kurzen Blick aus, verließen mit schnellen Schritten die Küche und stellten sich ein paar Sekundenbruchteile später rechts und links hinter dem Eingang zum Wohnraum auf.

Im gleichen Augenblick wurde die Haustür geöffnet und zwei Männer mittleren Alters traten hinein. Ritter konnte sie gut in dem monströsen Spiegel beobachten, der im Flur fast die komplette rechte Seite einnahm. Der eine der beiden war sehr groß, bestimmt fast zwei Meter, und breit gebaut wie ein Bodybuilder, wohingegen der andere eher klein und untersetzt war.

»In der Küche, sagst du?«, raunte der Kleinere mit deutlichem osteuropäischem Akzent in Richtung seines Kumpans.

»Ja, in der Küche. Nur das Zeug abholen und dann sofort wieder weg von hier.«

»Vielleicht können wir ja noch was anderes gebrauchen«, erwiderte der Kleine.

»Mach bloß keine Scheiße. Ich will auf keinen Fall Ärger kriegen.«

»Ach komm, nur mal kurz umsehen. Was soll schon dabei sein, wenn hier was fehlt. Das fällt garantiert keiner Sau auf. Und der Tote braucht das Zeug eh nicht mehr.«

Wieder tauschten die Kommissare ein paar Blicke aus und hatten damit wortlos ihr Vorgehen abgestimmt. So geräuschlos wie möglich zogen die beiden ihre Waffen, richteten sie auf den Boden und traten langsam aus der Deckung. Die beiden Eindringlinge befanden sich nun hinter dem Mauervorsprung zwischen Flur und Küche und waren für sie nicht sichtbar.

»Polizei, Hände hoch!«, rief Hain laut in Richtung der beiden, als er sie im Blick hatte. »Los, ich will eure Hände sehen.«

Der Große fuhr herum und griff mit einer raschen Bewegung unter seine Jacke. Als seine Hand wieder zu sehen war, befand sich darin eine großkalibrige Pistole. Sein Kumpel war mit einem Schritt in der Küche verschwunden.

Pia und Thilo hoben ihre Waffen und wollten den Mann ins Visier nehmen, doch der feuerte sofort und in atemberaubend schneller Folge einige Male in ihre Richtung. Seine Schüsse hallten von Wänden wie Kanonendonner wider. Die Polizisten pressten sich an die linke Wand, wo sie für den Schützen nicht auszumachen waren. Pia bedeutete Hain, sich ins Wohnzimmer zurückzuziehen. Die beiden traten geduckt den Rückzug an und fanden nur einen Moment später genau dort Deckung, wo sie kurz zuvor gestanden hatten. Die junge Polizistin hatte bereits ihr Telefon in der Hand und wollte gerade einen Notruf absetzen, als der kleinere der beiden Eindringlinge mit lang ausgestreckten Armen in den Flur sprang und den Zugang zum Wohnraum mit Schüssen eindeckte. Sowohl der Hauptkommissar als auch seine Kollegin pressten sich an die schützende Wand vor ihnen und versuchten so, den Kugeln und dem großflächig umherspritzenden Putz der Wände kein Ziel zu bieten. Nun schien auch der Größere auf den Flur getreten zu sein, denn ein weiteres, heiseres Bellen mischte sich unter die Schüsse des Kleinen. Auf einmal herrschte schlagartig Stille. Hain sah zu Pia, die sich komplett in die Ecke neben dem Eingang gekauert hatte und den Bereich neben sich fixierte. Sie hob den linken Daumen.

Der Kommissar deutete auf sich und dann in Richtung Flur. Seine Kollegin antwortete mit einem Nicken.

Mit schussbereiten Waffen traten sie langsam auf die Öffnung zum Flur zu. Hains Kopf zuckte kurz nach vorn, dann noch einmal und schließlich drehte er sich komplett in die Öffnung. Pia folgte ihm auf die gleiche Weise.

Im wabernden Pulverdampf blickten die beiden durch die offen stehende Haustür nach draußen, wo im gleichen Moment ein Motor aufheulte und die ersten drei Gänge eines Doppelkupplungsgetriebes durchgeschaltet wurden. Hain stürmte, die Waffe noch immer im Anschlag, nach draußen in der Hoffnung, das Kennzeichen des Fluchtfahrzeugs zu erkennen. Allerdings bekam er nicht einmal die Marke oder die Farbe zu Gesicht, denn das Auto war längst aus der Straße und damit auch seinem Blickfeld verschwunden. Als er sich wieder auf das Haus zubewegte und dabei seine Waffe ins Holster schob, tauchte Pia mit dem Telefon am linken Ohr und der nach unten gehaltenen Dienstwaffe in der rechten Hand im Eingang auf.

»Scheiße, was war das denn?«, murmelte Hain leise.

»Die Kollegen sind unterwegs«, rief sie ihm zu. »Kann ich ihnen irgendwas zu dem Fahrzeug sagen?«

Hain schüttelte den Kopf. Er hatte ein lautes Piepen in den Ohren und konnte seine Kollegin kaum verstehen. »Nein, nein, die waren schon über alle Berge. Aber wir brauchen jeden verfügbaren Mann von der Spurensicherung hier. Ich will, dass in diesem Haus kein Stein auf dem anderen bleibt. Und jeder Kollege soll nach zwei unterschiedlich großen Kerlen in einem Auto Ausschau halten, die schon auf den ersten Blick wie Ganoven aussehen.«

Pia Ritter sprach noch ein paar Sätze in ihr Telefon und steckte es anschließend zurück in die Jackentasche. Nachdem sie ihre Dienstwaffe ins Holster gesteckt hatte, rieb sie sich über die Ohren. »Das war genauso laut, wie es knapp war«, fasste sie die vergangenen zwei Minuten zusammen.

»Ja. Aber nach was haben die gesucht?«

»Nach irgendetwas in der Küche, das hast du ja vermutlich auch gehört.«

»Dann los«, brummte der Hauptkommissar. »Heute wird

erst Feierabend gemacht, wenn wir dieses Geheimnis gelüftet haben.«

Zwölf Minuten, nachdem Hain aus der Tür gestürmt war, und noch vor den Kollegen der Spurensicherung kam Herbert Schiller am Haus an. Er nickte den Besatzungen der drei Streifenwagen zu, die schon vor Ort und bereits mit den Absperrungen beschäftigt waren, zog rasch Füßlinge über seine Schuhe und betrat das Haus. »Pia? Thilo?«

Er musste nicht lange suchen, denn seine beiden Mitarbeiter standen, ebenfalls mit blauen Überziehern über den Schuhen, in der etwa 30 Quadratmeter großen Küche und waren gerade dabei, sich Einmalhandschuhe über die Hände zu streifen. »Alles in Ordnung bei euch?«, wollte der Kriminalrat besorgt wissen.

»Ja, alles in Ordnung«, gab Pia zurück. »Wir haben glücklicherweise nichts abgekriegt.«

»Gut. Sehr gut. Dann will ich jetzt haarklein wissen, was sich hier genau abgespielt hat.«

Pia und Hain schilderten ihm so präzise wie möglich die Auseinandersetzung mit den beiden Männern.

»Es wäre natürlich völlig in Ordnung«, meinte Schiller im Anschluss, »wenn ihr euch erst mal mit Frau Dr. Probst austauschen würdet. Was haltet ihr davon?«

Ritter und Hain sahen sich kurz an. »Also ich bin zwar noch ein bisschen zitterig«, erwiderte Pia schließlich, »komme aber vermutlich gut ohne Frau Dr. Couch aus.«

»Ich bin auch so weit beieinander«, ergänzte Hain, »dass mir ein Termin bei der Psychotante im Augenblick nicht notwendig erscheint.«

»Falls sich was ändert, können wir ja immer noch einen Termin machen.«

»Gut, dann macht es von mir aus so«, gab Schiller sein Einverständnis. »Aber ich muss trotzdem noch mal auf die beiden Typen zurückkommen, die auf euch geschossen haben. Es gab bei den Kerlen wirklich keine Schrecksekunde oder so etwas?«, wollte der Kriminalrat wissen. »Kein Zögern und kein Zurückweichen?«

»Nein, Herbert, die sind nicht ein Jota zurückgewichen, geschweige denn waren sie groß besorgt. Das waren echte Profis, mit Situationen wie dieser bestens vertraut.«

»Militär?«

»Was weiß ich? Ich, und ich glaube, da spreche ich auch für Pia, bin einfach nur froh, dass sie uns nicht den Arsch weggeschossen haben. Wenn die es darauf angelegt hätten, da bin ich mir absolut sicher, wären wir nicht mehr in der Lage gewesen, einen Hilferuf abzusetzen.«

Pia hatte bei den Worten ihres Kollegen genickt. »Schon die Geschwindigkeit, mit der der Größere sich bewegt und dann die Kugeln rausgerotzt hat, war echt genauso beeindruckend wie beängstigend«, meinte sie mit belegter Stimme. »Und ich kann Thilo einfach nur recht geben bei seiner These, dass die uns mit links über den Haufen hätten schießen können.«

»Und ihr habt wirklich nicht die geringste Idee, was sie gesucht haben?«

»Nein, keinen Schimmer«, antwortete Hain. »Es ging um irgendetwas hier in der Küche, aber sieh dich doch selbst um. Was sollte hier so interessant sein, dass zwei bewaffnete Kerle ins Haus eindringen, um es sich zu holen. Kerle mit großen, bösen und gefährlichen Kanonen.«

»Und die hatten wirklich einen Schlüssel?«, nahm der Kriminalrat auf die Erklärung der beiden Bezug von vorher. »Das kommt mir sehr, sehr merkwürdig vor.«

»Glaub mir, Herbert, ich weiß, wie sich ein Schlüssel anhört, der ins Schloss geschoben wird. Die haben es weder gepickt noch sonst etwas mit dem Schloss gemacht, sondern es einfach mit ihrem Schlüssel geöffnet.«

»Gut«, nickte Schiller. »Und nach dieser Scheiße hier haben wir es ab sofort mit einer ungeklärten Todesursache im Fall Andermatt zu tun. Und es interessiert mich dabei nicht die Bohne, was die Herrschaften in Wiesbaden oder von mir aus auch Hannover oder Wolfsburg dazu sagen. Die Sache mit dem Schloss überlassen wir der Spurensicherung, ebenso die Projektile. Ihr beiden bleibt zunächst hier an der Küche dran, vielleicht ergibt sich daraus ja schon etwas.« Er sah seinen Mitarbeitern direkt in die Augen. »Oder gibt es Vorbehalte bei euch diesbezüglich?«

»He, Herbert, auf uns ist gerade mit ziemlich dicken Kalibern geschossen worden«, erwiderte Pia Ritter ein wenig überrascht. »So was macht man doch nicht, wenn man als Kleinkrimineller bei einem banalen Einbruch erwischt wird. Außerdem klang der Dialog der beiden voll und ganz nach einer Auftragsarbeit. Warum sollte der eine sonst zum anderen sagen, dass er keinen Ärger haben will?«

»Stimmt, das passt nicht zu Einbrechern. Und der schnelle Schusswaffengebrauch schon gleich gar nicht. Also, ich werde mich bei meinem Boss absichern, damit es nicht wieder zu Kalamitäten mit Wiesbaden oder Hannover kommt, und ihr findet heraus, warum das hier passiert ist und warum und wie Andermatt wirklich ums Leben kam.«

»Wir brauchen unbedingt eine Funkzellenauswertung, Herbert«, forderte Hain. »Vielleicht waren die beiden Vögel ja so bekloppt und sind mit eingeschalteten Telefonen zu ihrem Einbruch, oder was auch immer das war, ausgerückt.«

»Dann gib mir mal die Uhrzeit, zu der sie hier abgehauen sind. Je genauer, desto besser.«

Hain sah auf seine Uhr, versuchte so präzise wie möglich, den Zeitpunkt der Schießerei zu berechnen, und nannte seinem Boss das Ergebnis.

»Gut, ich kümmere mich darum.« Der Kriminalrat nickte den beiden zu und wandte sich zum Gehen.

»Wir würden dich gern noch auf den neuesten Stand bringen in Bezug auf die Befragungen, die wir vor dieser Scheiße hier erledigt haben«, rief Hain ihm hinterher. »Oder interessiert dich das nicht?«

Herbert Schiller blieb stehen und sah seine Leute betroffen an. »Verdammt, Thilo, da hast du natürlich vollkommen recht. Das wäre mir jetzt glatt durchgerutscht. Ich fürchte, ich werde alt.«

»Nein«, widersprach der Hauptkommissar seinem Boss mit selbstbewusstem Grinsen. »Ich weiß, dass du es bereits *bist*.«

10

Tancredo Campos hielt sich den schmerzenden Kiefer und versuchte gleichzeitig, das aus der Nase rinnende Blut nicht auf das Hemd tropfen zu lassen. Sein Kopf brummte, seine Beine wollten sich kaum bewegen und das Flimmern vor seinen Augen wurde immer schlimmer. Und doch wusste er, dass er diesen trostlosen Ort der Gewalt und der Ungerechtigkeit, an dem er sich befand, so schnell wie möglich hinter sich lassen musste.

Mit zitternden Fingern schob er den Schlüssel ins Türschloss des alten Ford Verona, ließ sich stöhnend auf den Fahrersitz fallen und fing leise an zu weinen. Seine Chance, die Drogenschulden seines Sohnes innerhalb der geforderten Frist bezahlen zu können und damit dessen Leben zu retten, stand bei null.

Nun rannen die Tränen ungehemmt über sein Gesicht. Am liebsten hätte er sich eine Waffe besorgt, am besten eine Maschinenpistole, und wäre zurück in das Haus gegangen. So wie die Killerkommandos oder Racheengel in einem der vielen Krimis, die er sich in seinem Leben schon angeschaut hatte.

Fahrig schob er den Schlüssel ins Zündschloss, startete den Motor und legte den ersten Gang ein.

Nein, als Killer oder Racheengel war Tancredo Campos

nicht auf die Welt gekommen. Eher als Vater und treu sorgender Ehemann. Aber was nützt das alles, wenn eines der Kinder nicht von den Drogen lassen kann?

Sein ältester Sohn Diego war schon immer schwierig gewesen. In der Schule raufte er, zu Hause gab er grundsätzlich Widerworte und mit zwölf war er zum ersten Mal nachts nicht in die elterliche Wohnung zurückgekehrt.

Alles Schnee von gestern. Heute ging es darum, dem Dealer seines Sohnes irgendwie 15.000 Real zu beschaffen. 15.000 Real, eine geradezu irrsinnig hohe Summe für den arbeitslosen Mann aus Pindamonhangaba im brasilianischen Bundesstaat São Paulo.

Campos wischte sich über die Augen, sah in den Außenspiegel und fädelte sich langsam in den Verkehr ein. Eine kleine Chance hatte er. Eine winzig kleine. Nelson, ein Onkel seiner verstorbenen Frau, hatte viel Geld. Garantiert könnte er so eine Summe über Nacht aufbringen. Immerhin war er ein wohlhabender Landmaschinenhändler.

Ich muss es versuchen, dachte Campos erschöpft und mit den Schmerzen am ganzen Körper kämpfend. *Ich muss es einfach versuchen!*

15 Minuten später hatte er die Rodovia Presidente Dutra erreicht, einen Teil der längsten Fernstraße Brasiliens, klemmte sich in den Windschatten eines Trucks und sah besorgt auf die Tankanzeige. Er wusste, dass er Benzin sparen musste, denn falls er bei Nelson kein Geld loseisen konnte, würde es vielleicht nicht mehr für den Heimweg reichen. Aber wenn er keinen Erfolg bei dem Onkel seiner Frau hätte, wäre ohnehin alles egal. Komplett egal.

Die gesamte Fahrt über malte sich der 43-jährige Mann einen blutigen Film aus, in dem er und seine Familie die einzigen Überlebenden einer mörderischen Schlacht mit einer Horde elender Verbrecher waren, die seinen ältesten

Sohn wegen 15.000 Real Drogengeld gekidnappt und fast zu Tode gefoltert hatten.

Als er Taubaté passierte, sah er nach rechts, wo neben dem riesigen Werk von Volkswagen do Brasil Tausende neue Fahrzeuge auf den Abtransport und den endgültigen Start in ihr Autoleben warteten.

Vor vielen Jahren, als junger Mann, hatte Tancredo Campos auch einmal mit dem Gedanken geliebäugelt, sich einen neuen Volkswagen, gebaut in seiner Heimat, zu kaufen. Doch nach der unerwarteten ersten Schwangerschaft seiner damaligen Freundin und späteren Frau und den weiteren vier Kindern war daran nicht mehr zu denken gewesen. Mit seinem kargen Lohn als Lagerarbeiter war es zum Ende des Monats immer knapper geworden, alle Mäuler zu stopfen. Jedweder Luxus, und dazu gehörte natürlich auch ein fabrikneuer Wagen, verbot sich unter diesen Umständen.

Mit dem viel zu frühen Krebstod seiner Frau Maria vor fünf Jahren war dann sein Leben endgültig den Bach hinuntergegangen. Viel zu oft war er angetrunken und zu spät an der Arbeit erschienen, bis es seinem Boss irgendwann reichte und er ihn durch einen kräftigen, willigen und vor allem pünktlichen jungen Mann ersetzte. Die beiden jüngeren Kinder lebten bei Marias Eltern, die anderen beiden in Rio und Fortaleza. Nur Diego war nicht weggegangen, der war in seiner Nähe geblieben und bereitete ihm bis zu diesem Tag immer wieder Ärger.

Tancredo war so in seine Gedanken vertieft, dass er fast in den schlagartig langsamer werdenden Lkw vor ihm gekracht wäre. Er schaffte es gerade noch rechtzeitig abzubremsen, ohne dessen hintere Stoßstange zu berühren. Kurz darauf wurde er wegen eines schweren Unfalls von einem Polizisten von der Fernstraße abgeleitet.

So ein Mist, dachte er. *Verdammter, verdammter Mist.* Im Schritttempo zockelte er nun auf der Rodovia Ayrton Senna in einer Kolonne mit Hunderten von Trucks und anderen Autos dahin, und seine Nervosität wurde immer größer, denn Onkel Nelson war nachmittags meistens auf Verkaufstour irgendwo auf dem Land. Also nahm er die erste sich bietende Ausfahrt und wollte sein Glück auf den Nebenstraßen probieren.

Der Namen des Ortes, durch den er kurz darauf rollte, hatte Tancredo noch nie in seinem Leben gehört. Chácaras Guanabara. Aber die Richtung stimmte, das erkannte er am Stand der Sonne. Knapp über Standgas rollte er am Busbahnhof vorbei und versuchte sich zu orientieren. Die nach Südwesten führende Straße, auf der er sich befand, erschien ihm ein wenig klein, also setzte er den Blinker und wollte links abbiegen. In diesem Moment jedoch überquerte eine junge Frau mit schnellen Schritten die Straße und lief auf den Eingang des an der Ecke befindlichen Restaurants zu. Eine sehr schöne Frau, wie er befand.

Der erste Gang ging wegen der ziemlich verschlissenen Kupplung seines alten Ford schwer hinein, und auch jetzt krachte und ratterte es besorgniserregend aus dem Getriebe. Da half es nur, den Motor abzustellen und dann den Gang einzulegen.

Campos wollte gerade nach dem Zündschlüssel greifen, als sein Herz für einen Moment aufhörte zu schlagen. Von links nämlich näherte sich aus der Straße, in die er abbiegen wollte, ein Lkw mit hohem Tempo. Und ihm war sofort klar, dass der Fahrer bis zur Kreuzung niemals würde anhalten können. Der arbeitslose Mann am Steuer des Ford verfolgte stumm und mit weit aufgerissenen Augen, wie sich der massive, aus dem vollen Material gefertigte Kuhfänger in ein am Fahrbahnrand stehendes Auto bohrte und es mindestens

20 Meter auf den dahinterliegenden Hof einer Schreinerei schob. Dann legte der Fahrer des Lkws den Rückwärtsgang ein, ließ den Motor aufheulen und kam direkt auf Tancredo und seinen sehr klein wirkenden Wagen zu. Mit noch immer weit aufgerissenen Augen konnte er sehen, dass sich das getroffene Fahrzeug in den Betonmischer verhakt hatte und fast bis auf die Straße zurück mitgeschleift wurde. Dann ging ein Ruck durch den Lkw, der Motor heulte erneut auf und er verschwand in einer riesigen Staubwolke.

»Was zum Teufel war das jetzt?«, murmelte Tancredo, stellte den Motor ab und löste den Sicherheitsgurt. Aus dem Restaurant kam die junge Frau angerannt, presste die Hand vor den Mund und blieb vor den Trümmern des vermutlich bis vor ein paar Sekunden bildschönen Autos stehen.

Tancredo stieg aus, ging auf die Frau zu und stellte sich neben sie. »War das Ihr Auto?«, wollte er wissen.

Sie schüttelte den Kopf und betrachtete dabei Campos und dessen Verletzungen im Gesicht.

»Sind Sie etwa auch von dem Lkw angefahren worden?«

»Nein, das hat andere Gründe.«

Die Frau ging ein paar Schritte auf das dampfende Wrack zu, beugte sich nach vorn und sah in den Innenraum. »Er bewegt sich!«, schrie sie hysterisch. »Er lebt!«

»Von wem reden Sie?«, rief Campos ihr zu. »Da hat doch keiner drin gesessen, oder?«

»Doch, doch, und er lebt. Sehen Sie, er bewegt sich. Kommen Sie her, wir müssen ihn da rausholen.«

»Aber so warten Sie doch auf den Rettungswagen«, widersprach er. »Am Ende verletzen Sie ihn mehr als nötig.«

Am Zaun des Restaurants hatten sich mittlerweile jede Menge Gaffer eingefunden, jedoch machte keiner Anstalten, der Frau zu helfen. Die Nähe zu São Paulo und den dort tobenden Bandenkriegen bewog viele Menschen in der

Gegend, ihre Nasen keinesfalls mehr als nötig in die Angelegenheiten anderer zu stecken. Und das, was sich hier gerade abgespielt hatte, passte viel zu gut in das Muster einer Auseinandersetzung im Bandenmilieu.

»Los, helfen Sie mir«, brüllte die Frau Tancredo an. »Bis der Rettungswagen hier ist, ist er vermutlich schon gestorben. Wir müssen ihn herausholen und selbst ins nächste Krankenhaus bringen.«

»Das können Sie vergessen«, widersprach Campos ihr erneut. »Wer weiß, wer oder was hinter dieser Mistsache steckt. Ich will nicht in irgendetwas hineingezogen werden. Außerdem habe ich überhaupt keine Zeit.«

Sie fixierte ihn einen Augenblick lang wütend. »1.000 Real, wenn Sie mir helfen.«

»1.000 Real? Ist das Ihr Ernst?«

»Gut, von mir aus auch 2.000. Aber mehr habe ich nicht.«

»Na, dann wollen wir mal«, erwiderte Tancredo, ging zur Fahrerseite des havarierten Autos und zog daran. Zu seiner Verwunderung ließ sie sich problemlos öffnen.

Es dauerte etwa fünf Minuten und kostete eine Menge Schweiß, dann lag ein stöhnender, aus einer klaffenden Kopfwunde blutender Mann neben dem Wrack des großen Volkswagens, dessen linker Arm in einem merkwürdigen Winkel vom Körper abstand. Seine Verletzungen sahen zwar schlimm, aber nicht wirklich lebensbedrohlich aus.

»Und jetzt?«, fragte Campos.

»Der Ford da drüben ist doch Ihrer, oder?«

»Ja, schon, aber der ist wirklich alt. Es wäre bestimmt besser, wenn wir auf den Rettungswagen warten würden.«

Die Frau baute sich vor ihm auf. »Wenn Sie Arschloch auch nur in die Nähe der 2.000 Real kommen wollen, dann helfen Sie mir jetzt dabei, ihn auf ihren Beifahrersitz zu verfrachten. Wenn er da sitzt, gebe ich Ihnen das Geld und rate Ihnen dringend, mit ihm zum nächsten Krankenhaus zu fahren. Das dürfte in Aruja sein, wenn ich mich nicht irre. 20 Kilometer, höchstens.«

Tancredo Campos dachte kurz nach. »Machen wir. Aber ich will das Geld in bar.«

»Glauben Sie, Vollidiot, ich schreibe Ihnen einen Scheck aus, oder was?«, schrie sie ihn kopfschüttelnd an und griff nach den Füßen des Verletzten. »Und jetzt packen Sie an!«

Es dauerte weitere drei Minuten, bis sie den Mann tatsächlich auf den Beifahrersitz gewuchtet hatten.

»Ich habe keine andere Wahl, als Ihnen zu vertrauen«, zischte die Frau Campos an und reichte ihm ein Bündel Banknoten. »Der Herr stehe Ihnen bei, wenn er nicht in einer halben Stunde im Krankenhaus angekommen ist. Ich habe Ihre Autonummer und Ihr Gesicht, mehr brauchen Leute wie ich nicht. Haben wir uns verstanden?«

Tancredo nickte und griff nach dem Geld. »Ja, klar habe ich Sie verstanden.« Er zögerte. »Muss ich irgendetwas über ihn wissen? Ist er vielleicht wichtig oder berühmt oder so was?«

»Nein«, wiegelte die Frau ab. »Er ist ein kleiner Mitarbeiter von Volkswagen, mehr nicht. Und jetzt fahren Sie verdammt noch mal los.«

11

»Nichts«, brummte Hain missmutig, während er sich die Einmalhandschuhe von den Fingern streifte. »Absolut nichts, das mit seinem Tod in Verbindung gebracht und es wert sein könnte, dafür mitten am Tag in das Haus einzudringen. Und woher hatten die verdammt noch mal den Schlüssel?«

Pia Ritter zog sich ebenfalls die Handschuhe aus und setzte sich auf das kleine Mäuerchen neben der Garage. Die beiden waren, nach mehreren und drängenden Aufforderungen von den Kollegen der Spurensicherung aus dem Haus vertrieben worden.

»Wir gehen jetzt also davon aus, dass etwas an Andermatts Tod nicht mit rechten Dingen zugegangen ist«, meinte sie leise, ohne auf Hains Bestätigung für ihre Theorie zu warten. »Und wir wissen außerdem, dass er in den letzten Wochen über Magenprobleme geklagt hat.«

Nun nickte der Hauptkommissar. »Dann könnte irgendetwas in der Küche vergiftet gewesen sein, und die beiden waren damit beauftragt, es zu beseitigen.«

»Ja, vielleicht. Und vielleicht ja auch deshalb, weil wir angefangen haben, Fragen zu stellen. Aber um was sollte es dabei gegangen sein? Das komplette Geschirr steht frisch gereinigt im Schrank, das Besteck liegt in der Schublade, und ich kenne kein Toxin, das einen Reinigungsgang mit Spülmaschinentabs bei 65 Grad überlebt, geschweige denn es wäre danach noch nachweisbar.«

»Stimmt. Trotzdem müssen wir jede Tasse, jeden Teller und jeden Löffel kriminaltechnisch untersuchen lassen. Auch wenn ich sicher bin, dass es nichts bringen wird, muss es sein. Und sämtliche Vorräte im Haus müssen ebenfalls in die KTU.«

»Was ist mit seinem Kaffeekonsum? Wenn ich an das denke, was sein Sohn uns gesagt hat, dann könnten die Kaffeevorräte ein heißer Tipp sein.«

»Klar, die kommen natürlich auch in die KTU.«

Pia legte die Stirn in Falten. »Die Jungs werden uns lieben für die Arbeit, die wir ihnen machen.«

»Egal, wir müssen alle sehen, wo wir bleiben. Jeder muss sich um seinen eigenen Job kümmern.«

»Und bis dahin werden wir uns auf jeden Fall noch mal mit Frau Andermatt unterhalten. Und mit Dr. Nolting, dem Werksarzt. Und vielleicht kriegen wir ja sogar eine Skype-Verbindung nach Brasilien hin, um diesem komischen Dr. Held auf den Zahn zu fühlen.«

Pia Ritter überlegte eine Weile. »Wie denkst du jetzt gerade über seine Sekretärin und dein Verhalten ihr gegenüber?«

»Ach, Pia. Du hast eine wirklich …« Er brach ab, weil Sören Keller von der Spurensicherung in der Haustür aufgetaucht war und nach ihnen rief.

»Ja«, erwiderte Pia, stand auf und klopfte sich die Hose ab. Der Mann im strahlend weißen Tyvekanzug hielt etwas mit der rechten Hand hoch. »Das könnte interessant für euch sein«, meinte er, als die beiden Kommissare der Mordkommission neben ihm standen. Pia und Thilo betrachteten den kleinen Espressolöffel im Plastiktütchen.

»Warum?«

Der Mann von der Spurensicherung hielt ihn Hain direkt vor die Nase und deutete dabei auf das untere Ende. »Wegen dieses Übergangs hier. Ich habe da drin natürlich überall Tests auf Körperflüssigkeiten gemacht, die aber allesamt negativ ausgefallen sind.«

»Na, immerhin wissen wir damit schon mal, dass offenbar niemand auf der Mikrowelle Sex hatte«, wurde er von Hain leise unterbrochen.

»Geschenkt, Thilo«, grinste der Mann den Hauptkommissar an und deutete erneut auf das untere Ende des Löffels. »Nach menschlichem Ermessen wäre diese Spur hier niemals aufgefallen, weil wir natürlich immer nur die Kontaktflächen von Besteck auf Toxine untersuchen. Hier aber wurde irgendetwas am anderen Ende der Löffel aufgetragen.« Er zog eine kleine Lampe aus der Hosentasche und tauchte das Beweisstück in fluoreszierendes Licht. »Hier draußen im Sonnenschein kann man es natürlich nicht so gut sehen wie drinnen, aber es wird schon gehen«, setzte er hinzu und wackelte mit dem Löffel. »Seht ihr, was ich meine?«

Sowohl Hain als auch seine Kollegin betrachteten den milchigen Überzug auf den ersten drei Zentimetern der Griffseite.

»Aber an dem Ende hält man doch den Löffel fest, Sören. Warum sollte jemand Gift auf dieser Seite aufbringen?«

Der Mann in Weiß stöhnte auf. »Denk doch mal nach, du Blitzbirne. Mit diesen kontaminierten Fingern fährst du dir den ganzen Tag durch das Gesicht, bohrst in der Nase, kraulst dich am Sack und so weiter. Noch Fragen?«

»Also möglicherweise ein Kontaktgift?«

»Dazu kann und werde ich nichts sagen, weil das nicht mein Gebiet ist. Das machen die Jungs und Mädels von der

KTU. Ich zumindest bin ziemlich stolz, dass ich diese Spur gefunden habe und sie euch zeigen kann.«

»He«, schmunzelte Pia. »Er will gelobt werden.«

»Nein«, widersprach der Mann mit dem Löffel in der Hand, »er hechelt geradezu nach Lob.«

»Und wenn es irgendetwas total Unbedeutendes ist, was dann?«

»Dann könnt ihr immer noch der ganzen Welt erzählen, dass ich ein mordsmäßiger Riesentrottel bin. Aber ich wette meine Altersvorsorge als Beamter gegen eine Tasse Kaffee, dass ich hier ein verdammt wichtiges Beweisstück in der Hand halte.«

»Na, schauen wir mal«, relativierte Pia lächelnd. »Aber dass du es entdeckt hast, Sören, ist wirklich großartig.«

Sören Keller nickte beiden zu, drehte sich um und ging langsam davon. »Na bitte, geht doch«, murmelte er dabei leise.

»Ja, läuft«, rief Pia ihm nach.

»Vielleicht ist das wirklich der Durchbruch im Fall Andermatt«, meinte Hain, während er langsam Richtung Mazda davonging. »Aber trotzdem brauche ich jetzt erst mal was zu futtern, mir hängt der Magen echt auf halb acht.«

»Klasse. Ich dachte schon, du wärst zum Hungerkünstler mutiert.«

»Nicht in diesem Leben. Stellt sich nur die Frage, was es …«

Der Hauptkommissar blieb wie angewurzelt stehen und sah seine Kollegin mit weit aufgerissenen Augen an.

»Was ist denn jetzt schon wieder los, Thilo?«

»Eigentlich gar nichts, mir ist nur gerade was eingefallen.« Hain dachte ein paar Augenblicke nach, ehe weitersprach. »Und das könnte ernsthaft etwas mit unseren Löffeln da drin zu tun haben.«

»Da bin ich jetzt aber wirklich gespannt.«

Der Hauptkommissar holte tief Luft und betrachtete dabei den strahlend blauen Himmel. »Es geht um Uwe Wagner, an den erinnerst du dich bestimmt.«

»Den ehemaligen Pressemann?«

»Ja, genau um den. Der war erstens ein echter Kaffeegourmet und hatte zweitens eine Marotte, an die ich mich gerade erinnert habe.«

»Und die wäre?«

»Uwe hat seinen Espresso immer mit dem falschen Ende des Löffels umgerührt, selbst wenn er keinen Zucker in den Kaffee gemacht hat.«

»Warum rührt man Espresso um, wenn man keinen Zucker nimmt?«

»Diese nach seiner Aussage dumme Frage habe ich ihm vor langer Zeit auch mal gestellt, und er hat sie mir, dem Kaffeebanausen, immerhin beantwortet. Nämlich weil der untere Teil des Espresso in der Tasse viel stärker ist als der obere, was einfach daran liegt, dass der erste Teil beim Extrahieren viel mehr Inhaltsstoffe abbekommen hat. Also muss man den Espresso entweder in einem Zug runterkippen, was er nicht mochte, oder man muss ihn umrühren. Ein paar Italiener kriegen das ganze wohl mit einer formvollendeten Drehbewegung der Tasse hin, aber auch das mochte Uwe nicht. Also hat er seinen Espresso immer umgerührt, und zwar mit dem falschen Ende des Löffels.«

»Aber warum macht man so einen Unfug? Soll das cool sein oder was?«

Hain schüttelte energisch den Kopf. »Nein, nein. Es ging ihm dabei um die Temperatur des Kaffees. Uwe hat es mir so erklärt, dass über die falsche Seite des Löffels wesentlich weniger Temperatur aus dem Kaffee an den Löffel abgegeben wird, weil viel weniger Oberfläche in die Flüssigkeit getunkt wird.«

Pia Ritter tippte sich an die Stirn. »Das, lieber Thilo, ist für mich die pure Kaffee-Esoterik.«

»Aber Uwe hat es nun mal so gemacht. Und vielleicht war dieser Benjamin Andermatt ja ein ebensolcher Verrückter, was den Kaffee anging.«

»Genug von dem Zeug getrunken hat er ja wohl, zumindest nach Aussage seines Sohnes.«

»Ja, das stimmt.«

»Und dann bliebe immer noch die Frage, wie man an diese Information herankommt. Falls die beiden, die eben auf uns geschossen haben, auch für die Kontaminierung der Löffel verantwortlich waren, müssen sie ja irgendwoher gewusst haben, dass Andermatt seinen Kaffee auf diese komische Weise umrührt.«

»Es wäre immerhin möglich, dass sie einen Informanten aus dem näheren Umfeld hatten.«

Der Kommissar hob den Kopf und sah Richtung Küchenfenster. »Oder sie haben ihn ausspioniert. Ich kann sogar von hier aus noch in die Küche sehen.«

Pia folgte skeptisch dem Blick ihres Kollegen. »In dieser feinen Gegend jemanden über die Straße ausspionieren? Wie stellst du dir das vor? Dass sie im Auto gesessen und mit dem Fernglas sein Küchenfenster beobachtet haben? Nein, das glaube ich beim besten Willen nicht. Aber neben der Frage, wer ihm und auf welche Weise das Gift verabreicht hat und woher er oder sie von der Marotte mit den falsch herum gehaltenen Löffeln wussten, bleibt für mich noch der Aspekt des Motivs. Bis auf seine Frau, die auf mich allerdings nicht besonders verdächtig wirkt, sehe ich da weit und breit noch niemanden.«

»Was ist mit seinem Arbeitgeber?«

Hain starrte seine Kollegin an, als habe sie soeben den akut bevorstehenden Weltuntergang verkündet. »Bist du irre, Pia? Wir reden hier von einem Weltunternehmen. Und das hat mit Sicherheit genug Rechtsanwälte am Start, um auch noch jedem Menschen auf diesem Planeten die Lust am Streiten mit ihnen zu verderben.«

»Das kann schon sein«, zeigte sich die Oberkommissarin unbeeindruckt. »Das mit Andermatts Frau und einem Verdacht gegen sie sehe ich genauso wie du, aber irgendwer muss ja die beiden Strolche mit den dicken Kanonen beauftragt haben.«

»Da wiederum muss ich dir uneingeschränkt recht geben.«

»Also ...«

»Trotzdem glaube ich definitiv nicht, dass Baunatal oder Wolfsburg etwas damit zu tun haben.«

»Und die sofortige Einflussnahme auf unsere Ermittlungen?«

»Ach komm, da haben wir doch vorhin schon drüber gesprochen; die haben einfach Angst um ihren guten Ruf. Ich finde es zwar genauso scheiße wie du, dass so etwas passiert, aber dass dahinter eine Vertuschungsstrategie stecken könnte, kann ich mir beim besten Willen nicht vorstellen.«

»Und dieser Dr. Held, der das Land so überstürzt verlassen hat, was ist mit dem? Und Nolting, dem Werksarzt?«

»Das sind Mediziner, Pia. Die haben einen Eid geschworen.«

Pia Ritter zog die Augenbrauen hoch. »Sie wären nicht die Ersten, die es mit dem hippokratischen Eid nicht hundertprozentig genau nehmen würden.«

Hain überlegte. »Ist das echt eine Spur, die du verfolgen möchtest?«

»So wie jede andere auch. Gleichberechtigt und ohne jegliche Denkverbote.«

Der Hauptkommissar sah seine Kollegin skeptisch an. »Nein, das schließe ich aus. Das machen die nicht.«

»Und wenn er tatsächlich über irgendwelche Schweinereien aus dem Vorstand Bescheid wusste? Als Assistent hatte er damals doch garantiert einen ziemlich detaillierten Einblick. Das würde auch seinen kometenhaften Aufstieg erklären.«

»Aber warum sollten sie ihm dann jetzt das Licht ausknipsen? Nachdem sie ihn zum Werksleiter gemacht haben und er ein paar Jahre in der Position gearbeitet hatte?«

»Vielleicht ist er gierig geworden?«, sinnierte Pia. »Vielleicht hat er Forderungen gestellt, die unerfüllbar waren?«

»Das klingt ja wie aus einem Hollywoodfilm«, entgegnete Hain. »Mit Verschwörung und CIA, FBI, NSA und allem anderen Drum und Dran.«

Pia Ritter setzte sich langsam in Bewegung und nahm Kurs auf den Mazda. »Denk halt einfach mal darüber nach. Es ist wirklich ein bisschen abwegig, das gebe ich schon zu, aber ich will es einfach nicht als komplett unmöglich ansehen.«

»Das machen wir auch nicht. Versprochen.«

»Gut. Immerhin könnten wir im Vorfeld schon mal seine Frau fragen, wie ihr Ehemann seinen Espresso getrunken und vor allem umgerührt hat.« Sie griff zum Telefon, kramte den Zettel hervor, auf dem Liv-Grete Andermatt ihre Nummer vermerkt hatte, und wählte. »Volltreffer«, strahlte sie eine Minute später ihren Kollegen an. »Er hat seinen Espresso genauso merkwürdig behandelt wie Uwe Wagner, nämlich mit dem verkehrt herum gehaltenen Löffel.«

12

Tancredo Campos machte sich Sorgen. Große, überaus ernsthafte Sorgen. Der Mann, der sich stöhnend auf dem Beifahrersitz seines alten Ford hin und her wälzte und die Kopfstütze dabei komplett mit dem Blut aus seiner Kopfwunde besudelt hatte, sah gar nicht aus wie »ein kleiner Mitarbeiter von Volkswagen«, wie die schöne Frau es ihm gegenüber behauptet hatte. Ganz und gar nicht sah der so aus.

Der arbeitslose Lagerarbeiter blickte immer wieder hinüber zu ihm und versuchte dabei, sich einen Reim auf das zu machen, was vor nicht einmal fünf Minuten in dem Kaff nahe der Rodovia Ayrton Senna abgespielt hatte. Mit zitternden Fingern griff er nach rechts und begann, die Innentasche des Sakkos seines Passagiers zu durchsuchen. Als Erstes fischte er einen Reisepass daraus hervor.

»Bundesrepublik Deutschland« konnte er darauf lesen.

Campos wusste nicht viel über dieses Land in Europa, das meiste davon bestand aus Fußballwissen. Aber er wusste genau, dass ein einfacher kleiner Mitarbeiter von Volkswagen nicht mal eben nach Brasilien geschickt werden würde.

Er blinkte, lenkte den Wagen auf einen Parkplatz, stellte den Motor ab und schlug den Reisepass auf.

»Dr. Martin Held«, las er.

Ein *doutor*. Also hatte die Frau ihn angelogen. Natürlich. Er hatte ihr von Anfang an nicht geglaubt. Es war der erste deutsche Reisepass, den er in Händen hielt, und es war der erste Reisepass überhaupt. Tancredo Campos hatte nie einen beantragt oder gebraucht, weil er Brasilien noch nie verlassen hatte.

Wenn er den roten Stempel auf einer Seite in der Mitte richtig deutete, dann war der Mann am Morgen in Guarulhos angekommen.

Am Morgen in Brasilien angekommen, am Nachmittag ziemlich mitgenommen in meinem Auto.

Campos klappte das Dokument zusammen und warf es in die Mittelkonsole. In diesem Moment drehte der Verletzte den Kopf und sah ihn mit weit aufgerissenen Augen an.

»Ahh«, machte er.

»Ich glaube, dass ich dich nicht verstehen könnte, Kumpel, selbst wenn du was Vernünftiges zu mir sagen würdest«, gab Campos auf Portugiesisch zurück.

Der Mann auf dem Beifahrersitz hob langsam den rechten Arm und fuhr sich mit dem Zeigefinger in den Mund. Dann fing er wieder an zu stöhnen.

»Ahh.«

Als Tancredo Campos seinem Wunsch folgte und ihm in den blutigen Mund sah, wurde ihm schlagartig schlecht. Ein großer Teil der Zunge des Mannes war nur noch durch einen kleinen Fetzen mit dem Rest verbunden und hing ihm quer im Mund. Wie es aussah, hatte er sie sich beim Aufprall abgebissen.

»Ahh.«

»Du hast Schmerzen, was?«

Der Verletzte sackte zusammen, griff sich an den Kopf und begann jämmerlich zu weinen. »Bas iss denn bur hassiet?«

Campos warf einen Blick auf die neben ihnen dahinrollenden Wagen, dann sah er den Verletzten an.

»Wir haben ein Problem«, sagte er in dessen Richtung, doch seine Worte gingen im lauten Weinen des Mannes unter. »Oder warte, eigentlich hast du ein Problem. Und ich vielleicht bald eins weniger.«

»Hankenaus«, kam es von rechts. »Ihh buss ing ei Hankenaus, um par nell.«

Wieder sah Campos ihn an. Er fühlte sich wie ein mieser, erbärmlicher Verbrecher bei dem Gedanken, den Mann an die Peiniger seines Sohnes zu verkaufen, doch er sah einfach keine andere Möglichkeit, Diegos Leben zu retten.

»Es tut mir wirklich leid, und vielleicht wäre es besser für dich gewesen, du wärst bei dem Unfall draufgegangen, aber wir beide müssen jetzt eine kleine Reise machen.«

Dr. Held sah ihn verständnislos an, wischte sich über die tropfnassen Augen und sah aus dem Fenster. »Hankenaus!«, rief er klagend. »Ihh buss hofort ing ei Hankenaus.«

»Ja, wir fahren. Sicher nicht dahin, wo du vermutlich gern hingefahren werden würdest, aber das ist mir egal. Der Himmel hat mir dich auf den Beifahrersitz gesetzt, und damit müssen wir jetzt beide leben. Ob dir das passt, schert mich nicht, weil es mich nicht scheren darf.«

Der *doutor* sah Campos mit völligem Unverständnis an, während der Brasilianer den Motor startete. Dann wurden die Augen des Deutschen glasig, sein Kopf fiel zur Seite und schlug gegen die Scheibe der Beifahrertür. Eine für ihn vermutlich überaus angenehme Bewusstlosigkeit hatte sich seiner erbarmt, aus der er die gesamte Fahrt über nicht erwachte. Dann und wann sonderte er ein paar Jammerlaute ab, an die sich sein Chauffeur aber nach kurzer Zeit gewöhnt hatte. Eine Stunde und 40 Minuten später stellte Campos den Ford auf exakt den gleichen Parkplatz wie ein paar Stunden zuvor, wischte sich die schweißnassen Hände an den Hosenbeinen ab und sah noch einmal nach rechts. Dr. Held war noch immer nicht bei Bewusstsein, allerdings sah er mit dem eingetrockneten Blut am ganzen Körper, der klaffenden Kopfwunde mit ebenfalls grindigen Blutresten und der zusammengesunkenen Haltung mehr tot als lebendig aus. Campos klaubte den Reisepass des Deutschen aus der Mittelkonsole, öffnete die Fahrertür und stieg aus. Zum ersten Mal kam ihm der Gedanke, dass jemand in dieser üblen Gegend ihm sein Opfer abjagen könnte, doch dieses Risiko musste er eingehen. Er musste es tun, weil er einfach keine andere Chance hatte.

Mit völlig angespanntem Körper schloss er den Wagen ab, drehte sich um und machte sich auf den Weg zu dem etwa 500 Meter entfernten Haus, das von den gleichen beiden jungen Typen bewacht wurde wie schon am Vormittag. Als sie ihn erkannten, fingen beide feist an zu grinsen.

»He, du schon wieder, alter Mann. Noch nicht genug abgekriegt?«

»Doch … nein«, stammelte Tancredo und spürte, wie ihm der Schweiß aus allen Poren quoll. »Ich würde gern kurz mit Ramon sprechen.«

»Soso. Worüber denn?«

»Das würde ich gern mit ihm selbst klären. Ich … ich glaube, ich kann ihm ein gutes Geschäft vorschlagen.«

Der Größere der beiden trat auf ihn zu und blieb erst stehen, als seine Nasenspitze nur noch ein paar Millimeter von Campos Gesicht entfernt war. Auch der andere kam ein gutes Stück näher. Sein Körpergeruch und die Ausdünstungen aus seinem Mund ließen vermuten, dass er sich primär von Knoblauch ernährte.

»Du? Du willst Ramon einen Deal anbieten?«, blaffte er den zwischen ihnen hin- und hersehenden Mann an. »Was sollte das sein, was wir von dir gebrauchen könnten?«

Tancredo Campos versuchte, sich seine Angst nicht anmerken zu lassen, doch das war mehr als ambitioniert. Er wich zwar nicht zurück, konnte aber das Zittern seiner Hände nur mit größter Mühe unterdrücken.

»Ich will keinen Ärger mit euch, wirklich nicht, aber ich würde wirklich gern mit Ramon sprechen. Das, was ich ihm vorschlage, ist bestimmt ein gutes Geschäft für ihn. Und damit natürlich auch für euch.«

Es entstand eine kurze Pause.

»Gut«, meinte der Kleine schließlich. »Ich gehe und frage Ramon, ob er dich sehen will. Aber wenn du uns verarschst oder irgendeine Schweinerei ausgeheckt hast, kommst du nicht wieder lebendig hier raus. Klaro?«

»Ja, natürlich. Klaro.« Noch ein funkelnder Blick und der Gangster verschwand. Es dauerte allerdings fast 15 Minuten, bis er wieder in der Tür auftauchte. Tancredo sah ihm in die rot geränderten Augen und wusste sofort, dass er irgendwelche Drogen genommen hatte.

»Komm mit«, wurde er angewiesen und trottete hinter dem in Zeitlupentempo gehenden Mann her, bis der vor einer rot lackierten Tür stehen blieb und klopfte. Kurz darauf wurde sie von eben jenem Mann geöffnet, der Tancredo Campos am Morgen furchtbar verprügelt hatte.

»So schnell hätte ich nicht wieder mit dir gerechnet, alter Mann«, grinste der Boss der Gangsterbande ihn an. »Ich vermute, du warst auf der Bank und hast dir einen Kredit besorgt, um nicht hinter dem Sarg deines verdammten Sohnes herlaufen zu müssen.«

Aus dem Raum dahinter ertönte lautes Lachen.

»Schnauze!«, brüllte er, ohne den Kopf auch nur um ein Grad zu drehen, und schlagartig verstummte jedes Geräusch. »Ich habe gehört, du willst mir ein Geschäft vorschlagen. Was für ein verficktes Geschäft soll das denn sein?«

Campos reichte seinem feist grinsenden Gegenüber den deutschen Reisepass. »Ich habe Zugriff auf einen Volkswagen-Manager. Er ist ein richtig hohes Tier, ein Doktor. Für den lassen die garantiert ein hohes Sümmchen springen.«

Ramon, Boss von etwa 120 zumeist jugendlichen Gewaltverbrechern und passionierter Stirnbandträger, sah seinen Besucher verdutzt an. »Was redest du denn da für einen Haufen Scheiße, du Wichser? Was sollen wir mit einem Volkswagendoktor anfangen?«

»Er ist kein einfacher Mann bei Volkswagen. Er wurde aus Deutschland nach Brasilien geschickt und mit einer riesigen Limousine vom Flughafen abgeholt.«

»Und was genau macht der Kerl bei Volkswagen? Pumpt er die Reifen auf, oder was?«

»Nein, nein, so glaub mir doch. Er ist ein ganz wichtiger Manager. Ihr könnt garantiert zehn Millionen Real für ihn verlangen. Mindestens!«

Ramon dachte einen kurzen Moment nach und musterte dabei das Foto im Pass. Buchstaben hatten ihn noch nie wirklich interessiert. »Und wie bist du an ihn drangekommen? Ist er dir vors Auto gelaufen?«

»So ungefähr war es, ja. Aber bevor ich dir mehr darüber erzähle, will ich dein Wort, dass wir im Geschäft sind. Ich lasse dir den deutschen *doutor* hier und nehme im Gegenzug Diego mit.«

Er reckte den rechten Arm nach vorn, um den Deal zu besiegeln. »Sind wir im Geschäft?«

»Nein, sind wir nicht«, fuhr Ramon ihn an. »Du glaubst wohl, du kannst hier einfach so reinmarschieren und uns irgendwelche Sachen aufs Auge drücken, wie zum Beispiel einen *doutor germano*. So läuft das nicht, verstehst du?«

»Aber ich …«

»Halt's Maul«, brüllte der Gangster ihn scharf an. »Und versuch bloß nicht, mich zu ficken, sonst bist du ein toter Mann.«

»Gut, gut, von mir aus«, erwiderte Campos nach einer kurzen Pause patzig. »Dann mache ich das Geschäft mit jemand anderem. Wir sehen uns morgen, wenn ich dir die 15.000 Real bringe. Morgen um 10 Uhr bin ich hier.« Er wandte sich um und setzte zum Gehen an, doch Ramon packte ihn an der Schulter und wirbelte ihn so kraftvoll herum, dass er zur Seite fiel.

»Du gehst, wenn ich es dir sage, und keine Sekunde vorher. Und jetzt bleibst du da auf dem Boden sitzen und rührst dich nicht, bis ich dir was anderes sage. Verstanden?«

Campos nickte. Er wusste, dass er ein gefährliches Spiel komplett ohne doppelten Boden oder jegliches Sicherungsseil spielte. »Aber lass mich lieber nicht zu lange warten.«

Der Kidnapper seines Sohnes hob eine Augenbraue, holte mit dem rechten Arm aus und tat, als würde er zuschlagen. Tancredo hatte schon die Augen geschlossen und sich auf den gleich einsetzenden Schmerz eingestellt, als er das grelle Lachen des Mannes über sich hörte.

»Du hast Eier, das muss man dir lassen, Kumpel. Du hast wirklich Eier. Hätte ich nicht gedacht.«

Noch immer lachend ging er zur Tür hinaus, aus der er gekommen war.

Wieder vergingen quälend lange Minuten, die Tancredo in der Hoffnung, etwas für sich und seinen Sohn herauszuschlagen zu können, bewegungslos am Boden sitzend zubrachte. Einzig die Beine bewegte er von Zeit zu Zeit, weil ihm immer wieder das eine oder andere einschlief. Er schätzte, dass er bereits eine knappe Stunde so zugebracht hatte, als sich die Tür wieder öffnete und Ramon mit einer blonden Schönheit mit riesigen Brüsten neben sich hereintrat.

»Gut, wir sind im Geschäft, alter Mann. Wo ist der Kerl?«

»Wo ist Diego?«

Ramon wies mit dem Kopf nach rechts, wo in diesem Augenblick drei Männer auftauchten. Die beiden Äußeren schleiften einen Dritten mit sich, dessen Arme sie sich über die Schultern geworfen hatten. Erst kurz bevor die kleine Gruppe sie erreicht hatte, erkannte Campos, dass der Mittlere sein Sohn Diego war. Er sah furchtbar aus und war offenbar bewusstlos.

»Viel ist nicht gerade mit ihm los«, bemerkte Ramon, »aber das liegt am Turkey. Wenn du ihm einen Schuss spendierst, ist er ruckzuck wieder ganz der Alte. Kannst du gleich hier käuflich erwerben.«

Wie gern würde ich dich mit dem größten Vergnügen umbringen, dachte der arbeitslose Lagerarbeiter. Doch anstatt sich diesem Wunschtraum auch nur im Ansatz zu nähern, griff er nach seinem Sohn und stützte ihn.

»Das ist der unwichtige Teil unseres Deals«, belehrte Ramon ihn arrogant. »Bevor ich nicht unseren anderen Vertragsgegenstand gesehen habe, darfst du deinen Stammhalter nicht mal anfassen.«

Campos zog umständlich seinen Autoschlüssel aus der Tasche, reichte ihn Ramon und gab ihm eine kurze Wegbeschreibung.

»Du hast ihn im Auto sitzen? Ist er gefesselt, oder was?«

»Geh hin und schau ihn dir an«, erwiderte Tancredo. »Und wenn du einen Arzt unter deinen Leuten hast, wäre es sicher nicht das Schlechteste, wenn der sich ein wenig um ihn kümmern würde. Er ist nicht so übel dran wie Diego hier, aber richtig gut geht es ihm auch nicht. Besonders um seine Zunge sollte sich jemand kümmern, der sich mit Medizin auskennt.«

»He, he, warte. Dass er verletzt ist, hast du mir nicht gesagt, alter Mann. Das macht unseren Deal irgendwie hinfällig, was meinst du?«

Campos sah den Gangsterboss an, dann seinen Sohn und schließlich wieder Ramon. Der winkte ab.

»Ach, scheiß drauf. Aber Gott steh dir bei, wenn dein deutscher Doktor uns hier verreckt. Dann weiß ich genau, wo ich dich und deinen vergammelten Abschaum von Sohn finde.«

»Er wird nicht sterben. Lasst einen Arzt nach ihm sehen, speziell nach seiner Zunge, päppelt ihn ein bisschen auf und dann könnt ihr mit ihm das Geschäft eures Lebens machen.«

Nun lachte die Blonde neben Ramon kehlig auf. »Er glaubt zu wissen, wie wir unsere Geschäfte machen, Baby. Ist er nicht süß, der alte Knacker?«

13

Harald Eschbach zog die Bürotür hinter sich zu, schloss ab und klemmte sich seine kleine Kunstledertasche unter den rechten Arm. Mit schnellen Schritten brachte er den langen Flur hinter sich und kurz darauf hatte er das Gebäude, in dem der Betriebsrat des VW-Werks Kassel seine Heimat hatte, verlassen. Auf dem Weg zu seinem Wagen begegnete er mehreren Werkern, die ihn allesamt mit seinem Vornamen ansprachen und grüßten. Zu seinem großen Erstaunen hatte keiner von ihnen einen Wunsch oder ein Anliegen, was eine wirkliche Ausnahme war, denn oft musste er auf dem Weg in den Feierabend mehrmals stoppen und auf die diversen Bitten der Kollegen eingehen.

»Das ist einer der Gründe, warum ich immer wieder gewählt werde«, hatte er einmal seiner Frau auf ihre Beschwerde hin erklärt, nachdem er zum x-ten Mal nach der vereinbarten Zeit zu Hause angekommen war. »Ich bin für die Leute da; vor der Arbeit, während der Arbeit und eben auch nach der Arbeit. Das ist Teil meines Jobs. Und ich will auf gar keinen Fall in meinem Alter noch einmal etwas anderes machen als Betriebsratsarbeit.«

Das hatte sie immerhin verstanden, wenn auch nicht ohne Murren. Während er sich mit schnellen Schritten seinem Wagen näherte, vermeldete sein in der Tasche steckendes Telefon den Eingang einer WhatsApp. Für einen Moment war der Betriebsrat geneigt, sich den Inhalt der Meldung anzusehen, doch er wollte kein Risiko eingehen. Oftmals waren diese Nachrichten die reinste Zeitverschwendung, doch manchmal eben auch nicht. Und wenn es jetzt noch etwas Wichtiges im Werk oder von einem Betriebsratskollegen gäbe, wäre das schon mehrmals verschobene Treffen mit seinem Schwager erneut mehr als gefährdet. Also ließ er das Telefon summen, warf die Tasche auf den Beifahrersitz und startete den hubraumstarken Dieselmotor seines erst einen Monat alten SUV.

Die Fahrt durch die Innenstadt dauerte wegen einer Demonstration länger als sonst, doch dann hatte er die vierspurige Ausfallstraße erreicht und rollte eine Viertelstunde später auf das Gelände des Volkswagen-Markenhändlers Groß im Vorort Vellmar. Der grauhaarige Mann hinter dem Steuer war immer wieder erstaunt und auch ein wenig erschrocken über die Menge an Fahrzeugen, die hier auf dem Hof auf Kunden warteten. Er löste den Sicherheitsgurt, stieg aus und sah sich um.

Das müssen doch mindestens 150 Autos sein, die hier stehen, dachte er. *Aber auf jeden Fall deutlich mehr als noch vor zwei Wochen, bei meinem letzten Besuch.*

Zwei Mechaniker in grauer Arbeitsmontur grüßten im Vorbeigehen. Eschbach grüßte zurück, wandte sich Richtung Haupteingang und betrat durch die edel wirkende Doppelflügeltür die Ausstellungshalle. Dort wurde er von der Empfangsdame hinter dem Tresen mit einem freundlichen Lächeln begrüßt, die allerdings wusste, wer er war und wo er hinwollte.

»Hallo, Harald, komm rein«, wurde er keine Minute später von seinem düster dreinblickenden Schwager Roman Groß in Empfang genommen. »Schön, dass es wenigstens diesmal geklappt hat.«

Eschbach tat, als habe er den unüberhörbaren Vorwurf nicht wahrgenommen.

»Ja, das finde ich auch. Ich habe aber auch alles dafür getan, diesmal.«

»Schwamm drüber«, fuhr Groß fort, geleitete den Mann seiner Schwester zu der kleinen Sitzgruppe in der linken hinteren Ecke seines großzügigen Büros und bot ihm einen Stuhl an.

»Was zu trinken?«, wollte er mit Blick auf eine Wasserflasche auf dem Tisch wissen.

Eschbach schüttelte den Kopf. »Ich brauche nichts, danke. Alles, was man bei dieser Hitze in sich reinschüttet, schwitzt man doch sofort wieder raus, und sieht dann aus, als hätte man ein tödliches Sportprogramm hinter sich gebracht.«

Groß, der offenbar nicht so intensiv wie sein Schwager schwitzte, schenkte sich ein Glas ein.

»Wie geht's dir, Harald?«, wollte er mit belegter Stimme wissen.

»Mir geht es gut, Roman. Wirklich, ich kann nicht klagen. Viel wichtiger ist allerdings die Frage, wie es dir geht? Und ob du genug von den vielen Autos verkaufst, die da auf dem Hof rumstehen?«

Roman Groß unterdrückte mühsam einen Rülpser, stellte das Glas zurück auf den Tisch und kratzte sich mit der anderen Hand nervös am Ohr. »Klar verkaufen wir Autos. Deshalb stehen wir morgens auf. Aber wir verdienen leider kein Geld mehr damit.«

»Ist die Marge immer noch so schlecht?«

Der Autohändler nickte. »Eigentlich wechseln wir eher Geld, als welches zu verdienen. Jeder, der hier reinkommt, weiß, dass und wie man im Moment billig an einen Neuwagen kommt. Und weil die meisten auch noch ihren Alten in Zahlung geben, habe ich auf einem Parkplatz außerhalb noch einmal knapp 100 Fahrzeuge stehen.«

Eschbach riss die Augen auf. »Noch mal 100? Aber das ist ja Wahnsinn, Roman. Diese vielen Dinger wirst du doch nie wieder los.«

»Was soll ich denn machen? Soll ich den Kunden vom Hof fahren lassen, nur weil ich seinen Gebrauchtwagen nicht zurücknehmen will?«

»Du musst! Was soll denn passieren, wenn die Zinsen einen weiteren Prozentpunkt steigen? Dann bringt dich allein der Kapitaldienst um.«

Groß senkte den Kopf. »Wie es aussieht, braucht es das gar nicht mehr, Harald. Die Sparkasse hat mir wegen mangelnder Deckung einen Kredit gekündigt. Einen großen, wichtigen natürlich.«

Der VW-Betriebsrat brauchte einen Moment, um die gehörte Information zu verarbeiten. Danach riss er erneut die Augen auf. »Gekündigt? Und was heißt das für den Geschäftsbetrieb?«

»Im Augenblick noch nicht viel. Aber wenn nicht ein Wunder geschieht, gehen hier nächste Woche die Lichter aus.«

»Die … Lichter aus?«

Der Mann im blauen Anzug fing sarkastisch an zu lachen. »Die Lichter aus, ja. Unser Kapital ist aufgebraucht, wir können nichts mehr nachschießen.«

»Und wie sieht es mit Wolfsburg aus? Du bist einer von den größeren Händlern, so einen lassen die doch garantiert nicht in die Insolvenz gehen.«

Wieder lachte Groß. Diesmal ein wenig lauter. »Wolfsburg? Dass ich nicht lache! Seit vier Wochen wissen die von meiner angespannten Situation, und glaubst du, die hätten sich auch nur einmal bei mir gemeldet? Pustekuchen.«

»Wie groß ist die Lücke, die gestopft werden muss?«

»Zu groß, glaub mir.«

»Roman, sag mir verdammt noch mal eine Zahl!«

»Eine halbe Million. Hunderttausend hoch oder runter vielleicht, was weiß ich.«

Eschbachs Schlucken beim Vernehmen der Summe war im gesamten Raum zu hören. »Scheiße, das ist viel Geld.«

»Da will ich dir ausnahmsweise mal nicht widersprechen.«

»Und eine andere Bank will auch nicht einspringen? Vielleicht zu einem etwas höheren Zinssatz als Risikoaufschlag?«

»Habe ich alles probiert, glaub mir. Ich renne seit fast einer Woche von Bank zu Bank, hole mir aber immer nur Abfuhren. Grund und Boden sind verpfändet, die Gebäude gehören schon lange nicht mehr dem Unternehmen, und alles andere von Wert dient längst für irgendeinen anderen Kredit als Absicherung. Sogar meine Altersvorsorge habe ich schon in den Pott geschmissen.«

»Das klingt diesmal wirklich nach Endspiel, Roman.«

»Es ist das Endspiel, Harald. Wenn ich nicht bis Anfang nächster Woche eine halbe Million auftreibe, bewegt sich hier nur noch der Insolvenzverwalter über den Hof, und sonst gar nichts mehr.« Der Autohändler holte tief Luft. »Wir sind seit mehr als 60 Jahren VW-Händler. Als mein Großvater und meine Großmutter die ersten Neuwagen verkauft haben, waren das noch luftgekühlte Käfer, Busse und dann 1600er. Wir haben gute und schlechte Zeiten durchgemacht, aber so schlimm wie heute war es wirklich noch nie. Und wenn ich mir überlege, dass wir das alles diesen verschissenen Typen zu verdanken haben, die dachten, dass man sie bei ihren Betrügereien nicht erwischt, kommt mir echt das Mittagessen hoch.«

»Ja, ich weiß. Aber darüber haben wir nun wirklich lang und breit gesprochen. Das ist Schnee von gestern, der dir heute nicht mehr hilft.«

»Aber ohne diese Sauerei wären wir immer noch ein hochprofitables Unternehmen. Erst seitdem das durch die Medien geistert, sind wir so abgeschmiert. Die Volkswagen-AG schreibt längst wieder gute, eigentlich sogar perfekte Zahlen, aber leider zum größten Teil auf unsere Kosten, nämlich denen der Händler.«

»Na ja. So ein bisschen was falsch hast du vielleicht auch gemacht, oder?«

Roman Groß hob den Kopf und sah seinen Schwager durchdringend an. »Ach, was soll denn das jetzt wieder? Die 250.000 Euro, die ich bei diesen Optionsscheindeals verloren habe, würden mir jetzt auch nicht den Arsch retten.«

»Es wäre aber immerhin schon mal die Hälfte dessen, was notwendig ist.«

»Jaja, die Hälfte. Wobei wir beide schon auch genau wissen, dass es eine Rettung für dieses Unternehmen gäbe. Wir wissen es ganz genau, aber es kommt nicht infrage, weil meine Frau Schwester wie eine Geistesgestörte auf ihrem Standpunkt beharrt.«

»Das geht aber jetzt zu weit. Gundi hat schon mehr als eine Million von ihrem Geld hier reingesteckt mit der klaren Erwartungshaltung, nie mehr auch nur einen Cent davon zurückzubekommen. Vergiss das nicht, wenn du so einen Unsinn redest, ja?«

»Aber wir wissen beide, dass meine Schwester das Geld hätte, um mir zu helfen. Sie will nur einfach nicht!«

»Und das kannst du wirklich nicht verstehen, Roman? Sie hat damals, als eure Eltern ihre beileibe nicht unerheblichen Werte an euch beide verteilt haben, auf ihren Anteil am Autohaus verzichtet und wurde ausbezahlt. Natürlich auch, weil du niemanden wolltest, der dir in deine Geschäfte reinredet. Also beschwer dich jetzt gefälligst auch nicht.«

»Klar, du hast recht. Sie hat ihr halbes Leben von dem Geld bestritten, das unsere Eltern und ich ihr in den Rachen gesteckt haben. Hat die Welt bereist, fast alle Länder auf dieser Erde besucht, während ich mir hier zwölf Stunden am Tag den Arsch aufgerissen habe. Leistungslosen Wohlstand nenne ich das mal.«

»Du wirst geschmacklos.«

Der Autohändler lief rot an. »Ja, das war scheiße. Bitte entschuldige.«

»Kein Ding.«

»Ich weiß halt einfach nicht mehr, was ich machen soll, Harald. Mir steht das Wasser bis zum Hals, und wenn am Monatsende die Rechnung der Krankenkasse nicht abgebucht werden kann, dann stellen die den Insolvenzantrag.«

»Die Krankenkasse?«

»Klar. Wer die nicht mehr löhnen kann, der ist wirklich am Arsch.«

»Würde es denn helfen, wenn ich Gundi frage, ob sie zumindest dafür ins Obligo geht?«

Groß schüttelte den Kopf. »Das wäre der berühmte Tropfen auf dem heißen Stein. Nein, entweder ich treibe die halbe Million auf oder ich schmeiß mich vor den Zug.«

Harald Eschbach schüttelte unwillig den Kopf. »Du schreckst heute auch vor gar nichts zurück, was?«

»Ich bin echt verzweifelt. Und ja, ich würde meine Schwester auf Knien bitten, mir die Kohle zu leihen, wenn sie mich denn wenigstens in ihre Nähe lassen würde.«

»Dass sie dich nicht sehen will, hast du dir ausschließlich selbst zuzuschreiben, mein lieber Schwager. Dafür, dass du sie im besoffenen Kopf vor versammelter Belegschaft auf deiner Weihnachtsfeier heruntergeputzt und aufs Übelste beleidigst, kann Gundi nun wirklich nichts.«

»Ja, das war wirklich nicht gut, das sehe ich ja ein. Aber irgendwann sollte dann auch mal Gras über so eine Sache gewachsen sein.«

»Das ist keine zwei Jahre her, du Idiot! Was denkst du dir eigentlich?«

»Das heißt, du wirst sie nicht in meinem Namen fragen, ob es irgendeine Chance gibt, mir Geld zu leihen?« Groß schluckte. Wie auf Kommando lief ihm eine Träne über die rechte Wange. »Immerhin ist dieses Unternehmen von unseren Großeltern gegründet und von unseren Eltern zu einer weit über die Grenzen der Region hinaus bekannten Marke gemacht worden. Sollen wir das alles jetzt wegen einer kleinen Schieflage aufgeben?«

»Hör auf mit deinem taktischen Geflenne, Roman. Das konntest du schon immer gut, und das hat bei deiner geschiedenen Frau auch immer gezogen, wenn du mal wieder irgendwo rumgehurt hattest. Aber bei mir zieht die Masche nicht. Also lass es einfach.« Eschbach stand auf und ging langsam in Richtung Tür. »Ich werde Gundi fragen, aber ich kann dir jetzt schon sagen, dass deine Chancen ganz und gar nicht gut stehen. Sie ist wirklich über alle Maßen sauer auf dich, was außer dir vermutlich alle Welt verstehen kann. Wie gesagt, ich glaube nicht, dass ich irgendetwas für dich erreiche, aber ich verspreche dir, dass ich es wenigstens versuchen werde.«

Roman Groß stand ebenfalls auf, wischte sich mit dem Ärmel über die Wange und trat auf seinen Schwager zu. »Was ist eigentlich mit dir, Harald? Das Geld gehört, wenn ich richtig informiert bin, genauso gut dir wie Gundi. Wäre es nicht möglich, dass du diesem Unternehmen das Leben rettest und sie gar nichts davon erfährt?«

»Du bist manchmal ein richtiges Dreckschwein, Roman. Und wenn ich dich so reden höre, fehlt mir auch jegliches Mitgefühl für deine Situation, ehrlich. Aber ich weiß, dass es eurem Vater das Herz brechen würde, wenn er mit ansehen müsste, wie sein Lebenswerk von dir zerstört wird und einfach so den Bach runtergeht, weil du es nicht auf die Reihe gebracht hast, es zu erhalten. Deshalb, und allein aus diesem Grund, frage ich bei Gundi nach. Und ja, du hast recht, das Geld gehört uns beiden. Aber wenn ich allein entscheiden müsste, würde nicht ein weiterer Cent in dieses Fass ohne Boden fließen.«

Groß trat einen Schritt nach vorn und funkelte Eschbach böse an. »Dann gib den Schlüssel für dein Auto am besten gleich unten an der Theke ab«, fauchte er.

Der Betriebsrat hielt dem Blick stand, zog ungerührt sein Schlüsselbund aus der Tasche und begann, den Autoschlüssel davon abzudrehen.

»Nein, entschuldige, das war jetzt wirklich meiner Wut geschuldet«, wurde er von seinem Schwager gebremst, der seine rechte Hand auf die von Eschbach legte. »Lass es einfach und sprich mit Gundi, bitte. Du glaubst nicht, wie wichtig mir das wäre.«

»Doch, das glaube ich. Und jetzt mach's gut. Ich melde mich bei dir, sobald ich etwas weiß.«

Als er vor die Tür trat, war der Betriebsratsvorsitzende ebenso wütend wie ernüchtert. Erneut ließ er den Blick über die vielen Fahrzeuge gleiten, die auf dem Hof standen.

Vielleicht, dachte er, *braucht es ein paar kleinere Opfer wie dieses Riesenarschloch von meinem Schwager. Viel wichtiger ist allerdings das große Ganze. Um das muss man sich kümmern; das muss man unterstützen und vor Schaden bewahren.*

14

»Gibt es etwas Neues in Bezug auf die beiden Typen, die auf uns geschossen haben?«

Herbert Schiller schüttelte den Kopf. »Aber das würde mich auch wundern. Ein großer und ein kleiner Mann in einem Auto ist schon ein bisschen dünn als Beschreibung, oder wie siehst du das?«

Pia Ritter nickte.

»Aber es gibt Neuigkeiten aus Wiesbaden.«

Hain und Ritter hatten unterwegs einen schnellen Imbiss zu sich genommen und in der Zwischenzeit ihren Boss über die Spuren auf den Espressolöffeln informiert.

»Erzähl«, meinte der Hauptkommissar neugierig.

»Offenbar gab es wieder eine rege Kommunikation zwischen allen beteiligten Standorten und Ministerien. Wie es aussieht, macht Volkswagen ordentlich Druck, damit es gar nicht erst zu Ermittlungen kommt.«

»Aber warum denn?«, wollte Hain mehr rhetorisch wissen. »Die sollten doch auch ein Interesse daran haben, dass ein mögliches Verbrechen an einem ihrer Spitzenmanager aufgeklärt wird.«

Pia warf ihm einen vielsagenden Blick zu, den Schiller natürlich mitbekam.

»Hab ich was verpasst?«

Erneut kam es zu einem Blickkontakt zwischen den beiden Ermittlern, bevor Hain sich schließlich erklärte. »Meine hochgeschätzte Kollegin hat die Vermutung geäußert, dass Volkswagen vielleicht selbst etwas mit der Sache zu tun haben könnte.«

»Der Gedanke ist mir auch schon gekommen«, brummte Schiller. »Aber ich habe ihn im gleichen Atemzug wieder verworfen, weil ich ihn einfach nicht weiterspinnen konnte. Einen Haufen arme Autokäufer mit manipulierten Dieseln über den Tisch zu ziehen, ja, das kriege ich gerade noch so in meinem Schädel. Aber gegen einen eigenen Mitarbeiter mit Gewalt vorgehen, vielleicht sogar dafür zu sorgen, dass er zu Tode kommt, das halte ich für komplett ausgeschlossen.«

»Meine Rede«, meinte Hain mit Blick auf Pia.

»Vielleicht habt ihr ja recht, das will ich gar nicht bestreiten«, gab sie zurück. »Aber ich möchte wenigstens auch in dieser Richtung ermitteln dürfen.« Sie sprach erneut die merkwürdige Reaktion des leitenden Werksarztes und die überstürzt anmutende Abreise von Dr. Held an.

»Ja, Pia, das ist schon ein bisschen merkwürdig, da gebe ich dir recht. Aber daraus gleich einen Verdacht zu konstruieren?«

»Lasst uns wenigstens mit diesem Dr. Held ein Gespräch führen. Wir leben im 21. Jahrhundert, da sollte so etwas doch innerhalb von ein paar Stunden erledigt sein.«

Schiller nickte ihr zu. »Dafür habt ihr auf jeden Fall die Freigabe. Schaut ihn euch an und fühlt ihm von mir aus richtig auf den Zahn. Auch mit dem Verdacht, dass an Andermatts Tod nicht alles mit rechten Dingen zugegangen sein kann. Wenn das erledigt ist, sehen wir weiter. Aber bis dahin keine Ermittlungen gegen Volkswagen. Einverstanden?«

»Gar keine?«

»Was an ›keine Ermittlungen‹ ist so schwer zu verstehen, Thilo?«

Hain sah seinen Chef eine Weile an. »Beugst du dich am Ende doch dem Druck, dem du ausgesetzt bist, Herbert?«

»Du bist doch jetzt lang genug dabei, Thilo«, presste Schiller sichtlich angefressen heraus, »dass ich dir nichts mehr über die politischen Netzwerke bei der Polizei erklären muss, oder? Der Innenminister hat seinen Staatssekretär angerufen, der wiederum hat den Polizeipräsidenten angerufen und der hat mich angerufen. Alle wollen etwas durchsetzen, und an uns bleibt es hängen. In diesem Fall leider eher an mir.« Er schluckte. »Ich habe noch fünf Jahre, dann bin ich durch. Diese Jahre würde ich gern ohne großen Schlamassel hinter mich bringen, was mir vermutlich keiner von euch beiden übel nehmen wird.«

Beide Kommissare vor dem Schreibtisch schüttelten den Kopf.

»Also müssen wir sehen, dass wir ohne Kratzspuren und blaue Flecken aus dieser Sache rauskommen«, fuhr der Kriminalrat fort. »Ihr kennt mich lang genug und könnt euch gut vorstellen, dass es mir absolut keinen Spaß macht, von Wiesbaden oder von mir aus auch von Baunatal oder Wolfsburg oder Hannover am Nasenring durch die Manege geführt zu werden, aber wir unterliegen nun mal alle gewissen Konventionen. Eine meiner Prämissen ist, dass ich mir auf keinen Fall meine Pensionierung und meine Pension abjagen lassen will, und eine andere ist, dass auch ich mich nicht freimachen kann von Anweisungen. Und hier kommt ihr beide ins Spiel, denn diese Anweisungen kann man immer auf seine eigene Art auslegen. Haben wir uns verstanden?«

»Auf jeden Fall«, bestätigte Hain mit der Andeutung eines Lächelns auf den Lippen.

»Dann legt jetzt los und versucht, diesen Dr. Held an die

Strippe zu kriegen, am besten über eine Videoschalte. Und danach unterhalten wir uns weiter. Gut?«

»So machen wir es. Ich würde dazu gern diesen Dr. Nolting anrufen und ihn nach dem genauen Aufenthaltsort seines abkommandierten Kollegen fragen, weil das nach meiner Meinung der einfachste Weg ist, an diese Information zu kommen. Ich wüsste wirklich nicht, wie wir das sonst bewerkstelligen können.«

Der Kriminalrat überlegte eine Weile. »Das geht. Aber nur die Info, wo und wie man ihn erreichen kann, nicht mehr.«

»Klar.«

Fünf Minuten später saßen die beiden Kommissare in ihrem Büro. Hain hielt den Telefonhörer in der Hand und tippte die Nummer des Volkswagenwerks Baunatal ein. Eine freundliche Frauenstimme begrüßte ihn und verband ihn ohne weitere Rückfragen mit dem Betriebsärztlichen Dienst. Dort wurde das Gespräch von der Dame am Empfang angenommen, die sie bereits kennengelernt hatten.

»Ja, Bessemer, Betriebsärztlicher Dienst«, meldete sie sich.

Hain stellte sich ebenfalls vor und bat darum, mit Dr. Nolting verbunden zu werden.

»Das tut mir leid, aber Dr. Nolting ist leider nicht mehr im Haus«, beschied sie ihm knapp und keineswegs freundlich.

»Hat er vielleicht eine mobile Telefonnummer, unter der ich ihn erreichen kann?«, wollte Hain wissen.

»Sein Diensttelefon liegt hier bei mir, deshalb hätte es keinen Sinn, Ihnen diese Nummer zu geben.«

Der Hauptkommissar schloss die Augen und machte eine kurze Entspannungsübung. »Wann wird Dr. Nolting denn wieder im Dienst sein? Vielleicht kann er ja noch einmal ein paar Minuten für mich und meine Kollegin erübrigen.«

»Das entzieht sich leider meiner Kenntnis.«

»Wie?«, blaffte Hain die Frau an. Wie es aussah, war seine Entspannungsübung wirkungslos verpufft. »Sie machen seine Anmeldung und können mir nicht sagen, wann er wieder im Haus sein wird?«

»Wenn ich es wüsste, würde ich es Ihnen natürlich sehr gern sagen. Aber Dr. Nolting hat sich heute Mittag nicht wohlgefühlt und ist nach Hause gegangen. Er vermutet, sich eine Sommergrippe eingefangen zu haben, wenn ich ihn richtig verstanden habe. Meiner unmaßgeblichen Meinung nach kann man in den nächsten Tagen wohl nicht mit seiner Rückkehr rechnen.«

»Ihr Schwund an ärztlichem Personal ist durchaus bemerkenswert«, ätzte Hain, was ihm einen missbilligenden Blick von Pia einbrachte.

»Diese Aussage verstehe ich nicht«, erwiderte Frau Bessemer ungerührt. »Kann ich sonst noch etwas für Sie tun?«

»Ja, durchaus. Sie könnten mir sagen, wo und wie ich den überraschend emigrierten Dr. Held in Brasilien erreichen kann.«

»Da bin ich leider komplett überfragt und muss Sie bitten, sich direkt an die Werksleitung zu wenden. Oder besser noch an die zuständigen Stellen in Wolfsburg. Dort kann Ihnen in dieser Frage sicher geholfen werden.«

»Und Sie wissen bestimmt nicht, wohin es ihn verschlagen hat? Immerhin haben Sie ihm, nach Aussage von Dr. Nolting, doch das Ticket besorgt«, pokerte Hain.

»Das ist richtig, ja. Er ist nach São Paulo geflogen.«

Hain war kurz davor, aus der Hose zu hüpfen. »Und was macht er in São Paulo? Hat Volkswagen dort ein Werk oder so etwas?«

»Der Volkswagenkonzern betreibt mehrere Werke in Brasilien. Und ich weiß gar nicht, ob ich überhaupt befugt bin, Ihnen diese Auskunft zu geben. Immerhin geht es hier um betriebliche Interna. Also praktisch um Betriebsgeheimnisse.«

»Die Frage«, wollte der Kommissar nun deutlich zu laut wissen, »ob einer Ihrer Ärzte in diesem oder jenem Werk in Brasilien angeheuert hat, ist ein Geheimnis? Ein Betriebsgeheimnis?«

»Durchaus, ja. Es könnte ja sein, dass Sie ihn abwerben wollen oder etwas Ähnliches.«

Pia winkte ab. Es war klar, dass aus dieser Dame nichts herauszubekommen war.

»Dann danke ich Ihnen vielmals für ihre Kooperationsbereitschaft, Frau Bessemer. Und einen schönen Tag noch.« Hain drückte auf die rote Taste, warf das Telefon auf den Tisch und fing laut an zu schreien. Seine Kollegin hielt sich die Ohren zu.

»He, he, beruhig dich wieder. Dass aus der nichts herauszubringen sein würde, hat sich doch schon bei unserem Besuch angedeutet.«

»Ja, von mir aus. Aber diese Form der arroganten, selbstgefälligen Borniertheit übersteigt mein Toleranzlevel um einige Grade. Sehr viele Grade, um genau zu sein.«

Pia ging um den Schreibtisch herum, setzte sich an ihren Arbeitsplatz und fing an, in die Tastatur zu hämmern.

»Was machst du?«

»Ich suche mir heraus, wo wir diesen Dr. Nolting finden. Es spricht doch nichts gegen eine informelle Unterhaltung an seiner Haustür, oder?«

»Gute Idee.«

Die Oberkommissarin nickte erfreut, unterbrach jedoch kurz darauf ihre Recherche.

»Was ist?«, wollte Hain wissen.

»Mir ist gerade was aufgefallen, Thilo. Wir können zwar diesem Dr. Nolting ein bisschen auf den Wecker gehen, es dürfte aber vermutlich deutlich zielführender sein, uns mit jemandem zu unterhalten, der uns gewogen ist. Und das kann man von dem Doc sicher nicht behaupten.«

Hain sah sie mit großen Augen an.

»Und wer, meinst du, *ist* uns gewogen?«

»Dreimal darfst du raten. Natürlich Frau Rott, Andermatts Sekretärin.«

»Ob die uns nach meinem heutigen Verhalten ihr gegenüber wirklich gewogen ist, stelle ich mal ein wenig infrage. Aber wenn du mit deiner empathischen Art die Gesprächsführung übernimmst, könnte was daraus werden. Allerdings bin ich mir nicht sicher, was du dir von einer Unterhaltung mit ihr erwartest.«

»Die Sekretärin ist immer ganz nah dran am Manager. Richtig?«

»Das ist unzweifelhaft, ja.«

»Und deshalb würde ich sie gern nach allen Bereichen befragen, mit denen sie betraut war. Was ist mit seinem Terminkalender, Papier oder elektronisch? Hat sie Briefe für ihn getippt? Hat sie Telefonate mit angehört? Inwieweit war sie vielleicht sogar in Entscheidungen eingebunden? All das interessiert mich wirklich brennend. Und mit Dr. Nolting können wir auch noch sprechen, wenn wir mit Frau Rott fertig sind.«

»Das klingt überzeugend, Frau Kollegin. Ich denke aber, mit Blick auf die Uhr, dass ein Termin mit Frau Rott für heute die Schmerzgrenze ist. Wir wollen den kranken Mediziner ja nicht aus dem Bett holen.«

Pia Ritter drehte den Kopf und sah auf die Uhr über der Tür.

»Wow, schon 18:30 Uhr. Das hätte ich nicht erwartet.«

Sie ließ den Blick über den Schreibtisch gleiten, fand den kleinen Zettel mit der Telefonnummer der Sekretärin darauf und wählte die Nummer. Keine Minute später hatte sie die ebenso erstaunte wie erfreute Zusage der Frau, dass sie die Polizisten gern in ihrer Wohnung im Stadtteil Wehlheiden empfangen würde.

Das Haus, in dem Sophia Rott wohnte, war ein fünfstöckiges, gepflegtes Objekt mit großen Balkons und offensichtlich neuem Anstrich. Die in der obersten Etage lebende Frau öffnete ihnen in einem dunkelblauen Freizeitkleid und bat sie höflich herein.

»Wollen wir uns auf den Balkon setzen?«, fragte sie. »Hier unter dem Dach ist es im Sommer immer recht warm.«

»Gern, ja«, erwiderte Pia.

»Und vielleicht ein Glas Wasser?«

»Auch das wäre nett.«

Als alle saßen und die Gläser gefüllt waren, sah Sophie Rott von Ritter zu Hain und wieder zurück.

»Dass Sie hier sind, lässt mich ja fast hoffen, dass Sie mir glauben.«

»Wir sind hier«, gab die Oberkommissarin vorsichtig zurück, »weil sich einige Anhaltspunkte ergeben haben, die Ihren Verdacht … sagen wir mal, nicht gänzlich abwegig erscheinen lassen.«

»Das ist mehr, als ich erwarten durfte, und deutlich weniger, als ich erhofft habe.«

»Na ja, wir stehen erst ganz am Anfang unserer Ermittlungen. Aber wir sind, wie Sie richtigerweise konstatiert haben, der Meinung, dass Ihre Vermutung in Bezug auf den Tod Ihres Chefs es wert sind, überprüft zu werden.«

Die Sekretärin kratzte sich am Kopf. »Nehmen Sie es mir nicht übel, aber Sie klingen gerade wie eine Politikerin, die viel mehr weiß, als sie zugeben will, und deshalb mit geschwollenen Worten um den heißen Brei herumredet.«

Pia Ritter lief rot an.

»Ihre Offenheit ehrt Sie, Frau Rott«, warf Hain ein, »aber wir müssen Sie um Verständnis dafür bitten, dass wir leider nicht alle unsere bisherigen Erkenntnisse in diesem Fall mit Ihnen teilen können. Manches ist noch unbestätigt, und manches ist wirklich nicht für die Öffentlichkeit bestimmt.«

»Das verstehe ich, absolut. Aber wenn Sie hierherkommen und mit mir sprechen wollen, dann vermute ich, dass es Ihnen um Informationen geht. Und ich denke, dass ich es verdient habe zu erfahren, was Sie über den Tod meines Chefs wissen. Immerhin wären Sie ohne mich wahrscheinlich schon im Feierabend und hätten nicht mal darüber nachgedacht, dass bei seinem Tod etwas nicht mit rechten Dingen zugegangen sein könnte.«

Die beiden Kripobeamten tauschten einen kurzen Blick aus. »Da haben Sie eindeutig recht, Frau Rott«, stimmte Pia der Frau zu. »Deshalb werden wir Sie kurz über das informieren, was wir bisher wissen. Einverstanden?«

»Natürlich.«

Die Frau verfolgte die Erklärung der Kommissarin schweigend. Einzig bei dem Hinweis, dass Dr. Held relativ überstürzt nach Brasilien abkommandiert worden war, schaute sie ein wenig irritiert drein. Die Schusswaffenauseinandersetzung vom Nachmittag mit den beiden Männern und den Fund auf den Espressolöffeln ließ Pia Ritter unerwähnt.

»Das ist natürlich schon komisch, dass Dr. Held so Knall auf Fall nach Brasilien gegangen ist«, sinnierte Sophie Rott nach dem Ende von Ritters Ausführungen. »Das hat es, solang ich im Werk bin, noch nie gegeben. Und dann so schnell nach dieser Geschichte …«

»Wir werden auf jeden Fall ein Gespräch mit ihm darüber führen. Vielleicht gibt es ja eine ganz simple, plausible Erklärung für diesen Vorgang.«

»Dass ein Werksarzt aus Deutschland freiwillig in ein Werk nach Brasilien geht? Auf die Erklärung bin ich wirklich gespannt.«

»Woraus speist sich Ihre Skepsis?«, fragte Hain vorsichtig. »Vielleicht ist das Leben in Brasilien einfach schöner oder erstrebenswerter für ihn als das in Deutschland? Oder vielleicht hat er auch einfach nur eine brasilianische Freundin, zu der es ihn zieht?«

»Na, ich kenne den Mann ja nur vom Sehen und der vielleicht halben Stunde, in der er sich um meinen Chef gekümmert hat. Aber wie einer, der eine brasilianische Freundin hat, sah der für mich nicht aus. Eher wie einer, der es bei den Frauen ziemlich leicht hat und es auch nicht so genau nimmt.« Sie zögerte ein paar Augenblicke. »Außerdem wehrt sich jeder Volkswagenmitarbeiter mit Händen und Füßen, wenn er nach Brasilien geschickt werden soll. Mexiko ist schon schlimm, aber Brasilien …? Die haben da eine ziemlich hohe Kriminalitätsrate, und seit dem Regierungswechsel Anfang des Jahres ist es nicht wirklich besser geworden, eher im Gegenteil. Es ist übrigens egal, welches unserer Werke man sich dort anschaut, es ist überall das Gleiche. Und man darf auch auf keinen Fall die Lebenshaltungskosten vergessen. Da drüben ist alles viel, viel teurer als hier in Deutschland.« Sie trank einen Schluck Wasser, bevor sie weitersprach. »Ich habe auf unserem Sekretärinnenstammtisch mal eine ehemalige Kollegin kennengelernt, die war mit ihrem damaligen Chef zwei Jahre dort. Und sie hat mir erzählt, dass sie bei ihrer Rückkehr nach der Landung in Frankfurt noch im Terminal den Boden geküsst hat. Und zwar *wirklich* geküsst.«

»Interessant. Wie viele Werke betreibt der Konzern denn in Brasilien?«

»Soweit ich weiß, drei. Aber nageln Sie mich nicht darauf

fest, beschwören könnte ich es nämlich nicht. Da ist immer so viel im Fluss, das kann sich beim besten Willen keiner merken. Ich zumindest nicht.«

»Und Sie wissen vermutlich auch nicht, ob Herr Dr. Held überhaupt Portugiesisch spricht?«

»Nein. Wie gesagt, ich habe ihn ja nie richtig kennengelernt.«

»Aber Sie können uns bestimmt bei der Frage helfen, wie Herr Andermatt seinen Terminkalender geführt hat.«

»Wie meinen Sie das?«

»Na ja, ob er noch ganz herkömmlich einen in Papierform hatte oder einen elektronischen. Oder vielleicht eine Kombination aus beiden?«

»Nein, Herr Andermatt war eindeutig elektronisch unterwegs. Er hat auf ein komplett papierfreies Büro bestanden, soweit das immer möglich war. Manches kommt halt noch mit der Post, da kann man wenig machen, aber das habe ich immer gleich gescannt und ihm an seinen Arbeitsplatz weitergeleitet.«

»Wissen Sie, ob man diesen Kalender einsehen kann? Existiert der noch?«

Sophie Rott zögerte.

»Was meinen Sie mit *einsehen*? Nur mal einen Blick reinwerfen oder eine Kopie davon machen?«

Pia warf Thilo einen kurzen Blick zu. *Jetzt bloß nicht überreißen*, sollte der wohl sagen.

»Eine Kopie wäre natürlich ein Traum. Aber es würde uns natürlich auch helfen, wenn wir nur einen kurzen Blick auf die Daten werfen könnten.«

Wieder ließ sich die Sekretärin eine Weile Zeit, um nachzudenken. »Ich habe natürlich eine Kopie seines Kalenders. Musste ich ja auch, sonst hätte ich ihn ja nicht an wichtige Sachen erinnern können. Er wollte immer zwei Tage vor besonderen Terminen eine kurze Info von mir, und deshalb war mein Kalender mit seinem verknüpft.«

»Und Sie könnten wirklich noch …?«, hakte Pia vorsichtig nach. »Vermutlich muss ich Ihnen nicht sagen, wie ungemein uns das bei unseren Bemühungen helfen würde, ein eventuelles Fremdverschulden nachzuweisen.«

»Na«, entgegnete Frau Rott mit freundlicher Miene, »Sie wissen ja schon, wie man mit Menschen umgeht, Frau Kommissarin. ›Wenn Sie wollen, dass wir Ihrem Verdacht ernsthaft nachgehen, dann sollten Sie uns ganz schnell seinen Terminkalender zugänglich machen.‹ So könnte man, wenn man wollte, Ihre Worte auch verstehen, oder?«

»So habe ich es wirklich nicht …«

»Nein, lassen Sie mal«, widersprach die Frau im blauen Kleid sanft. »Ich verstehe, dass sein Kalender für Sie eine wichtige Informationsquelle sein dürfte. Und es ist mir wirklich wichtig, dass Sie den oder die finden, die für seinen Tod verantwortlich sind.«

»Aber das haben wir bisher gar nicht bestätigt, dass dem so sein könnte, Frau Rott. Wir ermitteln. Gehen einem sehr vagen Anfangsverdacht nach, nicht mehr und nicht weniger.«

»Ja, das verstehe ich. Und deshalb setze ich auch bewusst meinen Job dadurch aufs Spiel, dass ich den Terminkalender meines toten Chefs an Sie weitergebe. Reicht es, wenn ich Ihnen die Daten auf einen Stick ziehe?«

»Das würden Sie wirklich machen?«

»Selbstverständlich. Wenn Sie mir im Gegenzug versichern, dass Sie mit niemandem darüber sprechen, woher Sie das Material haben. Das ist meine nicht zu diskutierende Bedingung.«

»Diese Garantie geben wir Ihnen mit allen Sicherheiten, die Sie sich denken können. Unser Wort darauf.«

15

Martin Held war schlecht. So schlecht, dass er befürchtete, sich jeden Augenblick übergeben zu müssen. Irgendwo schien gerade die Sonne aufzugehen. Ihr gleißendes Licht blendete trotz geschlossener Augen. Er versuchte, die Lider zu heben, doch es wollte ihm einfach nicht gelingen.

Was für eine Helligkeit!

An irgendetwas erinnerte er sich plötzlich. Da war ein riesiger Knall, und dann Schmerzen. Über den Arzt schwappte eine Welle der Angst.

Bin ich tot? Man hört ja immer wieder von diesem ominösen hellen Licht im Moment des Todes.

Nun drangen Stimmen an seine Ohren. Gemurmel. In einer Sprache, die er nicht kannte. *Irgendetwas Orientalisches*, vermutete er.

Sein Kopf wurde ruckartig hin und her bewegt, ohne dass er etwas dagegen hätte unternehmen können.

Nun verdunkelte sich die Sonne. Wieder Stimmen. Jemand berührte ihn, zerrte an seinem Mund, schob Finger hinein.

Unter Aufbietung all seiner Kräfte versuchte er, sich zu bewegen, doch auch das wollte ihm nicht gelingen.

Schwärze.

Held wusste nicht, wie viel Zeit zwischen seinen letzten Wahrnehmungen und dem jetzigen Erwachen vergangen war. Er lag auf dem Rücken und konnte die Augen öffnen. Die gleißende Helligkeit war weg, es gab nur eine matt schimmernde Funzel auf einer Anrichte etwa zwei Meter neben ihm.

»Wie fühlen Sie sich?«, wollte eine leise Frauenstimme in stark akzentuiertem Deutsch wissen. Der Arzt erschrak und wandte den Kopf in die Richtung, aus der er die Worte wahrgenommen hatte, was sofort für pochende Schmerzen an seinem Kopf, im Mund und am linken Arm sorgte. Jemanden sehen oder erkennen konnte er trotzdem nicht.

»Baf …?«

»Bleiben Sie einfach ruhig liegen«, bat die Stimme ihn sanft, aber bestimmt. »Es ist das Beste, wenn Sie sich so wenig wie möglich bewegen.«

»Bahum? … Bas icht hahhiert?«

Held erschrak ob seinen Worten. Er spürte einen Gegenstand in seinem Mund, der nach seiner Meinung dort nichts zu suchen hatte, würgte und spuckte ein paar Sekunden später eine große, blutgetränkte Tamponade auf den Boden.

»Was soll das?«

Nun schmerzte das Sprechen zwar immer noch, aber er konnte wenigstens die Worte verständlich herauspressen.

»Sie hatten einen Unfall und wurden schwer verletzt. Aber es besteht keine Lebensgefahr.«

»Was … wurde verletzt?«

»Ihr linker Arm ist gebrochen, Ihre Zunge war fast komplett abgetrennt, weshalb Ihnen das Sprechen auch so schwerfällt, und es gab ein paar weitere, kleinere Verletzungen. Aber alles wurde so weit gerichtet.«

»Was heißt ›so weit gerichtet‹? Ich bin doch in einem Krankenhaus, oder etwa nicht?« Der deutsche Arzt war selbst überrascht von der zweiten Hälfte seines Satzes. Wo sonst sollte er sein, wenn nicht in einem Krankenhaus?

»Es ist quasi ein Krankenhaus, ja. Kein richtiges Hospital, das nicht, aber Sie werden hier bestens versorgt.«

»Von Ihnen?«

»Ja, auch von mir.«

»Aber Sie sind nicht die Ärztin?«

Die Unbekannte lachte leise. »Nein, ich bin nicht die Ärztin.«

»Kann ich dann bitte mit dem behandelnden Kollegen sprechen? Ich bin selbst Arzt und würde gern mit ihm über das, was mir zugestoßen ist, und meinen Zustand reden.«

»Nein, das ist leider nicht möglich. Er ist erst morgen wieder hier, um nach Ihnen zu sehen.«

»Morgen? Was ist, wenn es Komplikationen geben sollte? Kann ich dann wenigstens mit der Bereitschaft sprechen?«

»Nein, so etwas gibt es bei uns nicht.«

»Was? Keine Bereitschaft? Was ist das denn für eine wirre Geschichte, die Sie mir da erzählen.« Er wollte sich aufsetzen, bemerkte aber neben den sofort wiederaufflammenden Schmerzen, dass seine beiden Arme am Bett fixiert waren. Schlagartig erfasste ihn Panik.

»Machen Sie mich auf der Stelle los«, schrie er die unsichtbare Stimme mit schmerzverzerrtem Gesicht an. »Sofort! Und ich will telefonieren. Geben Sie mir mein Telefon, damit ich telefonieren kann.«

»Es bringt Ihnen nichts, wenn Sie nicht kooperieren, Herr Dr. Held. Am besten bleiben Sie, wie gesagt, ruhig liegen und warten auf den Besuch des Doktors. Wenn Sie Schmerzen haben, werde ich Ihnen etwas geben, aber mehr kann ich leider nicht für Sie tun.«

In diesem Augenblick wurde dem Mann auf der Pritsche klar, in welcher Lage er sich befand. Er war nicht in einem Krankenhaus, er war auch nicht in einem Sanatorium oder sonst einem Haus, in dem ihm schnell und unbürokratisch Hilfe zuteilwurde. Er war ein Gefangener. Er war in die erste beste Falle getappt, die ihm in Brasilien gestellt worden war. »Sie halten mich hier fest, nicht wahr?«

»Das trifft die Sache recht gut, ja. Aber Sie müssen sich keine Gedanken machen, alles wird gut, das … das verspreche ich Ihnen.«

»Warum machen Sie das?«, fragte er leise in den Raum. »Ich bin ein völlig unbedeutender Mann, für den niemand auch nur einen Euro bezahlen wird.«

»Es steht mir nicht zu, mit Ihnen darüber zu sprechen.«

»Dann holen Sie jemanden, der bereit ist, mit mir darüber zu sprechen. Los, holen Sie jemanden!«

Er hörte ein paar Geräusche, dann tauchte rechts von ihm eine viel ältere Frau auf, als es der Stimme nach zu erwarten gewesen war.

»Ich könnte das tun, was Sie von mir verlangen, aber ich empfehle Ihnen, nicht darauf zu bestehen. Ich empfehle es Ihnen – dringend. Die Leute, mit denen Sie es hier zu tun haben, verstehen wirklich keinen Spaß. Und wenn ich ›keinen Spaß‹ sage, dann meine ich: *überhaupt keinen Spaß.*«

»Das ist mir egal. Ich will mit demjenigen sprechen, der dafür verantwortlich ist, dass ich hier angebunden herumliege.«

Die Frau griff nach seinem rechten Arm und streichelte ihn sanft. »Seien Sie vernünftig und machen Sie es nicht. Solange wir beide hier allein im Zimmer sind, bin ich für Sie verantwortlich und kann kontrollieren, was geschieht. Wenn der, nach dem Sie verlangen, erst hier ist, wird das nicht mehr möglich sein.«

»Das ist mir egal. Ich will hier raus und in ein echtes Krankenhaus. Sagen Sie das dem Mann, wer immer er auch sein mag.«

Sie ließ ihn los und holte tief Luft. »Es ist Ihre Entscheidung«, gab sie ihm ebenso leise wie traurig zu verstehen und verließ den Raum.

Kurz darauf wurde die Tür wieder geöffnet, und im gleichen Moment flackerten Leuchtstoffröhren an der Decke auf. Es dauerte eine Weile, bis alle gleichmäßig glühten. Held versuchte, den Kopf so weit zu drehen, dass ihm ein Blick zur Tür möglich war, aber das gelang ihm schon wegen der sofort zurückkehrenden Schmerzen nicht. Dann tauchten ein Mann und die vermeintliche Krankenschwester neben seiner Pritsche auf.

»Das hier«, erklärte sie ihm »ist der Mann, mit dem Sie sprechen wollten. Leider spricht er Ihre Sprache nicht, sodass ich für Sie und ihn übersetzen muss.«

»Gut. Dann sagen Sie ihm, dass ich auf der Stelle hier raus und in ein richtiges Krankenhaus möchte, wo man sich angemessen um meine Verletzungen kümmert. Ich bin außerdem deutscher Staatsbürger und habe das verbriefte Recht, mit meiner Botschaft zu telefonieren.«

Die Frau wartete eine Weile, bis sie leise mit der Übersetzung begann. Als sie zum Ende gekommen war, fing der Mann mit dem roten, verdreckten Stirnband laut zu lachen an. Doch anstatt etwas zu erwidern, ging er langsam um die Pritsche herum. Auf der anderen Seite angekommen sah er hämisch grinsend nach unten. In diesem Augenblick wurde Dr. Martin Held schlagartig klar, dass er einen schweren Fehler gemacht hatte. Der Mann griff nämlich nach seiner linken Hand und begann, sie zusammenzupressen. Zunächst mit wenig Druck, den er allerdings stetig erhöhte. Und als Held schon schreiend meinte, dass er das Maximum an möglichem Schmerz erlebt hatte, baute der Mann eine Drehung in sein perfides Spiel ein. Dem Mediziner strömten die Tränen aus den Augen und er hoffte inständig, im nächsten Moment ohnmächtig zu werden. Was allerdings zu seinem Leidwesen nicht geschah. Sein Peiniger hielt den Arm etwa 15 Sekunden so, dann ließ er ihn, wieder laut lachend, los. Vor Helds Augen drehte sich die Decke mit den daran befestigten Leuchtstoffröhren, eingerahmt von der Krankenschwester und umkreist von dem noch immer mit offenem Mund lauthals lachenden Mann. Dann übergab er sich keuchend und unter Schmerzen am ganzen Körper zitternd. Es spritzte unkontrolliert aus seinem Mund, das Gemisch aus Speichel und Magensaft lief ihm über Wangen und Kinn und tropfte schließlich auf das weiße Tuch, auf dem er lag.

Die Frau drehte seinen Kopf zur Seite, womit sie offenbar verhindern wollte, dass er die halb verdauten Reste aus seinem Magen in die Lunge saugte.

Dann sagte der Mann, der noch immer auf der linken Seite neben Held stand, ein paar Worte zu ihr.

»Ich soll Sie fragen, ob Sie noch weitere Wünsche haben.«

Der deutsche Arzt sah zuerst sie mit flackerndem Blick an, dann den Mann, der ihm diese Höllenqualen bereitet hatte, und wieder zur Frau zurück.

»Nein, bitte nicht. Ich werde von nun an kooperieren, nur bitte keine Schmerzen mehr. Bitte!«

Sie übersetzte und wartete. Schließlich folgten ein paar leise Sätze vom Stirnbandträger, der daraufhin den Raum verließ.

»Sie hätten auf mich hören sollen, meinen Sie nicht?«

Held nickte. »Wer ist das?«

»Das ist der Mann, mit dem nicht zu spaßen ist. Der absolut nicht den geringsten Spaß versteht, wenn es um seinen

Vorteil geht. Und Sie sind hier, weil es ihm einen *beträchtlichen* Vorteil bringen soll.«

»Hat er mich entführt?«

»So kann man es nennen, ja. Man könnte aber auch sagen, dass Sie ihm zugeflogen sind. Im Ergebnis macht das aber keinen Unterschied. Sie sind sein Gefangener und sollten sich bemühen, ihn so wenig wie möglich zu verärgern. Denn wenn er wirklich böse wird, und Sie das Opfer seines Zorns sind, werden Sie sich an die letzten fünf Minuten mit Sehnsucht erinnern. Mit großer Sehnsucht.«

Held zuckte zusammen, weil hinter ihm die Tür wieder geöffnet wurde. Er hatte panische Angst, dass der Mann mit dem Stirnband zurückkam, doch es war ein anderer. Er war klein und gedrungen, trug einen breitkrempigen Hut und hielt eine Zeitung in der Hand, die er Held, nachdem er neben ihn getreten war, auf die Brust legte. Dann zog er ein Mobiltelefon aus der Tasche, machte mehrere Fotos von der Szenerie, nahm die Zeitung wieder an sich und verschwand ebenso leise, wie er gekommen war.

»Ich hoffe, Sie verstehen jetzt, in welcher Situation Sie sich befinden«, bemerkte die Frau emotionslos.

Held verstand tatsächlich. Er war ein Entführungsopfer, in der Gewalt eines offenbar psychopathischen Mannes, dem es nicht das Geringste ausmachte, andere Menschen zu quälen und ihm, Dr. Martin Held, brutalste Schmerzen zu bereiten.

Mit glasigen Augen verfluchte er den Moment, in dem er sich auf dieses komplett irre Abenteuer eingelassen hatte. Den Augenblick, in dem er aus reiner Gier sein gesamtes bisheriges Leben aufgegeben und sämtliche Brücken hinter sich abgebrochen hatte.

»Kann ich etwas gegen die Schmerzen bekommen?«, fragte er leise.

»Selbstverständlich. Kann ich im Gegenzug die Zusage von Ihnen bekommen, dass Sie sich in Zukunft an meine Empfehlungen halten werden?«

Held nickte matt. »Ich verspreche es Ihnen.«

16

Sophie Rott kam nach etwa zehn Minuten zurück auf den Balkon und reichte Pia Ritter einen kleinen USB-Stick. »Hier ist der komplette Kalender von Herrn Andermatt drauf, seit ich bei ihm angefangen habe. Und Sie finden darauf auch die gesamte Korrespondenz. Ich betone noch einmal, dass ich bei VW hochkant rausgeworfen werde, wenn das herauskommt, aber ich kann einfach nicht anders. Und ich habe Ihr Wort.«

Sowohl Hain als auch Ritter bekräftigten das gegenüber der Sekretärin gegebene Versprechen, mit niemandem über die erhaltenen Daten zu sprechen.

»Vielleicht kommen Sie ja dahinter, was wirklich passiert ist. Mir wäre das nur recht.«

»Und uns erst«, meinte Hain mit ernstem Gesicht. »Und wo wir gerade dabei sind, möchte ich Sie um Verzeihung bitten für mein wirklich blödes Verhalten von heute Morgen, Frau Rott. Sie hatten und haben alles Recht der Welt, sauer auf mich zu sein. Es tut mir wirklich sehr leid, was ich gesagt habe.«

Sie winkte ab. »Ach, das ist schon vergessen. Ich kann schon verstehen, dass Sie gedacht haben, dass ich ein bisschen meschugge bin, so wie ich mich bei Ihnen vorgestellt habe. Und glauben Sie bloß nicht, dass ich solch ein Verhalten nicht kenne. Als Sekretärin widerfährt einem so etwas öfter, als Sie sich vermutlich vorstellen können.«

»Wie kommt das?«, wollte Pia wissen.

»Ich weiß es nicht. Wir machen wirklich einen guten Job und sind schwer belastet, aber in der Öffentlichkeit werden wir praktisch nur auf Steno, Schreibmaschine und Kaffeekochen reduziert. Dabei hat sich unser Berufsbild in den letzten Jahren stark verändert. Ich zumindest fühle mich in dem, was ich mache, oftmals wie die Managerin eines Managers.«

»Ein schönes Wortspiel«, meinte Hain, deutete auf den Stick und stand auf. »Jetzt wollen wir aber dafür sorgen, dass die Daten möglichst schnell ausgewertet werden. Deshalb noch mal unser Dank an Sie.«

»Gern.«

Die Sekretärin fuhr sich mit der rechten Hand an die Stirn. »Jetzt hätte ich fast etwas vergessen«, brummte sie und drängte sich an Pia vorbei, die ebenfalls aufgestanden war. »Sie können sich bestimmt auch nicht vorstellen, dass ich das ›Manager Magazin‹ lese, oder? Es ist aber so, und mir ist ein älterer Artikel eingefallen, der vielleicht interessant sein könnte für Sie. Es geht darin um deutsche Manager, die nach Brasilien geschickt werden, speziell in die Region, in der Volkswagen do Brasil beheimatet ist. Wollen Sie ihn haben?«

»Aber klar, sehr gern«, erwiderte Pia erfreut.

»Dann setzen Sie sich lieber noch mal, ich muss das Heft nämlich auf dem Dachboden suchen.«

»Vielleicht können wir den Artikel ja auch online finden«, gab Hain zu bedenken. »Dann müssen wir Ihnen jetzt keine Umstände machen.«

»Ja, das kann schon sein. Aber erstens sind das keine Umstände für mich, und zweitens finden Sie ihn ja vielleicht doch nicht online. Und ich denke wirklich, dass

in dem Artikel alles beschrieben ist über die Schwierigkeiten, die auf deutsche Manager in Brasilien zukommen
können.«

»Holla die Waldfee«, fasste Pia Ritter den kurz überflogenen
Artikel über die möglichen Probleme deutscher Manager in
Brasilien zusammen. »Wenn das stimmt, was die hier schrei-
ben, dann möchte ich auch nicht dahin versetzt werden.«

»Warum? Ist es wirklich so schlimm, wie Frau Rott angedeutet hat?«

»Noch viel schlimmer. Kriminalität, Korruption, Büro-
kratie, dazu ein ständiges Verkehrschaos. Und alles, was
eingeführt werden muss, ist deutlich teurer als bei uns.«

»Warum geht dann einer freiwillig da hin? So viel mehr
an Geld kann man doch gar nicht verdienen, dass man sich
das antut.«

»Vielleicht geht es ja überhaupt nicht um Geld«, entgegnete die Oberkommissarin kryptisch. Sie warf ihrem Kollegen die Zeitschrift auf den Schoß und wies auf eine Parklücke in etwa 50 Metern Entfernung. »Lass mich da vorn
raus. Und bis morgen hast du den Artikel auch gelesen. Ich
verlass mich drauf.« Damit sprang sie, nachdem Hain den
Mazda zum Stehen gebracht hatte, ohne ein weiteres Wort
aus dem Wagen, klopfte jedoch zum Abschied noch einmal
kurz auf den rechten vorderen Kotflügel.

»Ja, einen schönen Feierabend auch für dich«, murmelte
Hain, legte den ersten Gang ein und rollte an.

Am nächsten Morgen saß Pia schon mit einer Tasse Kaffee
am Schreibtisch. »Moin«, begrüßte sie ihren Kollegen gut
gelaunt. »Wie ist das werte Befinden?«

»Wie soll das schon sein, wenn man mit dem ›Manager
Magazin‹ auf der Brust wach wird?«

»Gut. Dann hast du den Artikel gelesen?«

»Nicht nur den, sondern fast das ganze Heft.«

»Und? Wirst du auf deine alten Tage noch umsatteln auf Businessman?«

»Im Leben nicht. Der Artikel über die Zustände in Brasilien war wirklich super informativ, aber der Rest? Vieles davon habe ich schon allein wegen der vielen Fachausdrücke nicht verstanden.« Sein Blick blieb an dem Stapel A4-Blätter hängen, der vor seiner Kollegin lag. »Und, was machst du, früher Vogel? Hat dein ominöser Lover wieder mal Frühschicht?«

»Ich habe bis jetzt nicht mal eingeräumt, dass ich überhaupt einen neuen Lover habe, Thilo. Und von Schichtarbeit hast bisher auch ausschließlich du gesprochen.«

»Ja, aber so häufig wie du in den letzten Monaten hier lange vor mir aufgetaucht bist, lässt es doch wirklich keinen anderen logischen Schluss zu.«

Sie lachte laut los. »Als Bulle bist du echt nicht schlecht, Thilo Hain. Aber wenn es um das Liebesleben deiner Kollegin geht, bist du ein kompletter Rohrkrepierer.«

»Ach komm, einen Versuch war es wert. Das musst du zugeben.«

»Ich würde eher von einem hoffnungslos-hilflosen, absolut dilettantisch vorgetragenen Vorstoß sprechen. Aber du kannst es gern weiterprobieren, für mich haben diese morgendlichen Fragerunden großen Unterhaltungswert.« Sie wies auf die Blätter vor sich. »Das ist übrigens die Auswertung der Funkzelle. Es gibt insgesamt sechs Anschlüsse, die in der fraglichen Zeit eingeloggt waren und die Zelle kurz darauf verlassen haben.«

»Das ist doch schon mal was.«

»Eigentlich, ja. Aber vier der Nummern sind von Teilnehmern, die innerhalb der Zelle gemeldet sind. Und die anderen beiden sind uralte Prepaid-Verträge, die längst nicht mehr irgendwelchen Personen zuzuordnen sind.«

»Läuft die Anfrage zur Ortung der Telefone schon?«

Die Kommissarin ließ sich in ihrem Stuhl zurückfallen und bedachte den Kollegen mit einem bösen Blick. »Was glaubst du, was ich seit 06:15 Uhr hier mache? Klar läuft die schon.«

»Also doch«, rief Hain. »Es ist ein Schichtarbeiter! Oder warte, noch viel besser: Er ist Bäcker!«

»Du solltest dir wirklich manchmal selbst beim Reden zuhören, Thilo. Dann würde dir hoffentlich bewusst, wie viel Unsinn dabei zustande kommt.«

»Hu, hu, bellt da am Ende der getroffene Hund?«

»Vielleicht, vielleicht aber auch nicht. Auf jeden Fall bellt die Frau, die versucht hat, den USB-Stick mit den Daten zu öffnen, die uns Frau Rott überlassen hat – was ihr leider nicht gelungen ist – und die ihn deshalb zu den Jungs von der Datenrettung gebracht hat. In zwei oder drei Stunden sollten wir mehr wissen, aber wenn es mit der Wiederherstellung nicht klappt, müssen wir noch mal bei Frau Rott vorbei und uns eine neue Version besorgen.«

»Klingt vielversprechend. Die Zeit sollten wir nutzen, um Dr. Nolting einen Besuch abzustatten, was meinst du?«

Eine halbe Stunde später standen die beiden Kommissare vor dem Haus des leitenden Werksarztes im noblen Stadtteil Brasselsberg. Hain klingelte und trat einen Schritt zurück. »Hier müsste auch mal wieder was gemacht werden«, stellte er mit Blick auf den verwildert wirkenden Vorgarten fest. Das dahinterliegende Haus machte dagegen einen gepflegten Eindruck.

»Ja, bitte«, meldete sich eine Frauenstimme über die Sprechanlage.

»Hain, Kriminalpolizei Kassel, in Begleitung meiner Kollegin Ritter. Wir würden gern kurz mit Dr. Nolting sprechen.«

»Mein Mann ist derzeit in einer Besprechung. Worum geht es denn?«

»Wenn Sie Ihrem Mann nur meinen Namen nennen, wird er sich ganz sicher an mich und meine Kollegin erinnern. Wir waren gestern bei ihm im Werk. Thilo Hain. Hauptkommissar Thilo Hain.«

»Ja. Na ja. Dann warten Sie bitte einen Moment. Ich sehe, was ich für Sie tun kann.«

Es knackte aus dem Lautsprecher, dann trat Stille ein. Nur das Schnattern und Zwitschern der Vögel in den Bäumen um sie herum war zu hören. Nach etwas mehr als einer Minute ertönte die Stimme von Dr. Nolting.

»Ja, Herr Hain, was gibt es denn noch? Ich nehme gerade einen sehr wichtigen Termin wahr und habe eigentlich keine Zeit für Sie.«

»Kommen Sie, Herr Doktor«, gab Hain vielleicht eine Spur zu salopp zurück. »Fünf Minuten werden doch drin sein. Und länger dauert es auf keinen Fall.«

»Nein, wirklich. Es geht nicht.«

»Dann müssen wir Sie eben vorladen. Wenn Ihnen das lieber ist …«

»Vorladen? Wann denn?«

»Das sehen wir dann. Heute aber bestimmt nicht mehr.«

Es gab eine kurze Pause, während der im Haus geflüstert wurde. »Gut, kommen Sie herein. Aber wirklich höchstens fünf Minuten.«

»Versprochen.«

Der Summer ertönte, und die beiden Kripobeamten traten auf die Haustür zu, in der sie Dr. Nolting bereits erwartete.

»Bitte, kommen Sie herein. Gehen wir doch in mein Arbeitszimmer.« Der Mediziner ging vor Hain und Ritter über den langen Flur, von dem alle Räume im Untergeschoss abzweigten, und schob schließlich die letzte Tür auf der rechten Seite nach vorn.

»Nehmen Sie Platz«, sagte er mit einer Geste in Richtung der beiden vor dem Schreibtisch stehenden Stühle und schloss die Tür hinter sich. »Also, was kann ich für Sie tun?«

Hain überlegte einen Augenblick und beschloss intuitiv, ein wenig zu pokern. »Wir würden gern von Ihnen erfahren, ob die Abstellung Ihres Kollegen Dr. Held vielleicht doch nicht ganz so spontan geschehen ist, wie Sie es uns gegenüber eingeräumt haben. Wir vermuten außerdem, dass Sie längst über diesen Schritt informiert waren, wahrscheinlich sogar schon vor Ihrem Urlaubsbeginn. Und natürlich wüssten wir gern, wo genau es ihn in Brasilien hin verschlagen hat.«

Nolting lief schlagartig rot an und beugte sich nach vorn. »Das ist doch wirklich …«, begann er laut, stoppte jedoch, als die Tür hinter Ritter und Hain schwungvoll geöffnet wurde.

Die beiden folgten dem Blick des Werksarztes und drehten den Kopf. Im Türbogen stand ein etwa 40-jähriger Mann im dunkelblauen Dreireiher und mit teuer aussehenden Schuhen an den Füßen.

»Darf ich mich kurz vorstellen?«, fragte er mit leiser Stimme, ohne jedoch auf eine Antwort zu warten. »Mein Name ist Dr. Markus Wiegand; ich bin Rechtsanwalt und Dr. Nolting ist mein Mandant. Er hat mich gebeten, dem Gespräch mit Ihnen beizuwohnen. Ich vermute, Sie haben nichts dagegen, oder?«

Sowohl Hain als auch seine Kollegin fixierten den Arzt, der jedoch geschickt ihrem Blick auswich und sich nur auf den Mann in der Tür konzentrierte.

»Ich hab Sie gar nicht klingeln gehört, Herr Dr. Wiegand. Kann es sein, dass Sie die frühe Besprechung von Herrn Dr. Nolting sind und schon im Haus waren?«

Wiegand fing süffisant an zu grinsen. »Sie können sich sicher gut vorstellen, dass ich zu solch einer … Frage niemals eine Erklärung abgeben würde.«

»Das macht nichts«, erwiderte Pia für Ihren Kollegen. »Mich würde viel eher interessieren, wozu Herr Dr. Nolting einen Rechtsbeistand braucht. So delikat sind unsere Fragen doch bei aller Liebe nicht.«

Wieder huschte über das Gesicht des Anwalts ein Lächeln. »Vielleicht hängt es ja mit meinem Beruf zusammen, aber ich bin der festen Überzeugung, dass kein Mensch, der bei Sinnen ist, ohne anwaltliche Begleitung und Beratung in das Gespräch mit irgendwelchen Polizeibeamten gehen sollte. Wobei ich noch viel eher der Meinung bin, dass niemand einfach so mit irgendwelchen Polizeibeamten reden sollte, wenn das zu Besprechende über seine Personendaten hinausgeht.«

»Ja«, gab die Kommissarin mit ähnlich zuckersüßer Note in der Stimme wie er zurück, »es könnte tatsächlich sein, dass diese Marotte mit Ihrem Beruf zusammenhängt.«

»Und weil wir gerade so traut hier zusammenstehen und sitzen«, meinte Hain mit Blick auf Nolting, »würde mich verschärft interessieren, was Sie denn dazu sagen, Herr Doktor.«

Der Blick des Arztes huschte von seinem Rechtsanwalt zu Hain, wieder zurück und blieb schließlich dort kleben.

»Natürlich halte ich mich an den Rat meines Rechtsanwalts, warum sollte er mich sonst unterstützen?«

»Und was heißt das für unsere Fragen?«

Erneut klammerte sich der Blick des Mannes hinter dem Schreibtisch an den Anwalt.

»Das heißt natürlich, dass Herr Dr. Nolting nicht das Geringste zu dem von Ihnen angesprochenen Themenkomplex beitragen kann, weil er, bedingt durch seinen Jahresurlaub, überhaupt nicht mit der fraglichen Causa befasst war. Das war eindeutig eine Vereinbarung zwischen Dr. Held und der Personalabteilung.«

Der Hauptkommissar drehte sich um und sah Wiegand durchdringend an. »Bemerkenswert, wie gut Sie informiert sind, Herr Dr. Wiegand. Aber vermutlich sind Sie nicht erst seit eben mit ›der fraglichen Causa‹ ver- und betraut.«

»Auch darüber werde ich mich nicht mit Ihnen austauschen, Herr Kommissar.«

»Dann erfahren wir also von Ihnen definitiv nicht«, wandte Hain sich wieder Nolting zu, »warum Ihr Kollege Dr. Held den doch einigermaßen langen und vermutlich auch beschwerlichen Weg nach Brasilien auf sich genommen hat? Und auch nicht, wohin genau es ihn getrieben hat?«

»Sorry, die Herrschaften«, kam der Rechtsanwalt dem Arzt wieder mit einer Antwort zuvor, »aber für uns ist dieses Gespräch hiermit beendet. Herr Dr. Nolting kann Ihnen bei Ihren wie auch immer gearteten Ermittlungen nicht helfen. Und falls es weiteren Gesprächsbedarf auf Ihrer Seite gibt, was ich jedoch nicht glaube, freuen wir uns auf einen Termin mit dem involvierten Staatsanwalt.« Er sah die beiden Kommissare tadelnd an und schüttelte dabei leicht den Kopf. »Und vielleicht zum guten Schluss noch ein wenig Stilkritik, meine Dame und mein Herr von der Kriminalpolizei. Sie klingeln früh am Morgen bei Herrn Dr. Nolting und fordern ihn quasi auf, nur mal schnell ein paar Fragen zu beantworten. Sie klären ihn natürlich nicht darüber auf, ob er das als Zeuge oder Beschuldigter tun soll, obwohl Sie ganz genau wissen, dass der Unterschied von elementarer Bedeutung für meinen Mandanten ist. Vom Zeugnisverweigerungsrecht oder dem Aussageverweigerungsrecht war, wenn ich das Gespräch richtig verfolgt habe, auch nicht die Rede. Das geht so einfach nicht, und das wissen Sie auch.«

Hain und Ritter wussten natürlich, dass der Jurist in diesem Punkt im Recht war. Sie konnten vielleicht den Versuch unternehmen, sich auf den Wunsch einer unverfänglichen, rein informellen Befragung mit Dr. Nolting herauszureden, aber auch dafür sieht das deutsche Recht Bedingungen und Grenzen vor, die beachtet werden müssen. Die auch Sie, wenn es hart auf hart kam wie in diesem Fall, zu beachten hatten.

»Da haben Sie natürlich recht, Herr Dr. Wiegand«, unternahm Pia Ritter einen Vorstoß, auf den Anwalt zuzugehen. »Allerdings ging es uns ausschließlich um sachdienliche Informationen. Keinesfalls wollten wir Herrn Dr. Nolting als Zeugen vernehmen, und schon gar nicht als Beschuldigten.«

»Sie wissen aber, dass es nicht richtig ist.«

»Nun ja«, mischte Hain sich leise ein, »Ihr Standpunkt mag aus rein formaljuristischer Sicht zutreffend sein, der gesunde Menschenverstand steht nach meiner Meinung allerdings manchmal über dem juristischen Geschehen. Wir wollten weder Dr. Nolting in eine argumentative Falle locken, noch wollten wir etwas aus ihm herauspressen, was er uns partout nicht erzählen wollte oder könnte. Es geht um die nach unserer Meinung weder ehrenrührige noch für ihn belastende Frage, warum sein Kollege Dr. Held nach Brasilien gegangen ist, und wohin. Aber …« Der Hauptkommissar stand auf und trat ganz nah an den Juristen heran, »nun hat er ja Sie und muss sich nicht mehr mit niederen Chargen wie uns herumplagen.« Er umkurvte den immer noch in der Tür stehenden Rechtsanwalt. »Schönen Tag noch«, brummte er.

Pia stand ebenfalls schon und sah Dr. Nolting noch einmal eindringlich an. »Wäre es so schlimm, wenn Sie uns diese wirklich harmlosen Fragen beantworten würden, Herr Dr. Nolting?«

»Ja, das wäre es«, antwortete Dr. Wiegand erneut für den Mediziner. »Mein Mandant wird keine Fragen von Ihnen beantworten, und jetzt verlassen Sie bitte sein Haus.«

»Natürlich. Auf Wiedersehen.«

Der Anwalt trat zur Seite, ließ die Polizistin passieren und begleitete sie und Hain bis zum Ausgang. Dort blieb er stehen, bis die beiden das Grundstück verlassen hatten und auf dem Weg zu ihrem Wagen waren. Dann fiel die Tür ins Schloss.

»So bin ich lange nicht mehr am frühen Morgen eingetütet worden«, meinte der Kommissar, während er in den Mazda kletterte.

»Ja«, stimmte Pia ihm zu, »das war wirklich eine Lehrstunde in arroganter Gesprächsführung. Der Mann macht einen guten Job, da gibt es nichts.«

»Guter Job hin oder her, ich hätte ihm am liebsten mit so viel Anlauf in die Klöten getreten, dass sie kurzfristig mit den Mandeln kollidiert wären.«

»Du immer mit deinen …« Sie zögerte, griff nach ihrem klingelnden Telefon und meldete sich. Das Gespräch dauerte etwa zwei Minuten, während denen sie fast ausschließlich zuhörte. Dann bedankte sie sich und legte auf.

Hain hatte während des kompletten Anrufs auf dem Pralltopf des Mazda-Lenkrads herumgetrommelt. »Was gibt es?«, wollte er relativ desinteressiert wissen. Offenbar nagte die Zurechtweisung des Anwalts noch immer enorm an ihm.

»Die Gewissheit, dass Benjamin Andermatt mit an Sicherheit grenzender Wahrscheinlichkeit einem Mordanschlag zum Opfer gefallen ist.«

Ihr Kollege warf den Kopf herum und sah sie gespannt an. »Erzähl!«

»Das war nämlich ein forensischer Toxikologe vom LKA in Wiesbaden. An den Enden der Espressolöffel aus der Küche wurde Botulinumtoxin gefunden, und zwar an jedem Einzelnen. Offenbar zwar keine für einen Menschen tödliche Dosis, aber der Kollege meint, dass Andermatt die täglich aufgenommene Menge im Endeffekt das Leben gekostet hat.«

»Botulinumtoxin? Das hab ich irgendwo schon mal gehört, Pia.«

»Wahrscheinlich kennst du den Markennamen Botox.«

»Das Zeug, das sich die Bekloppten dieser Welt ins Gesicht spritzen lassen, damit sie wie Zombies aussehen?«

»Genau. Das wird mit maximal verdünntem Botulinumtoxin gemacht. Es ist übrigens eines der stärksten Gifte auf der Welt, wenn nicht sogar das stärkste, aber das müsste ich noch mal nachlesen. Wir hatten während der Ausbildung vor drei Jahren ein Seminar zum Thema Toxine, da kam dieses Zeug natürlich auch vor.«

»Interessant. Und schön, dass du im Thema bist, für mich ist das ein böhmisches Dorf. Und bevor wir uns weiter um Dr. Held, seine ach so seriöse Diagnose und seinen Aufenthaltsort kümmern, werden wir Herbert über die Giftsache informieren.«

»Gleich. Es gibt eine weitere interessante Info. Die Putzfrau hatte nämlich recht mit ihrem Verdacht, dass Andermatt sehr starke Schmerzmittel genommen hat und vermutlich davon auch abhängig gewesen ist. Die Jungs von der Spurensicherung haben eine größere Menge von diesem Valoron im Haus gefunden und außerdem Hinweise, dass er es schon seit mehreren Wochen in hohen Dosen eingenommen hat.

Hain nickte zufrieden. »Dann sieht es ja aus, als ob sich die einzelnen Puzzleteile langsam zusammenfügen. Also nichts wie Herbert angerufen und ...« Er wollte nach seinem Telefon greifen, doch Pia hatte längst Schillers Kurzwahl gedrückt und das Gerät bereits am Ohr.

17

Harald Eschbach verließ an der Haltestelle Mombachstraße die Straßenbahn, wartete, bis die Fußgängerampel auf Grün gesprungen war, und überquerte die beiden Fahrstreifen der Holländischen Straße. Mit schnellen Schritten brachte er die etwa 400 Meter bis zu dem an der nächsten Ecke liegenden Restaurant hinter sich, erkannte an einem etwas abseitsstehenden Tisch seine Verabredung und zog den leichten Sommerblouson aus. Nachdem er sich gesetzt und bei der jungen Bedienung ein großes Bier bestellt hatte, verzog er leicht das Gesicht und kratzte sich dabei zweifelnd am Hinterkopf.

»So richtig unter sich ist man hier aber nicht, wenn du mich fragst. Warum treffen wir uns nicht am gewohnten Ort?«

Sein Gegenüber schüttelte den Kopf. »Dort ist heute eine Hochzeit. Serge Braun, der Unternehmer, heiratet.«

»Der Pharmamann?«

»Genau der, ja.«

»Dann kann ich verstehen, dass wir uns besser hier, in eher studentischem Umfeld, treffen. Bei einer Hochzeit dieser Preisklasse dürfte die High Society Nordhessens in Bataillonstärke angetreten sein.«

»Schlimmer. Er hat fast die gesamte Hautevolee der Republik und über deren Grenzen hinaus einbestellt.«

»Und ich dachte immer, der Typ sei schwul?«

»Deswegen heiratet er ja auch einen Kerl.«

»Ein verdammter Hinterlader«, brummte Eschbach, der Betriebsratsvorsitzende des Volkswagenwerks Kassel, verächtlich.

Samuel Wischek, fristlos gekündigter und demzufolge ehemaliger persönlicher Assistent des toten Werksleiters Benjamin Andermatt, nickte zustimmend.

»Unser leider verschiedener Boss hatte auch eine Einladung. Wäre aber nicht hingegangen.«

»So? Warum denn nicht?«

»Er hatte es ja, wie du dich bestimmt erinnerst, nicht so mit den oberen Zehntausend Nordhessens. Also, was hätte er dort zu suchen gehabt?«

»Keine Ahnung, ehrlich. Aber jetzt, wo er abgetreten ist, interessiert das sowieso niemanden mehr.«

»Was mich allerdings brennend interessiert«, kam Wischek ebenso rasant wie unvermittelt zum Grund ihrer Verabredung, »ist die Frage, wie du mich wieder zurück ins Unternehmen bringen willst, Harald. Die Kündigung ist eindeutig und mein Anwalt sagt, dass die angegebenen Gründe, sollten sie denn zu beweisen sein, auf jeden Fall stichhaltig sind.«

Eschbach zog die Stirn hoch. »Stimmt es denn, dass er dich beim Spionieren erwischt hat?«

»Wenn du das nicht weißt, wer dann? Klar hat er mich dabei erwischt, wobei ich immer argumentieren kann, dass ich nach einer Vorlage gesucht habe.«

»Du weißt, dass du in arge Schwierigkeiten kommst, wenn du das vor Gericht beweisen musst. Zumal du der Abmahnung damals nicht mal widersprochen hast.«

»He, he, das habe ich auf dein Anraten so gemacht, vergiss das nicht.«

»Das weiß ich, Samuel, aber damals waren eben noch ganz andere Zeiten. Das letzte Jahr und die daraus resultierenden Veränderungen waren ziemlich folgenschwer für das Unternehmen. Aber wem erzähle ich das.«

Wischek trank einen Schluck von seiner Apfelschorle. Nachdem er das Glas wieder abgesetzt hatte, sah er Eschbach lange an. »Ich glaube mir gefällt die Richtung, die unser Gespräch gerade nimmt, nicht wirklich gut. Eigentlich ganz und gar nicht, weil ich den Verdacht habe, dass du mich fallen lassen willst wie die berühmte heiße Kartoffel.«

»Aber das ist doch kompletter Unsinn«, bellte der Betriebsrat eine Spur zu laut zurück. »Niemand will dich fallen lassen. Aber im Augenblick ist nun einmal jeder, der was zu sagen hat, total nervös. Und dabei nehme ich mich ganz bewusst nicht aus.«

»Warum solltest du schon groß nervös sein? Was hast du denn zu verlieren?«

Eschbach zögerte ein wenig mit seiner Antwort. »Mehr als du glaubst, Samuel. Viel mehr, als du dir vermutlich überhaupt vorstellen kannst.«

»So ein Quatsch«, zischte Wischek. »Ich habe die Drecksarbeit für dich gemacht und jetzt will ich, dass du mir hilfst. Das bist du mir, verdammt noch mal, schuldig.«

»Da täuschst du dich aber gewaltig, mein Junge. Ich bin dir nämlich gar nichts schuldig. Ich habe dir geholfen, du hast mir geholfen, das war der Deal. Und wenn du so dämlich bist, dich bei etwas erwischen zu lassen, das dir schaden kann, dann wirf das doch bitte nicht mir vor.«

»Und ich habe gedacht, ich könnt mich auf dein Wort verlassen. Du hast mir das Blaue vom Himmel versprochen, wenn ich das tue, was du von mir verlangst. Und ich habe geliefert, jeden verdammten Scheiß habe ich dir geliefert. Du wusstest, was er isst, du wusstest, was er trinkt, und du wusstest sogar, wie er seinen beschissenen Kaffeelöffel hält. Du bist wirklich ein ekelhaftes Arschloch.«

»Willkommen in der realen Welt, wo nur der Starke eine Chance hat, Samuel. Wo die, die nur rumjammern und nicht an ihre Stärke glauben, hoffnungslos unterlegen sind. Ich war immer für dich da, das weißt du, aber damit ist jetzt endgültig Schluss. Ich habe einfach keine Lust mehr auf dein Gewinsel.«

Wischek schluckte. »Du meinst es wirklich ernst. Du lässt mich einfach fallen.«

»Wenn, dann ich mache es wirklich nur, weil du dich wie eine Pussy verhältst, und das kann ich nun mal auf den Tod nicht leiden. Außerdem wüsste ich im Augenblick wirklich nicht, wie ich dir helfen oder was ich für dich tun könnte. Vermutlich bekommen wir innerhalb der nächsten drei, vier Tage einen neuen Werksleiter, und es gibt bisher nicht den geringsten Anhaltspunkt, wer das sein könnte. Du siehst, wir haben ganz andere Probleme, als uns mit dir, Verzeihung, kleinem Würstchen zu beschäftigen.«

Wieder bewegte sich der Adamsapfel des gekündigten Assistenten hektisch auf und ab. »Du weißt, dass ich dich in die Pfanne hauen kann, Harald. Ich kann alles öffentlich machen, was ich für dich getan habe.«

Eschbach griff zu seinem Bier und nahm einen großen, tiefen Schluck.

»Das könntest du«, erwiderte er mit dem Glas in der Hand, »aber du wirst es nicht tun. Erstens kannst du nichts von dem beweisen, was du behaupten würdest, und zweitens wäre spätestens dann deine Karriere komplett ruiniert. Kein Hund würde mehr einen Brocken altes Brot von dir annehmen, wenn du irgendetwas davon öffentlich machen würdest, was du für mich getan hast. Und erst recht würde kein Unternehmen auf dieser Welt dir einen Job anbieten, zumindest keinen, für den du auch nur halbwegs qualifiziert bist. Also hör auf mit diesen haltlosen Drohungen und lass uns weiterhin wie vernünftige Menschen miteinander reden.«

»Das heißt, du wirst definitiv nicht dafür sorgen, dass ich wieder im Werk anfangen kann? Dass ich dort wieder einen Job bekomme?«

»Das heißt es, ja. Und es heißt es deswegen, weil du dich bei dem, was du getan hast, verdammt blöd angestellt hast.«

Samuel Wischek sah in den Himmel und fixierte dort einen imaginären Punkt. »So etwas wie Familienzusammenhalt interessiert dich dabei überhaupt nicht, oder?«

Der Betriebsrat verzog süffisant das Gesicht. »Lass mich bloß mit diesem Unsinn zufrieden, Samuel. Nur weil deine Mutter meine Schwester ist, heißt das noch lange nicht, dass ich dich für den Rest deines Lebens protegieren muss. Ich habe alles Menschenmögliche getan, damit du einen vernünftigen Start ins Berufsleben hattest, und du hast es mir in ausreichendem Maß zurückgezahlt. Aber ab jetzt muss jeder von uns sehen, wie er allein vorwärtskommt. Du musst das, und ich muss es auch.«

Wischek nickte. »Von mir aus. Dann werde ich mit meinem bisher noch gut gehüteten Wissen wohl zu einer Zeitung gehen müssen. Oder, noch besser, gleich zum Fernsehen.«

Die beiden sahen sich einen Moment lang an.

»Was soll das heißen?«, blaffte Eschbach seinen Neffen an. »Du willst mir doch nicht weismachen, dass du mir nicht alles erzählt hast, was du über ihn herausgefunden hast?«

»Jeder muss ab jetzt sehen, wie er allein vorwärtskommt. Deine Worte, *Onkel* Herbert. Ich denke, nein, ich weiß ganz sicher, dass ich dafür deutlich besser aufgestellt bin als du.«

»Du gottverdammter kleiner Drecksack«, zischte Eschbach. »Leg dich bloß nicht mit mir an.«

»Nein, das werde ich sicher nicht. Nicht mit dir. Aber vielleicht mit dem Konzern. Glaub mir, ich bin im Besitz von Informationen, die alles bisher Veröffentlichte in den Schatten stellen. Es wie ein laues Lüftchen im Vergleich zu einem Taifun aussehen lassen. Die jedem Dieselfahrer der Marke Volkswagen und jeder anderen des Konzerns genau die Art Munition an die Hand geben, dass er einer wie auch immer gearteten juristischen Auseinandersetzung mit großem Vergnügen entgegensehen kann.«

Harald Eschbach war während der Worte seines Neffen blass geworden. »Das würdest du nicht tun. Das darfst du nicht tun!«

Wischek stand auf, hob die Augenbrauen und bedachte seinen Onkel mit einem verächtlichen Blick.

»Verlass dich besser nicht drauf, Herbert. Sorg lieber dafür, dass ich möglichst bald wieder einer von euch bin. Sonst lasse ich eine Bombe platzen, deren Erschütterungen alles vernichten könnten, das dir wichtig ist.« Damit wandte er sich ab und ging provozierend langsam davon.

»Du bluffst«, schrie Eschbach ihm aufgebracht hinterher. »Du hast rein gar nichts in der Hand. Nichts! Und deshalb werde ich rein gar nichts für dich tun. Ich lache über dich, mehr nicht.«

Wischek sah sich nicht noch einmal um. Stattdessen zeigte er, während er weiterging, seinem Onkel mit der rechten Hand den ausgestreckten Mittelfinger.

18

Francisco Maggi schloss die Tür zu seinem Büro, ließ sich auf den Lederstuhl mit der hohen Lehne hinter dem opulenten Mahagonischreibtisch fallen, griff zum Telefon und wählte eine Nummer, die er von dem Zettel in seiner linken Hand ablas.

Der 53-jährige, 1,59 Meter große, gedrungen wirkende Rechtsanwalt aus dem Bundesstaat São Paulo hatte schon als Junge immer gewusst, wie man sich aus jeglichem Ärger im Viertel heraushalten und trotzdem immer etwas verdienen konnte. Seine Statur und seine über allem stehende Feigheit hatten es mit sich gebracht, dass ihn praktisch niemand ernst nahm. Ein paarmal war er verdroschen worden, doch irgendwann hatten selbst die tumbsten Schläger eingesehen, dass sie mit ihm etwas anfangen konnten. Nämlich dann, wenn es etwa darum ging, Briefe zu verfassen. Bittbriefe zum Beispiel, mit deren Hilfe man den Weg ins Gefängnis entweder verzögern oder vielleicht sogar komplett vermeiden konnte. Oder bei Behörden und Ämtern vorstellig zu werden, denen man Geld schuldete. Für solche Anlässe war Francisco Maggi der perfekte Mann, denn er konnte vernünftig schreiben und noch vernünftiger reden. Irgendwann war er für die alles bestimmende Gang in seinem Viertel so wichtig geworden, dass sie ihn bei allen Besprechungen am Tisch duldete und ihm sogar das komplette Jurastudium finanzierte.

Gewalt war zwar immer ein probates Mittel, doch manchmal brauchte man eben auch einen guten Rechtsanwalt.

Mit den Jahren war Maggi wohlhabender geworden und mittlerweile steckte er, was die materiellen Güter anging, jeden aus dem Viertel in die Tasche. Er hatte Bosse kommen und gehen sehen und hätte sich längst zur Ruhe setzen können, doch er machte seinen Job gern. Er mochte die Macht, die damit verbunden war, und er mochte die Art, damit sein Geld zu verdienen.

Zwar gehörten ihm vier Wohnblocks in einer guten Lage von São Paulo mit mehr Mieteinnahmen, als er ausgeben konnte, doch er wollte immer noch dazugehören. Wollte, dass sein Rat und sein Verhandlungsgeschick nachgefragt wurden, wollte mitmischen.

Mehr als zwei Dutzend Lösegeldverhandlungen hatte er geführt, und immer war es ihm gelungen, das Maximale für seine Jungs herauszuholen. Er war einer der besten in seinem Fach, das wusste er.

Schon direkt nach dem Ende der Militärdiktatur 1985 hatte sich in Brasilien, speziell ausgehend von den Favelas, den Armenvierteln rund um die Großstädte, die Herrschaft der Banden und Gangs entwickelt. Teilweise mehr als 10.000 Mitglieder stark, gegliedert in streng hierarchischen Strukturen, sorgten diese Mobs dafür, dass innerhalb ihres Territoriums nichts ohne ihre Zustimmung geschah. Sie regierten mit Schrecken, doch sie sorgten auch dafür, dass die Menschen innerhalb ihres Viertels Schutz hatten. Irgendwann in den 90er-Jahren begannen die ersten damit, sich den hauptsächlichen Lebensunterhalt durch Entführungen zu verdienen. Meistens waren Mitarbeiter von überseeischen Unternehmen betroffen, und meistens wurden die Dinge innerhalb von Stunden oder maximal wenigen Tagen geregelt. Geregelt von Menschen wie Francisco Maggi, die wussten, wie man mit den Managern der betroffenen Firmen umzugehen hatte und wie viel die einzelnen Männer oder auch Frauen wert waren.

Die Behörden sahen dem Treiben relativ entspannt zu, vermutlich auch deshalb, weil ein Teil der Einnahmen dieser Geschäfte direkt in den Taschen der Polizeibeamten und auf den Konten der Staatsanwälte landete. Maggi unterhielt ein regelrechtes Netzwerk von Leuten, die auf seiner Lohnliste standen, darunter auch Richter und einflussreiche Politiker. Es war wie immer in Brasilien. Wenn alle mitverdienten, wurde keine große Affäre aus einer Sache gemacht. Nicht einmal aus einer Entführung. Wobei die allermeisten so diskret abgewickelt wurden, dass ein normaler Brasilianer in der Regel gar nichts davon mitbekam.

Der Rechtsanwalt hielt das Telefon ans Ohr und wartete. Es klingelte dreimal, dann wurde der Anruf entgegengenommen. Maggi setzte sich aufrecht, holte tief Luft und stellte sich vor. Dreißig Sekunden später hatte er den von ihm gewünschten Termin.

Es ist immer dasselbe, dachte er, während er seine Ledertasche packte und das Büro verließ. *Eine hohe Forderung, von der jeder weiß, dass sie ebenso unrealistisch wie unerfüllbar ist, ein beleidigendes Gegenangebot und schließlich die Einigung irgendwo um die Mitte herum.*

Vierzig Minuten nachdem er seine Kanzlei verlassen hatte, betrat er eines der besten Restaurants von São Paulo. Er bekam einen Tisch am Fenster angeboten, setzte sich und bestellte ein Wasser. Alkohol hatte er zuletzt als 15-Jähriger getrunken, und es hatte ihn seitdem auch nie mehr danach verlangt.

Sein Termin kam 15 Minuten zu spät, entschuldigte sich unverbindlich und setzte sich ihm gegenüber. Maggi, der mit einem Mann gerechnet hatte, sah die etwa 40-jährige, schlanke Frau mit leichter Verunsicherung an.

»Sie wirken ein wenig erstaunt, Senhor Maggi«, ließ sie ihn emotionslos wissen. »Das entspricht so gar nicht dem Ruf, den Sie genießen.«

»So? Welcher Ruf eilt mir denn voraus, Senhora …?«

Die Frau antwortete nicht auf seine plumpe Frage, sondern sah ihn stattdessen misstrauisch an. »Lassen wir das Geplänkel, Maggi. Sagen Sie mir einfach, was Sie wollen.«

»Sie haben volles Verhandlungsmandat?«

»Wäre ich sonst hier?«

Der Anwalt griff nach seiner Tasche und kramte ein Foto daraus hervor.

»Dieser Mann arbeitet für das Unternehmen, das Sie repräsentieren, und befindet sich, wie Sie unschwer erkennen können, in einer ziemlich unangenehmen Situation. Wir beide könnten, wenn wir uns hier und jetzt einigen, seine Situation sehr schnell zu einem Besseren wenden.«

Sie griff nach der Fotografie. »Dieser Mann ist mir leider völlig unbekannt«, formulierte sie trocken. »Deshalb gibt es in seinem Zusammenhang leider nicht das Geringste zu verhandeln.«

Maggi zog einen deutschen Reisepass aus seiner Tasche. »Vielleicht wird die Sache klarer, wenn Sie dieses Dokument etwas näher betrachten.«

Seine Gesprächspartnerin schüttelte den Kopf, ohne auch nur einen Blick in den Pass zu werfen. »Nein, definitiv nicht.«

»Aber er arbeitet für das Unternehmen, da bin ich mir hundertprozentig sicher.«

»Das spielt leider keine Rolle.«

Nun zeigte sich Francisco Maggi irritiert. Die Verhandlungen nahmen, zumindest war das sein Eindruck, einen merkwürdigen Verlauf. »Nur, dass ich Sie richtig verstehe. Er arbeitet zwar für das Unternehmen, ist aber zu unbedeutend, um eine Einigung zu erzielen?«

Die Frau reagierte zunächst nicht. »Senhor Maggi«, erwiderte sie nach einer Weile schließlich, »manchmal sind die Dinge komplizierter, als wir uns das wünschen. Ich möchte jetzt nicht viel mehr dazu sagen, aber die Sachlage ist deutlich komplizierter, als Sie glauben.«

»Klären Sie mich auf. Was genau ist so kompliziert?«

Wieder schwieg sie einen Augenblick. »In welcher Größenordnung bewegen sich Ihre Gedanken zu Herrn Dr. Held«, wollte sie nach weiteren Sekunden wissen.

Von wegen unbekannt, dachte Maggi mit großer Empörung. *Aber nur zu, wenn du Spielchen spielen willst …*

»Meine Klienten dachten an zehn Millionen Real.«

»Einverstanden.«

Francisco Maggi riss unvermittelt die Augen auf, weil er glaubte, sich verhört zu haben. »Wie bitte? Was sagten Sie?«

»Ich sagte einverstanden.«

»Bei zehn Millionen Real sagen Sie einverstanden?«

»Definitiv, ja.«

»Und … wie …?«

Die Frau auf der anderen Seite des Tischs beugte sich ein wenig nach vorn, bevor sie auf sein Gestammel antwortete.

»Ich sage Ja zu zehn Millionen Real, aber es gibt eine Bedingung.«

Maggi, der sich wieder gefangen hatte, rückte ebenfalls ein wenig nach vorn. »Bei allem Respekt, gnädige Frau, aber Sie sind nicht in der Position, Bedingungen zu stellen.«

»Wollen Sie sie nicht erst mal hören?«

Der Jurist sah sich ein paarmal um. Irgendetwas lief hier komplett aus der Spur. »Gut, ich höre.«

»Sie kriegen die zehn Millionen unter der Bedingung, dass der Mann, von dem wir reden, niemals wiederauftaucht. Er muss verschwinden und auch für alle Zeiten verschwunden bleiben.«

»Das … das verstehe ich nicht«, erwiderte Maggi leise. »Warum sollten Sie daran interessiert sein, dass er …?«

»Stellen Sie sich nicht dümmer, als Sie sind, Senhor Maggi. Sie bekommen einen Haufen Geld, allerdings unter einer Bedingung, die Sie so nicht erwartet haben. Haben Sie ein Problem damit? Vielleicht sogar ein moralisches Problem?«

Der Rechtsanwalt sah sich erneut in dem Restaurant um. Durch seinen Kopf schossen so viele Gedanken, dass er sie kaum fassen konnte. Was, wenn die Frau von irgendeiner Behörde kam, die ihm am Zeug flicken wollte? Oder einer rivalisierenden Gang, die ihn ans Messer liefern wollte? »Verstehen Sie mich bitte nicht falsch, Senhora, aber wir hatten bisher nicht das Vergnügen, miteinander Geschäfte zu machen. Ich kenne Sie nicht und möchte deshalb keine voreiligen Entscheidungen treffen. Außerdem muss ich natürlich zunächst mit meinem Klienten über Ihr Angebot sprechen.«

Die Frau griff nach der rechten Hand des Juristen und drückte sie sanft, was im Kontrast zu ihrem eisigen Gesichtsausdruck stand. »Jeder weiß, für wen Sie arbeiten, mein lieber Maggi. Jeder, aber wirklich jeder weiß, für wen Sie seit vielen Jahren den Laufburschen spielen. Diese Leute haben Sie reich gemacht, auch das ist kein Geheimnis, aber sie machen Sie nicht unantastbar.« Sie stand auf, griff in ihre Handtasche und legte eine Visitenkarte auf den Tisch, auf der nur eine Telefonnummer vermerkt war. »Mein Angebot steht. Rufen Sie mich an, wenn Sie es angenommen haben,

treten Sie den Beweis dafür an und Sie werden die verein-
barte Summe innerhalb von zwölf Stunden erhalten.« Damit
wandte sie sich ab und war ein paar Sekunden später aus
seinem Blickfeld verschwunden.

19

Herbert Schiller sah auf das Display des Telefons auf seinem Schreibtisch und wusste augenblicklich, wer da gerade bei ihm anrief. Für einen Moment erwog er, das Klingeln einfach zu ignorieren und den Anruf nicht anzunehmen, doch das hätte ihm höchstens einen zeitlichen Aufschub verschafft. Wenn Polizeipräsident Peer Kramer nach einem rief, sollte man ihn tunlichst nicht zappeln lassen oder Spielchen mit ihm spielen.

»Ja, Schiller«, meldete er sich deshalb mit unverbindlichem Tonfall.

Das ganze Gespräch dauerte keine zehn Sekunden, dann legte der Kriminalrat auf und machte sich auf den Weg zum Leiter des Polizeipräsidiums Nordhessen, der ihn an der Tür zu seinem Büro erwartete und freundlich und mit kräftigem Händedruck begrüßte.

»Hallo, kommen Sie doch herein, Herr Schiller. Bitte setzen Sie sich. Einen Kaffee oder ein Wasser? Tee vielleicht?«

»Sehr freundlich. Aber nein, vielen Dank.«

Kramer, ein Karrierebeamter von 47 Jahren wie aus dem Bilderbuch, ließ sich in seinen Stuhl hinter dem Schreibtisch nieder und faltete die Hände vor der Brust. Eine Geste, die er als bekennender Christ und Mitglied einer freikirchlichen Vereinigung gerne zur Schau stellte.

»Sie können sich vermutlich denken, warum ich das Gespräch mit Ihnen suche, Herr Schiller«, kam er ohne große Umschweife zum Punkt.

Schiller nickte. »Ich denke schon.«

»Dann lassen wir am besten jegliches Vorgeplänkel und Sie erzählen mir, warum ich immer noch böse Anrufe aus Wiesbaden bekomme, die sich einzig darum drehen, mit was sich Ihre Leute gerade beschäftigen. Und hier meine ich explizit die Kommissare Ritter und Hain, die dem in jeglicher Form zutiefst unverdächtigen Leitenden Werksarzt Dr. Nolting so hartleibig hinterhersteigen. So wie es gerade vor ein paar Minuten offenbar wieder geschehen ist. Und warum meine klaren, eindeutigen und unmissverständlichen Vorgaben in diesem Zusammenhang so eklatant missachtet werden?«

Schiller kannte seinen Vorgesetzten lang genug, um zu wissen, dass man Kramer besser nicht widersprach. Und dass man sich davor hüten sollte, sich seinen Zorn zuzuziehen. Die Wutausbrüche des Mannes hinter dem Schreibtisch waren weit über die Grenzen des PP Nordhessen hinaus bekannt.

»Nun, Herr Polizeipräsident, meine Mitarbeiter gehen dem Verdacht nach, dass der Tod von Benjamin Andermatt ein nicht natürlicher gewesen sein könnte. Die Beweise, die sie zusammengetragen haben, werden zunehmend konkreter und sind definitiv nicht mehr zu ignorieren.«

»Sie meinen, die komischen Spuren an diesen Kaffeelöffeln?«

»Auch, ja. Man hat außerdem auf die Kollegen Ritter und Hain geschossen, wie Sie wissen.«

Der Polizeipräsident beugte sich nach vorn. Seine Augen funkelten bedrohlich. »Ach hören Sie doch auf, Schiller. Die beiden sind einfach nur unglücklich mit nach meiner

Meinung höchst gewöhnlichen Einbrechern zusammengestoßen. Es tut mir wirklich außerordentlich leid, was da geschehen ist und dass man auf sie geschossen hat, aber das in einen direkten Zusammenhang mit dem Tod des Herrn Andermatt zu bringen, halte ich für maximal konstruiert.«

Schiller atmete tief durch. »Und die von Ihnen angesprochenen kontaminierten Besteckteile? Sehen Sie die auch als ›maximal konstruiert‹ an?«

»Es ist schon komisch, Herr Kommissar, dass Sie so auf diesen Löffeln herumreiten, die starken Schmerzmittel aber nicht mal ansprechen, die man in Andermatts Haus gefunden hat. In einer Größenordnung übrigens, mit der man auch einen ausgewachsenen Elefanten hätte töten können. Vielleicht hat sich der arme Mann ja mit diesem Zeug langsam und auf Raten selbst umgebracht, wer weiß das schon«

»Ich habe heute Morgen mit einem Toxikologen im LKA telefoniert. Er hat mir bestätigt, dass die Symptome, die Herr Andermatt gezeigt hat, durchaus auf eine langsame Vergiftung mit Botulinumtoxin zurückzuführen sein könnten.«

»Sie haben ihn aber vermutlich nicht gefragt, ob das nicht auch von den Schmerzmitteln gekommen sein könnte, oder?«

Schiller schüttelte den Kopf. »Das habe ich nicht.«

»Also. Es könnte so oder so gewesen sein.«

»Aber es ist doch geradezu widersinnig zu glauben, dass das von einem Dritten aufgebrachte Botulinumtoxin ohne Bedeutung sei. Ich bitte Sie!« Der Kriminalrat hatte bei seinen letzten Worten die Stimme deutlich angehoben.

»Wer weiß, wie das alles zusammenhängt, Schiller. Ich jedenfalls weiß es nicht, und solange wir kein toxikologisches Gutachten haben, können auch Sie nicht mit Sicherheit sagen, wie es gewesen ist. Und dieses Gutachten kann man nun einmal unmöglich aus den paar Ascheresten des

Herrn Andermatt gewinnen.« Kramer ließ sich in seinen Stuhl zurückfallen, faltete wieder die Hände vor der Brust und machte dabei eine besorgte Miene. »Wir alle wissen«, fuhr er mit dem Habitus eines Predigers fort, »dass es da ein paar Indizien gibt, ja. Aber Beweise sind das natürlich nicht, das müssen doch auch Sie einräumen. Also lassen Sie die Sache einfach auf sich beruhen und widmen sich den wirklich schlechten Menschen da draußen. Denjenigen, die es verdient haben, für ihre Vergehen vor einem Richter zu landen.« Über sein Gesicht huschte die Andeutung eines Lächelns. »Ohne Leiche geht da einfach nichts, Herr Schiller. Das müssen Sie einsehen, und zwar besser jetzt als gleich. Klar gibt es diese Indizien, das bestreite ich auch gar nicht, aber wir wissen nun mal nicht, woran Herr Andermatt letztlich gestorben ist, und wir werden es leider auch nie erfahren.«

Schiller zog deutlich hörbar die Nase hoch. »Und die Tatsache, dass der Arzt, der den Totenschein ausgestellt hat, in einer Nacht-und-Nebel-Aktion nach Brasilien verduftet ist, gibt Ihnen überhaupt nicht zu denken?«

»Nein, wirklich nicht. Dabei handelt es sich nach meinen Informationen um einen seit Längerem geplanten Schritt, der zufällig im Anschluss an den tragischen Tod des Werksleiters vollzogen wurde. Und der Terminus ›Nacht-und-Nebel-Aktion‹ beinhaltet nach meinem Dafürhalten eine Wertung, die der Sache nun wirklich nicht angemessen ist. Es macht sie in einer Weise schlecht, die ich nicht für tolerierbar halte.«

Schiller spürte deutlich Wut in sich aufsteigen, versuchte jedoch, nicht die Beherrschung zu verlieren. »Gut, Herr Polizeipräsident Kramer, was erwarten Sie also von mir und meinen Leuten? Sollen wir wirklich einfach den Deckel auf den Fall machen und so tun, als gäbe es die von Ihnen sogenannten *Indizien* überhaupt nicht? Möchten Sie wirklich, dass wir untätig bleiben und nach meiner Meinung damit sogar gegen unseren Amtseid verstoßen? Immerhin hat jeder von uns einmal geschworen, dass er oder sie das Grundgesetz für die Bundesrepublik Deutschland und die Verfassung des Landes Hessen sowie alle in Hessen geltenden Gesetze wahren und seine oder ihre Pflichten gewissenhaft und unparteiisch erfüllen werden. Und dieser Amtseid würde einfach komplett konterkariert, wenn ich und meine Leute sich an Ihre Anweisungen halten müssten.«

Kramer stöhnte deutlich vernehmbar auf. »Das ist doch nun wirklich Unsinn, was Sie da sagen, Herr Kollege Schiller. Zunächst möchte ich betonen, dass es nach meiner Meinung überhaupt keinen ›Fall Andermatt‹ gibt. Was ich sehe, ist eine Verkettung unglücklicher Umstände, so weit bin ich bei Ihnen, aber es handelt sich hierbei definitiv nicht um einen klärungsbedürftigen Todesfall. Und dann möchte ich Ihr Augenmerk gern auf einen weiteren Umstand lenken, der in Ihrer und der Bewertung Ihrer Kollegen bisher leider viel zu wenig Beachtung gefunden hat.«

Aha, dachte Schiller. *Jetzt kommt er zum Punkt.*

»Dieser Umstand beschäftigt sich mit der Tatsache, dass der Volkswagenkonzern mit weitem Abstand der größte Arbeitgeber in unserer Region ist. In der Bundesrepublik sind knapp eine Million Menschen direkt oder indirekt von der Automobilindustrie abhängig. Die Leute, die dort arbeiten, hatten es in den letzten Jahren wirklich nicht leicht, aber dazu muss ich Ihnen hier und jetzt sicher keinen Vortrag halten. Natürlich ist, speziell bei Volkswagen, nicht alles perfekt gelaufen, irgendwann jedoch müssen diese ollen Kamellen aber dann auch mal als erledigt angesehen werden. Und an diesem Punkt stehen wir jetzt, denke ich.«

Schiller zögerte einen Moment und überlegte, konnte sich eine Replik jedoch nicht verkneifen. »Sie bezeichnen also den hunderttausendfachen Betrug an ahnungslosen Autokäufern als ›olle Kamellen‹? Das ist, bei allem gebotenen Respekt, eine bemerkenswerte Rechtsauffassung.«

»Sie wissen genauso gut wie ich«, echauffierte Kramer sich in einer Art Eruption, »dass in dem Konzern seitdem kein Stein mehr auf dem anderen geblieben ist. Die Leute dort haben alles Menschenmögliche getan, damit sich ihr Image bessert, und das ist ihnen nach meiner Wahrnehmung auch gelungen.«

»Zum Beispiel dadurch, dass es einen komplett unterschiedlichen Umgang mit den Kunden in den Vereinigten Staaten und Europa gab? Dass man die Käufer der Autos in Europa mit wirklich lächerlichen Softwareupdates und sogenannten *Strömungsfiltern* abgespeist hat, während man in den Vereinigten Staaten Hunderttausende Autos von Volkswagen zurückgekauft hat?«

»Wir leben nun einmal in einer Welt mit großen Rechtsunterschieden. In Amerika werden immer noch Menschen hingerichtet, was man in Europa längst hinter sich gelassen hat. Vergleichen Sie also bitte nicht Äpfel mit Birnen.«

Es entstand eine längere Pause, während der sich die beiden Polizisten intensiv beäugten.

»Und was«, nahm Schiller schließlich den Gesprächsfaden wieder auf, »bedeutet Ihre Intervention nun für mich und meine Leute? Sollen wir mit Stand jetzt wirklich jegliche Ermittlungen zu dem Fall komplett einstellen?«

»Es gibt keinen Fall!«, schleuderte Kramer ihm wutentbrannt entgegen. »Es gibt keinen ›Fall Benjamin Andermatt‹, und damit Schluss. Sie und Ihre Leute werden sich den Dingen zuwenden, die wirklich wichtig und gewinnbringend für unsere Gesellschaft sind, und damit basta.«

»Ui, ›gewinnbringend für unsere Gesellschaft‹. Geht es nicht noch ein bisschen größer, spektakulärer, Herr Polizeipräsident?«

»Nein, das tut es nicht. Und damit ist unser Gespräch beendet. Sie wissen, was ich von Ihnen erwarte, und ich setzte auf Ihre uneingeschränkte Kooperation.«

Schiller stand auf, nickte seinem Boss unverbindlich zu, drehte sich um und ging zur Tür. Dort jedoch wandte er sich noch einmal um und sah Kramer mit versteinerter Miene an. »Was geschieht eigentlich, wenn die Medien von der Geschichte Wind bekommen, Herr Polizeipräsident? Dass dies bisher nicht geschehen ist, hat mich ohnehin verwundert. Aber was nicht ist, kann ja noch werden. Was wollen Sie denen dann sagen? Dass es keine weiteren Ermittlungen gab und gibt, weil wir keine Leiche haben? Weil der Volkswagenkonzern, der Hunderttausenden Lohn und Brot gibt, in den letzten Jahren so viel über sich hatte ergehen lassen müssen?«

Kramer stand ebenfalls auf, kam um den Schreibtisch herum und trat sehr dicht an den Kriminalrat heran.

»Wollen Sie mir drohen, Sie hinterfotziger, kleiner Querulant? Ich kann mir beim besten Willen nicht vorstellen, dass Sie sich ernsthaft mit mir anlegen wollen, weil das ohne jeglichen Zweifel sehr, sehr schlecht für Sie ausgehen würde. Oder sollte ich mich da etwa täuschen?«

Schiller antwortete nicht, sondern griff ohne jegliche Regung nach der Türklinke. Kramer schob seinen rechten Fuß nach vorn und blockierte damit den Ausgang.

»Sie haben nicht mehr lang, Schiller, vergessen Sie das nicht. Und wenn Sie nicht wollen, dass Ihre restliche Dienstzeit ein einziger, nicht enden wollender Spießrutenlauf für Sie wird, dann befolgen Sie besser meine Anweisungen. Und am allerbesten befolgen Sie sie haarklein und sehr diskret.

Denn wenn irgendetwas von dem, was wir hier besprochen haben, den Weg an die Öffentlichkeit finden sollte, dann Gnade Ihnen Gott. Dann mache ich Sie wirklich so fertig, dass nicht mal Ihre Frau mehr etwas mit Ihnen zu tun haben will.«

Kriminalrat Herbert Schiller sah auf den etwa einen Kopf kleineren Mann neben sich herab, nickte erneut und zog dann langsam, aber beharrlich die Bürotür auf, wobei Kramers rechtes Bein auf dem glatten Teppichboden Zentimeter um Zentimeter nach hinten geschoben wurde. Einem unbeteiligten Beobachter wäre diese etwa fünf Sekunden dauernde Szene vermutlich wie ein altertümlicher Gladiatorenkampf vorgekommen, bei dem keiner der Beteiligten auch nur ein Jota nachgeben wollte. Schließlich war der entstandene Spalt groß genug, sodass Schiller das Büro verlassen konnte.

»Ich zähle auf Sie und auf Ihre Loyalität, Schiller«, rief Kramer ihm so leise wie möglich hinterher. »Ich zähle auf Sie!«

20

Hain tunkte das Croissant in den Milchkaffee, biss das triefende Ende ab und legte das verbliebene Stück zurück auf den Teller. Die beiden Kommissare waren nach dem Telefonat mit Herbert Schiller zu ihrem Lieblingscafé gefahren und hatten dort die Abstimmung ihres weiteren Vorgehens mit einem Frühstück verbunden. Pia Ritter sah ihrem Kollegen ein klein wenig angewidert bei der doch sehr speziellen Vertilgung seines Gebäckstücks zu, sparte sich jedoch einen wie auch immer gearteten Kommentar. Stattdessen kam sie auf ihre kommenden Schritte im Fall Andermatt zurück.

»Für mich hat es absolute Priorität, ein Gespräch mit Helds Mutter zu führen. Also müssen wir mit Nachdruck herausfinden, in welchem Altersheim die Dame lebt.«

Die Recherche zu diesem Punkt dauerte genau 45 Minuten, dann hatten sie die Adresse von Frau Dr. Regine Held, geborene von und zu Wittenberg, herausgefunden und waren auf dem Weg zu dem ebenso renommierten wie auch teuren Seniorenstift am Hang im Stadtteil Wilhelmshöhe. Der Parkplatz der weiß getünchten, im mediterranen Stil gehaltenen Anlage wurde von einer Durchfahrtsschranke gesichert, und Hain konnte erst einfahren, nachdem er sich ausgewiesen und die Person angegeben hatte, die sie besuchen wollten.

Regine Held, das wurde ihnen von der freundlichen Dame an der Rezeption mitgeteilt, bewohnte ein Zwei-Zimmer-Appartement im vierten Stock eines Seitenflügels. Es dauerte eine Weile, dann wurde auf das gedämpfte Surren der Klingel hin von einer sportlich gekleideten, etwa 70-jährigen Frau die Tür einen Spalt weit geöffnet. Ihr Gesicht war ebenso gebräunt wie von tiefen Falten durchzogen.

»Ja, bitte?«, begrüßte sie die beiden Polizisten mit einer Mischung aus Misstrauen und Erstaunen.

Pia Ritter hielt ihr den Dienstausweis entgegen und stellte sich und ihren Kollegen vor. »Wir hätten ein paar Fragen zu Ihrem Sohn, Frau Dr. Held. Und ganz speziell dazu, warum er so überraschend nach Brasilien gegangen ist.«

Die Frau begutachtete die Dienstausweise ausführlich, nickte schließlich, zog die Türkette ab und trat einen Schritt zur Seite. »Dann kommen Sie doch am besten kurz herein. Im Sitzen redet es sich eindeutig besser als hier zwischen Tür und Angel.«

»Gern, vielen Dank.«

Kurz darauf hatten es sich die drei auf der kleinen Terrasse bequem gemacht. Angeboten hatte die Hausherrin nichts, aber Hain und Ritter stand der Sinn ohnehin eher nach Informationen.

»Sie sind vermutlich darüber informiert, dass Ihr Sohn eine Stelle in Brasilien angenommen hat«, formulierte Hain seine erste Frage eher vorsichtig.

»Das bin ich, ja.«

»Und seit wann wissen Sie davon?«

»Martin hat mich am Tag seiner Abreise davon in Kenntnis gesetzt.« Die Frau lehnte sich zurück, griff nach einer auf dem Tisch liegenden Packung Zigarillos und zündete sich einen an. »Aber zunächst könnten Sie mir erklären, warum Sie mit diesen Fragen zu mir kommen. Ist meinem Sohn etwas zugestoßen?«

»Nein, nein. Wir ermitteln in einem Fall, zu dem Ihr Sohn uns vermutlich etwas sagen könnte. Und dabei sind wir auf seine, sagen wir mal ... überstürzte Abreise gestolpert.«

»Ja«, erwiderte Frau Held, »*überstürzt* dürfte die richtige Umschreibung für sein merkwürdiges Verhalten sein. Überstürzt, aber auch irgendwie unverständlich.«

»Warum unverständlich?«, wollte Pia wissen. »Das klingt, als hätten Sie schon über einen solchen Schritt gesprochen.«

»Aber natürlich haben wir das, und zwar seit vielen Jahren. Ich habe ihm immer wieder gesagt, ach was, ich habe es ihm mehr als einmal praktisch eingeredet, doch einmal Kassel hinter sich zu lassen und von hier wegzugehen. Aber er wollte einfach nicht. Natürlich hing das auch mit mir zusammen. Sie müssen wissen, dass wir ein sehr enges Verhältnis haben. Oder, na ja, jetzt eher hatten. Er hat immer zu mir gesagt, dass er, solange ich lebe, hier in meiner Nähe bleiben würde. Natürlich hat mich auch aus diesem Grund seine plötzliche Entscheidung mehr als überrascht.«

»Aber wenn ich Sie richtig verstanden habe, wollten Sie ihm diese Entscheidung ja eigentlich ausreden?«

Die Mutter des Arztes nahm einen tiefen Zug an ihrem Zigarillo und sah Pia Ritter lange an. »Wie das immer so ist, Frau Polizistin. Man bemerkt erst, wenn man etwas nicht mehr hat, wie sehr man daran gehangen hat. Wie sehr es einem wirklich fehlt. Und ich kann sagen, dass ich, seit Martin weggegangen ist, nicht eine Nacht mehr problemlos geschlafen habe.« Sie sah in den makellos blauen Himmel. »Meine Bridgepartner sagen, ich müsse mich halt erst an die veränderte Situation gewöhnen, aber ich glaube das nicht. Ich leide wirklich unter seiner Abreise.«

»Ihr Sohn hat keine eigene Familie, wenn unsere Informationen zutreffen.«

»Ja, die hat er nicht.«

»Irgendwelche engen Freunde, von denen Sie wissen?«

Regine Held beugte sich nach vorn, drückte den kaum halb gerauchten Zigarillo im Aschenbecher aus, lehnte sich zurück und machte ein bedauerndes Gesicht. »Mein Sohn Martin ist schon immer ein Einzelgänger, der sich in der Gesellschaft anderer eher unwohl fühlt. Das war schon in der Grundschule so und hat sich danach nicht geändert. Er hat nie einen Freund mit nach Hause gebracht.« Sie kniff die Augen ein wenig zusammen. »Während der Pubertät dachten mein Mann und ich, dass er homosexuell sein könnte, aber das scheint nicht zuzutreffen. Zumindest hat er das eine Mal, als wir ihn darauf angesprochen haben, geradezu empört reagiert. Und mit einem Mann habe ich ihn noch nie gesehen.« Ihre Schultern zuckten. »Während der Universitätszeit hat er wohl mal eine Freundin gehabt, aber ich weiß nichts Genaues darüber. Mit den Jahren haben wir uns damit abgefunden, und seit der Trennung von meinem Mann hat mich das Thema auch wirklich nicht mehr interessiert. Wir stehen uns sehr nah, aber trotzdem lebt jeder sein eigenes Leben. Ich selbst habe noch eine Wohnung auf Fuerteventura, wo ich den Winter verbringe, aber auch dort ist er manchmal auf ein Wochenende vorbeigekommen, um mir einen Besuch abzustatten.«

»Eine schöne Geste, wie ich finde«, meinte Hain.

»Ja, eine schöne Geste. Aber manchmal ist mir seine Bereitschaft, immer und überall für mich da zu sein, schon ein wenig auf die Nerven gegangen.«

»Wie war der Abschied von Ihrem Sohn?«

»Ach, eigentlich ganz normal. Er kam hier vorbei und hat mir mitgeteilt, dass er ein Angebot von Volkswagen bekommen und angenommen hat, als leitender Werksarzt nach Brasilien zu gehen. Wir haben ein wenig darüber gesprochen, dass Brasilien eigentlich das letzte Land gewesen ist, wo er hinwollte, aber er hat mir erzählt, dass sich die Verhältnisse, auch die in Bezug auf Kriminalität, dort drüben in den letzten Jahren deutlich gebessert hätten und dass ich mir wirklich keine Sorgen um ihn machen müsse.«

»Also wollte er eigentlich nie nach Brasilien?«

»Ja. Wenn, das hat er immer gesagt, wollte er für den Konzern in den Vereinigten Staaten arbeiten, aber nicht in Brasilien oder Mexiko. Asien vielleicht noch. Wir haben zwar nicht explizit darüber gesprochen, aber ich vermute, dass es vonseiten des Unternehmens ein Angebot gegeben hat, das er einfach nicht ausschlagen konnte.«

»Sie meinen, ein finanzielles Angebot?«

»Nein, ums Geld geht es bei solchen Geschichten doch immer nur am Rand. Aufstiegschancen und Reputation, das ist in diesem Fall die Währung, mit der bezahlt wird. Natürlich muss trotzdem niemand am Hungertuch nagen, der einen solchen Schritt macht, aber das dürfte ohnehin klar sein.«

»Hat Ihr Sohn mit Ihnen über Interna seiner Arbeit gesprochen, Frau Dr. Held? Vielleicht über den Fall des kürzlich tragisch verstorbenen Werksleiters Benjamin Andermatt?«

»Wir haben uns oft über fachliche Dinge ausgetauscht, natürlich, ich bin ebenfalls Medizinerin. Zwar aus der Kardiologie, aber trotzdem kam es immer wieder zu einem fachlich sehr interessanten Austausch mit Martin.«

»Aber über den Fall des Werksleiters hat er nicht mit Ihnen gesprochen?«

»Nein, wie gesagt. Ich habe aus der Zeitung erfahren, dass der Mann gestorben ist, offenbar an einem Problem mit dem

Herzen, aber mit Martin habe ich mich darüber nicht ausgetauscht. Was hätte er auch wissen sollen?«

Ritter und Hain tauschten einen kurzen Blick aus. Offenbar waren sie sich unsicher, wie viel sie der Frau erzählen konnten und sollten.

»Wir dachten«, beantwortete Hain die Frage der Frau nach einer kurzen Bedenkzeit, »dass Ihr Sohn vielleicht tiefer in die Sache involviert gewesen sein könnte. Dass er vielleicht sogar direkt mit dem Todesfall in Berührung gekommen ist.«

»Nein, das ganz gewiss nicht. Wenn Martin damit mehr zu tun gehabt hätte, wäre das ganz sicher ein Thema gewesen, das er mit mir besprochen hätte.« Frau Dr. Held zündete sich ein weiteres Zigarillo an. »Wenn ich es recht überlege, haben wir sogar ein paar Worte über die Geschichte verloren, als er zuletzt hier gewesen ist. Aber nein, er war ganz sicher nicht in diesen Todesfall involviert.«

»Gut«, meinte Pia. »Können Sie uns vielleicht trotzdem sagen, wo man Ihren Sohn in Brasilien erreichen kann? Oder uns vielleicht seine private Mobilfunknummer geben?«

»Das würde ich alles gerne machen, aber ich kann es leider nicht. Martin hatte hier in Deutschland nur ein Diensttelefon, das er natürlich auch privat genutzt hat, aber das hat er wohl hiergelassen. Er will mir, sobald er richtig in Brasilien angekommen ist, eine Mail schreiben mit allen neuen Kontaktdaten. Das ist aber leider bisher nicht geschehen.«

»Würden Sie uns diese Mail oder zumindest die Kontaktdaten weiterleiten, Frau Dr. Held? Es wäre, trotz Ihrer großen Unterstützung bis hierher, eine wirkliche Hilfe für uns.«

»Natürlich. Aber warum fragen Sie nicht einfach im Werk nach? Dort sollte man Ihnen doch eindeutig mehr sagen können.«

Pia lachte sie freundlich an und reichte ihr gleichzeitig

eine ihrer Visitenkarten. »Sie wissen doch, wie das in so großen Organisationen ist. Oftmals weiß die linke Hand nicht, was die rechte tut, und so scheint es auch hier zu sein. Also wäre es schön, wenn Sie uns die Daten weiterleiten, dann können wir uns um den Rest kümmern.«

»Das werde ich auf jeden Fall tun.«

»Schön. Bliebe ganz zum Schluss noch die Frage, wo Ihr Sohn gewohnt hat bis zu seinem Abflug.«

Sie nannte ihnen eine Adresse im Stadtteil Harleshausen.

»Die Wohnung gehört ihm, und er wollte sie auch behalten. Ich glaube zwar nicht, dass dieses Vorgehen sinnvoll ist, zumal ich dieses Angeberding von Penthouse, in das ich nicht einmal eingeladen wurde, niemals mochte. Aber das ist seine Entscheidung, also mische ich mich da auch nicht ein.«

»Sie waren nie bei ihm zu Hause?«, wollte die Oberkommissarin erstaunt wissen.

»Richtig. Er hat mich hier besucht, oder wir haben uns in einem Restaurant zum Essen getroffen. Martin hat das damit begründet, dass mir sein Einrichtungsstil ohnehin nicht gefallen würde und er keine Lust auf meine Kritik daran habe.«

»Das ist wirklich bemerkenswert«, stellte Pia fest.

»Ja«, erwiderte Frau Held. »Aber auch das macht jeder, wie er es für richtig hält und wie es für ihn das Beste ist.«

Ritter und Hain, deren Fragen beantwortet waren, bedankten sich bei der Frau und verließen das Appartement. Auf dem Weg zum Auto ließen Sie das Gespräch Revue passieren.

»Klingt ja wie ein echtes Muttersöhnchen, der Typ«, meinte Hain ein wenig abfällig. »Zumindest erscheint mir sein Verhalten doch sehr merkwürdig.«

»Ja, das dachte ich auch zeitweise. Aber jeder gestaltet sein Leben nun mal so, wie er es braucht und wie es ihm gefällt.«

Kurz bevor sie den Mazda erreicht hatten, vermeldete Hains Telefon den Eingang einer SMS. Er zog das Gerät aus der Jacke und sah auf das Display.

Hier ist die Kacke am Dampfen. Ich will euch sofort in meinem Büro sehen. Und mit sofort meine ich SOFORT.

Herbert

»Hmm«, machte der Hauptkommissar, nachdem auch seine Kollegin den kurzen Text gelesen hatte. »Wenn wir jetzt auf der Stelle ins PP fahren, werden wir vermutlich nie wieder eine Chance darauf kriegen, uns ein bisschen in Helds Penthouse umzusehen. Was meinst du?«

Pia Ritter betrachtete noch ein wenig das Display, bevor sie ihm eine Antwort gab. »Ich meine, dass wir uns dabei ganz gehörig die Finger verbrennen könnten. Aber die eine Seite in mir sagt trotzdem, dass wir uns diesen kleinen Umweg durchaus leisten sollten. Oder, um deine Worte ein wenig umzuformulieren, uns vermutlich sogar leisten müssen, wenn wir etwas erreichen wollen.«

»Dann los. Ich schreibe Herbert kurz zurück, dass wir mitten in einem Gespräch sind und vermutlich eine gute Stunde brauchen, bis wir bei ihm sein können.«

»Das frisst der nie«, vermutete Pia vermutlich völlig zu Recht.

»Aber den Versuch ist es auf jeden Fall wert, finde ich.«

Das Haus, in dem Martin Held gewohnt hatte, lag etwas zurückversetzt in einer kleinen ruhigen Seitenstraße. Um zum Eingang zu kommen, mussten Hain und Ritter zunächst einen kurzen Fußweg benutzen und dann um das gesamte Gebäude herumgehen. Das polierte Klingelbrett besaß acht Knöpfe, der oberste war der einzige ohne Namen.

»Das wird er wohl sein«, mutmaßte die Oberkommissarin.

»Ja, so sieht es aus.«

Hain drückte auf die untere rechte Klingel, sah am Haus nach oben und wartete. Als nach etwa 20 Sekunden nichts geschehen war, startete er einen weiteren Versuch links danebem. Kurz darauf erklang die Stimme eines Kindes.

»Ja?«

»Hier ist der Paketdienst. Ich habe ein Paket für Herrn Held.«

»Den kenne ich nicht.«

»Kannst du uns wenigstens reinlassen, dass wir es ihm vor die Tür stellen können?«

»Aber ich mache Ihnen nicht auf. Das darf ich nicht.«

»Nein, wir wollen auch gar nicht zu dir. Einfach nur hier unten die Tür aufmachen bitte.«

Der Summer ertönte, und Pia schob die Tür nach vorn.

»Danke«, rief Hain noch in das Mikrofon, doch die Verbindung nach oben schien schon unterbrochen worden zu sein.

Sie gingen hintereinander bis in die oberste Etage, wo sich nur eine Eingangstür befand, an der ebenfalls kein Namensschild angebracht war.

»Lass uns wenigstens einmal klingeln«, schlug Pia vor. »Nicht dass wir am Ende noch ein armes Rentnerehepaar beim späten Kaffeetrinken oder sehr frühen Mittagessen stören.«

Ihr Kollege nickte, und sie legte den Daumen auf die Klingel. Ganz tief im Innern der Wohnung konnten sie ein Glockenspiel wahrnehmen, doch niemand kam zur Tür oder öffnete. Nach einem weiteren Versuch packte Hain sein Lockpicking-Set aus und begann, sich mit dem Türschloss zu beschäftigen.

»Wow«, meinte er nach ein paar Minuten, »das ist aber geile Ware, die der gute Dr. Held hier hat verarbeiten lassen.« Er zog die beiden Stahlstäbe komplett heraus und startete einen neuen Versuch.

»Na, ist das Ding dir überlegen?«, wollte Pia nicht ohne einen Schuss Ironie wissen.

»Das Schloss, das mir zu widerstehen imstande ist, muss erst noch zusammengebaut werden«, posaunte Hain im Brustton der Überzeugung hinaus, obwohl er genau wusste, dass die neueste Schlossgeneration auf dem Markt sich jedem noch so professionellen Lockpicking-Versuch erfolgreich widersetzen konnte. Hier allerdings dauerte es lediglich weitere zehn Minuten, bis er schließlich durch einen strafenden Blick in Richtung seiner Kollegin Vollzug vermelden und die Tür in den Flur schieben konnte. Von dort roch es ein wenig muffig. Pia Ritter zog ihre Waffe, drängte sich an ihrem Kollegen vorbei und betrat mit nach vorn gestreckten Armen die Wohnung.

»Hallo«, rief sie, obwohl sie sich sicher war, niemanden anzutreffen.

Mit schnellen Schritten brachte sie, gefolgt von ihrem Kollegen, den Flur hinter sich und stand kurz darauf in dem alles einnehmenden, riesigen Zentralraum, an dessen Seiten sich sowohl ein Küchentrakt wie auch das Esszimmer anschlossen. Alles war modern eingerichtet und sauber, und doch konnte man den Eindruck gewinnen, dass hier schon seit Langem kein Mensch mehr wohnte. Viel länger, als Martin Held abgereist war.

»Irgendwie steril das Ganze hier«, meinte die Oberkommissarin, steckte die Heckler & Koch P30 zurück ins Gürtelholster und warf einen kurzen, anerkennenden Blick in die Küchenecke. »Aber gut ausgestattet.«

Hain deutete auf die riesige Fensterfront, an die sich die opulente Terrasse mit Blick auf den Herkules in die eine und die Innenstadt in die andere Richtung anschloss.

»Hier kann man es schon aushalten, denke ich«, meinte er mit hochgezogener Stirn. »Aber wo nächtigt man?«

Pia wies auf eine Tür, die verdeckt hinter einem asiatischen Paravent lag. »Was hältst du davon?«

»Scheint einen Versuch wert zu sein.«

Sie strebten hintereinander in Richtung des Zugangs, blieben kurz an einer Skulptur stehen, die offenbar ein Feenwesen darstellen sollte, und betraten schließlich das hinter der Tür liegende Zimmer.

»Ach du Scheiße«, murmelte Pia.

Hain betrachtete mit offenem Mund die sich ihnen bietende Szenerie und nickte nur. »Das dürfte es relativ präzise treffen.«

Der Raum, in dem sie standen, war etwa 45 Quadratmeter groß. Ein Bett befand sich nicht darin, jedoch unter anderem ein gynäkologischer Stuhl, eine mitten im Raum stehende, nicht mit Zu- und Abfluss versehene Toilette, sowie ein an ein Reitpferd erinnerndes Holzgestell mit Lederüberzug.

»Heiland, hier kannst du bestimmt streng rangenommen werden«, entfuhr es Hain.

Pia nickte. »Oder streng rannehmen, was halt gerade so gewünscht wird.«

Die Oberkommissarin richtete den Blick auf die ihr gegenüberliegende Wand, wo es eine ansehnliche Sammlung an Peitschen, Ruten und anderen Schlagwerkzeugen zu bewundern gab.

»Wie in einem Schlafzimmer sieht es hier ja nicht aus«, stellte Hain ein wenig enttäuscht fest. »Obwohl, wenn du mit dem Kram hier richtig fertiggemacht worden bist, brauchst du vermutlich gar kein Bett mehr, um anständig schlafen zu können.«

»Trotzdem sollte es so etwas wie ein Schlafzimmer geben. Ich gehe noch mal auf die Suche.«

»Und ich schau mich mal ein bisschen intensiver hier um, vielleicht entdecke ich ja etwas, das uns weiterhilft.«

»Mach das.«

Pia verließ den Raum, während Hain sich Einmalhandschuhe überzog und begann, ein wenig an den verschiedenen Geräten herumzuspielen. Besonders der gynäkologische Stuhl hatte es ihm angetan.

»So einen hast du vermutlich noch nie aus der Nähe gesehen, oder?«, wollte Pia wissen, die ein paar Minuten später wieder den Raum betrat.

»Stimmt. Carla hat mich noch nie zu einem Meeting mit ihrem Gynäkologen eingeladen. Hast du das Schlafzimmer gefunden?«

Seine Kollegin nickte. »Und nicht nur das.«

Sie bedeutete ihm mit dem Kopf, ihr zu folgen. Das von ihr entdeckte Zimmer lag hinter der Küchenzeile, die Tür bestand aus einem großformatigen, abstrakten Gemälde. Dahinter schlossen sich zunächst ein Ankleideraum und schließlich das überraschend kleine Schlafzimmer an. Dort gab es eine Schrankwandzeile, eine hüfthohe, moderne Kommode im gleichen Altweißton und das etwa 1,40 Meter breite Bett.

»Was meinst du?«, wollte Hain wissen, nachdem er seinen Blick durch den Raum hatte schweifen lassen.

Pia ging um das Bett herum und deutete auf einen großen, getrockneten dunklen Fleck auf dem Teppichboden davor.

»Das könnte gut und gern Blut sein.«

»Wow«, raunte Hain. »Und wenn das so sein sollte, muss da jemand mächtig ausgelaufen sein.«

»Was ja nicht wirklich überrascht, wenn man sich die Utensilien drüben so ansieht. Aber eigentlich sollten sich die Orgien doch dort abgespielt haben.«

»Das wäre anzunehmen, aber wenn man gerade in Ekstase ist, kommt es vermutlich nicht so auf den Ort der Handlung an. Auf jeden Fall brauchen wir die Spurensicherung hier. Und wir müssen möglichst schnell mit diesem komischen Doktor ein Gespräch führen.«

»Du willst immer noch nach Brasilien fliegen, oder?«

»Wenn es sich nicht vermeiden lässt, dann eben auch das«, grinste Hain sie an. »Aber von mir aus auch über Skype.«

Pia sah ihren Kollegen eine Weile an. »Jeder kann mit und im Rahmen seiner Sexualität machen, was er will, Thilo, das sollte klar sein«, bemerkte sie mit ein wenig belegter Stimme. »Natürlich muss ebenso klar sein, dass er dabei niemanden schädigen oder verletzen darf.«

»Ja, klar. Was willst du mir damit sagen?«

»Na ja, für mich und vermutlich auch für dich dürften die Dinge, die er da drüben vorhält, nicht unbedingt zum sexuellen Lustgewinn beitragen. Aber wenn er sich hier ausschließlich mit Gleichgesinnten verabredet und getroffen hat und sie sich ausschließlich gegenseitig auf die Glocke oder von mir aus auch auf die Glocken oder sonst wohin gehauen haben, sollten wir darüber nicht urteilen. Ich meine halt nur …«

»Ich verstehe, was du meinst, Pia. Und von mir aus können sich Menschen, die das anziehend finden, grün und blau und von mir aus auch rosa schlagen. Oder sich schlagen lassen, was weiß ich. Aber ich habe in meiner Zeit bei der Sitte halt auch viele Dinge gesehen, da war das gar nicht mehr so freiwillig für alle Beteiligten. Und dagegen habe ich halt was.«

»Das hab ich auch, Thilo. Aber zunächst haben wir es hier ausschließlich mit höchst privaten Vorlieben zu tun. Das müssen wir nicht gut finden, wir sollten es aber respektieren.«

Der Hauptkommissar nickte. »Läuft«, meinte er mit verschmitztem Grinsen. »Und trotzdem sollten wir versuchen herauszufinden, wer hier solch eine Menge Blut verloren hat.«

»Wenn es denn wirklich Blut ist«, schränkte seine Kollegin ein.

»Ja, wenn es denn wirklich Blut ist. Was wir aber auf jeden Fall noch kurz unter die Lupe nehmen sollten, sind die Computer hier in der Wohnung. Ich habe bisher einen Desktop und ein Notebook gesehen.«

»Und auf der Anrichte im großen Zimmer liegt noch ein Tablet«, ergänzte Pia.

Diese Anstrengung hätten sie sich sparen können, denn alle Rechner waren mit Passwörtern gesichert. Auch die Untersuchung sämtlicher Schubladen und Aktenordner brachte keine weiteren Erkenntnisse, und so verließen sie kurz nach dem Eintreffen der Mitarbeiter der Spurensicherung die Wohnung.

21

»Und das hat er dir genau so gesagt?«, wollte Hain völlig entgeistert wissen. »Dass wir uns um die wirklich bösen Buben kümmern und die Dreckskerle in Ruhe lassen sollen, die Andermatt gekillt haben?«

Herbert Schiller nickte. Er hatte Pia und Thilo, nachdem die beiden ihn über den Verlauf ihres Vormittags unterrichtet hatten, einen ausführlichen Abriss seines Gesprächs mit dem Polizeipräsidenten gegeben und dabei auch nicht die für ihn persönlich bedrohlichen Aspekte ausgespart.

»Das klingt«, meinte Pia ein wenig sachlicher, »als ob er selbst schwer unter Druck stehen würde. Warum sonst sollte ein deutscher Polizeipräsident so schwere Geschütze auffahren?«

Schiller schüttelte den Kopf. »Es ist mir, bei allem Respekt, völlig egal, aus welchen Beweggründen heraus er so handelt, Pia. So ein Verhalten geht nicht, und das müsste er auch ganz genau wissen.«

»Aber wir alle wissen auch ganz genau, dass er liebend gern ins Innenministerium wechseln und zurück zu Frau und Kindern nach Wiesbaden ziehen würde. Das richtige Parteibuch besitzt er obendrein, also?«

Nun war es Hain, der seine Zweifel zum Ausdruck brachte.

»Du meinst, er lässt sich vor den Karren der Politik spannen und ignoriert dafür Gesetze? Schwer vorstellbar, wenn du mich fragst.«

»Aber immerhin möglich.«

»Fragt sich nur, wie wir hier mit der Sache umgehen«, wollte der Hauptkommissar mit Blick auf seinen Vorgesetzten wissen.

»Das ist wirklich eine gute Fragestellung, Thilo. Ich habe es mir mit der Antwort nicht leicht gemacht in der Zeit, in der ich auf eure *sofortige* Rückkehr gewartet habe, aber die Entscheidung ist eindeutig. Wir werden weiterhin versuchen, den Mörder von Benjamin Andermatt zu finden, und dabei ist es egal, was irgendwer hier im Präsidium dazu sagt. Und sei es auch der verd… Polizeipräsident.«

»Gute …«, wollte Hain erwidern, unterbrach jedoch seinen Satz wegen Pias klingelndem Telefon.

Die Oberkommissarin nahm den Anruf entgegen, gab ein kurzes »Wir sind gleich bei dir« ab und steckte das Gerät weg.

»Die Datenjungs. Der Stick ist zugänglich, alle Daten darauf lesbar.«

»Schön«, meinte Herbert Schiller. »Dann folgt ihr zunächst dieser Spur und macht dann weiter mit diesem Dr. Held. Es wäre natürlich schön, wenn ihr alle Mitarbeiter des Volkswagenkonzerns bei euren Ermittlungen außen vor lassen könntet, dann hätten wir ein definitiv einfacheres Leben. Aber wenn das nicht klappt, auch gut. Ich stehe bei allem, was ihr tut, komplett hinter euch und habe es auch veranlasst. Einverstanden?«

Sowohl Hain als auch Ritter nickten ihm dankbar zu und verließen ohne weitere Worte das Büro. Eine Viertelstunde später hatten sie den Stick in Pias Arbeitsplatzrechner gesteckt und die erste Datei geöffnet. Es handelte sich um den kompletten Mailverkehr des Werksleiters.

»6.248 E-Mails«, fasste Hain die Menge fassungslos zusammen. »Das muss warten. Zunächst würde ich gern seinen Terminkalender auswerten.«

»Machen wir«, gab Pia zurück, schloss die Maildatei und öffnete den Kalender. Der reichte tatsächlich bis in die ersten Tage seit Andermatts Ankunft in Kassel zurück.

»Boah, auch das wird eine echte Sisyphusarbeit«, entfuhr es Hain beim Anblick der Menge seiner Termine.

»Das glaube ich gar nicht, Thilo. Ich würde mich zunächst gern auf seine Termine mit dem absoluten Topmanagement beschränken.«

»Hast du eine konkrete Idee? Oder warum willst du es ausgerechnet so machen?«

»Eine Idee habe ich. Aber ich teile sie nicht mit dir, sonst laufe ich wieder Gefahr, dass du dich über mich lustig machst.«

»Was dir mit mir aber wirklich noch nie passiert ist«, beeilte Hain sich ebenso schnell wie falsch zu widersprechen. »Dann machen wir das am besten in Arbeitsteilung. Du kümmerst dich um seinen Terminkalender, und ich durchforste die E-Mails. Einverstanden?«

»Gute Idee.«

Zwei Stunden später hatte Pia eine Aufstellung aller Termine des Werksleiters mit hochrangigen Managern der Konzernführung innerhalb der letzten neun Monate zusammengestellt. Dazu war es für sie zunächst einmal notwendig gewesen, sich im Organigramm des Vorstands mit den passenden Namen vertraut zu machen, was natürlich auch, so weit bekannt, die Assistenten der jeweiligen Führungskräfte beinhaltete.

»Am Interessantesten für mich sind diese neun Termine hier«, fasste sie das Ergebnis ihrer Recherche mit einem Fingerzeig Richtung Monitor zusammen, nachdem ihr Kollege wieder neben ihr Platz genommen hatte. »Zunächst war es für mich schwierig, so etwas wie eine Zuordnung herstellen zu können, weil im Kalender nur die Initialen der zu treffenden Person eingetragen waren. Aber nach einem Abgleich mit dem aktuellen Vorstand des Konzerns bin ich der Sache dann doch näher gekommen.«

»Ach, echt?«

»Ja. Es waren jeweils Treffen mit dem Konzernvorstand Personal, was zuvor, zumindest wenn ich dem Kalender Glauben schenke, noch nie passiert ist.«

»Und warum sollte das von so großer Bedeutung sein?«

»Weil das genau zu meiner These passen würde.«

»Ach so, du stellst also eine These auf und suchst dann nach Mustern, die sie unterfüttern?« Er warf ihr einen zweifelnden Blick zu. »Dann wäre es spätestens jetzt an der Zeit, mich mit den Details dieser These vertraut zu machen, meinst du nicht?«

»Das machen wir gleich. Zunächst wäre da noch eine weitere Besonderheit, die unsere Aufmerksamkeit verdient.« Sie wies auf zwei Termine, die sechs und fünf Monate vor Andermatts Tod stattgefunden hatten. »›VV‹ steht hier. Was meinst du wohl, was das heißt?«

»Oh«, erwiderte Hain erstaunt. »Das ist bei mir glatt als VW durchgegangen.«

»Komisch, mir zunächst auch. Vermutlich wollen wir einfach das sehen, was wir erwarten. Da steht aber nun mal ›VV‹, und das würde ich immer mit ›Vorstandsvorsitzender‹ entschlüsseln.«

»Klar. Aber was wäre daran so abwegig, wenn sich der Leiter eines deutschen Volkswagenwerks mit seinem VV treffen würde?«

»Vielleicht, weil es dazu in den Jahren seiner Werksleitung sonst nicht einmal dazu gekommen ist? Und es auch keinen Kontakt mit dem fürs Personal zuständigen Vorstand gab?«

Hain dachte eine Zeit lang nach. »Ich glaube, ich verstehe langsam die Stoßrichtung deiner These. Du glaubst, Andermatt hat den Konzern mit seinem Wissen aus den Jahren als Assistent beim zu Beginn der Betrugsaffäre geschassten VV … beeindrucken wollen? Oder er ist sogar noch den entscheidenden Schritt weitergegangen, was manch einer der Beteiligten glatt als Erpressung gewertet haben könnte?«

»Genau das«, bestätigte Pia Ritter. »Ich bin zwar nicht so vertraut mit den Sitten und Gebräuchen in der Großindustrie, aber wenn ich es mit unseren hier vergleiche, dann kommt es auch höchst selten vor, dass ein Abteilungsleiter der Kriminaldirektion allein vom Polizeipräsidenten empfangen wird.«

»Aber Herbert zum Beispiel hatte, obwohl er nur ein vergleichsweise kleiner Kriminalrat ist, immerhin heute das zweifelhafte Vergnügen«, gab Hain zu bedenken.

»Ja, klar, da ging es aber auch um Schadensbegrenzung in einem für Kramer offenbar verdammt wichtigen Zusammenhang. Und ich glaube, dass normalerweise ein Werksleiter nicht zum VV vorgelassen wird, zumindest kann ich es mir nicht vorstellen. Und wenn ich dann den Kontext zu den vielen Treffen mit dem Personalvorstand herstelle, wird nach meiner Meinung ein Schuh daraus.«

Hain schüttelte den Kopf. »Pia, ist dir überhaupt klar, was du da sagst? Wenn deine These auch nur halbwegs zutrifft, würde sie besagen, dass die absolute Top-Etage eines Weltunternehmens in einen Mord verwickelt ist, zumindest indirekt. Kannst du dir das wirklich vorstellen?«

Pia Ritter holte ein paarmal tief Luft, bevor sie ihrem Kollegen antwortete. »So richtig vorstellen kann ich es mir natürlich genauso wenig wie du, Thilo. Aber wenn ich die uns vorliegenden Fakten halbwegs professionell bewerte, dann wäre es immerhin eine denkbare Möglichkeit. Vermutlich hat niemand aus dieser Etage den direkten Auftrag gegeben, aber billigend in Kauf genommen dürften sie es wohl haben.«

»Das ist schon atemberaubend, wenn du nur darüber sprichst«, murmelte er.

Seine Kollegin sah ihn erwartungsvoll an. »Und was ist mit dir? Hat die Auswertung seiner E-Mails nicht vielleicht etwas ergeben, das meine These stützt?«

»Nein, leider nicht. Es gab, wenn ich es richtig einschätze, nicht eine Mail aus dem Vorstand an ihn oder von ihm nach dort.«

»Hm«, machte sie. »Das würde meine These vermutlich wirklich stützen.«

»Warum das denn? Weil es keinen Mailverkehr gab?«

»Klar. Oder macht man auf dieser Ebene seine Termine nicht auch mithilfe von Mails aus?«

»Keine Ahnung, ehrlich nicht. Aber wenn ich dich richtig verstehe, vermutest du, dass es bei seinen Treffen mit der Vorstandsebene eher konspirativ zugegangen sein dürfte.«

»Jede Einzelheit kann ich dir natürlich auch nicht erklären, Thilo, aber nach meiner Einschätzung kennen wir jemanden, der genau das kann.«

»Dann lass uns diese Quelle möglichst schnell anzapfen.«

Zehn Minuten später hatte Pia mit Sophia Rott telefoniert. Die Sekretärin bestätigte der Kommissarin, dass es nach ihrer Kenntnis nie zu einem persönlichen Zweiertreffen zwischen Benjamin Andermatt und dem Vorstandsvorsitzenden des Volkswagenkonzerns gekommen war. Natürlich hatte es Gremiensitzungen und Großveranstaltungen gegeben, und einmal, vor etwa zwei Jahren, hatte der VV auch das Kasseler Werk besucht. Aber auch der Sekretärin erschien es völlig abwegig, dass Andermatt zu einem Termin beim ersten Mann des Konzerns eingeladen gewesen sein konnte.

»Das sind Sphären, in die auch ein Mitarbeiter dieser Hierarchiestufe nicht so einfach vordringt«, waren ihre Worte dazu. »Werksleiter wie Herr Andermatt werden höchstens mal vorgeladen, wenn es irgendwo klemmt oder sonst wie ein wirklich großes Problem gibt. Ansonsten hält sich alles, was Vorstand ist, aus jeglichen Kontakten mit dem Fußvolk, und dazu gehören nun mal auch die Werksleiter, heraus.

»Stehen wir also vor dem Problem, dass wir in dieser Sache eigentlich niemanden befragen können«, fasste Hain ihre Misere knapp und präzise zusammen.

»Wir könnten in Wolfsburg anrufen und uns zum Vorstandsvorsitzenden durchstellen lassen«, meinte Pia mit breit zur Schau gestellter, ernster Miene. »Dürfte aber nicht von allzu großen Erfolgsaussichten flankiert sein.«

»Und außerdem wären damit Herberts Pensionsansprüche garantiert beim Teufel und unsere gleich mit«, gab Hain mit breitem Grinsen zu bedenken. »Also wirklich keine so gute Idee. Und es ist, das muss ich bei aller Euphorie einwenden, noch immer nicht zu hundert Prozent sicher, dass Andermatt wirklich ermordet wurde. Zu 99,9 ja, da bin ich sowohl bei Herbert als auch bei dir, aber nicht zu hundert.«

Seine Kollegin sah ihn fassungslos an. »Du willst dieses Fass ›nicht zu hundert Prozent‹ sicher jetzt nicht wirklich noch einmal aufmachen, Thilo. Wir haben im Prinzip alles, was wir brauchen, bis auf die, zugegeben nicht ganz unwichtige Leiche. Aber alles, wirklich alles weist ganz klar auf Mord hin.«

»Hmm. Dann skizzier mir doch mal, wie die Tat deiner Meinung nach abgelaufen sein soll. Ganz detailliert, von A nach Z.«

Pia Ritter sah ihren Kollegen noch immer mit demselben, ungläubigen Gesichtsausdruck an. Irgendwie wirkte sie von seinen Worten herausgefordert.

»Gut. Benjamin Andermatt war der persönliche Assi vom ehemaligen VV. In dieser Position hatte er mehr Einblick in die durchaus problematischen Vorgänge bei Volkswagen, als es manch einem lieb sein konnte. Man wusste, über welche Informationen er verfügte, stellte ihn frei, gab ihm dann aber relativ schnell doch wieder einen gut dotierten Job als ›Frühstücksdirektor einer PR-Abteilung‹, wie Frau Rott es uns gegenüber nannte. Es folgen ein paar Monate in den USA und Mexiko, und kurz darauf wird er, obwohl das eine wirkliche Überraschung ist, zum Werksleiter hier in Kassel ernannt. Niemand kennt ihn, niemand hatte jemals mit ihm zu tun, und man muss erst mal im Intranet nachsehen, um was für einen Vogel es sich bei diesem Neuen überhaupt handelt. So weit, so gut oder schlecht, das kannst du dir aussuchen.«

Hain ging zur Kaffeemaschine, schenkte für sich und seine Kollegin ein, reichte ihr den Becher und setzte sich wieder.

»Bitte, ich bin ganz Ohr. Mach weiter.«

»Die Jahre in Kassel«, fuhr Pia nach einem Schluck der abgestandenen braunen Brühe fort, »vergehen eigentlich relativ ereignislos, jedenfalls nach dem, was wir bis hierhin wissen. Dann jedoch, und hier komme ich zur spekulativen Seite meiner These, wird Andermatt entweder ungeduldig oder gierig, vielleicht ist es aber auch eine Mischung aus beidem. Er wird beim Personalvorstand vorstellig und zweimal sogar beim Vorstandsvorsitzenden.«

»Was wollte er von denen? Geld? Mehr Macht?«

»Auch hier vielleicht sogar wieder beides. Auf jeden Fall wollte er, davon bin ich überzeugt, sein Wissen um die internen Vorgänge und Kenntnisse der damaligen Führungselite im Dieselskandal als Sprungbrett für seine weitere Karriere einsetzen. Vielleicht hatte er sich sogar ausgemalt, über kurz oder lang in den Vorstand einziehen zu können.«

»Wir reden hier also tatsächlich von klassischer Erpressung?«

»Nenn es von mir aus, wie du willst, Thilo. Auf jeden Fall war es den Leuten, mit denen er gesprochen hatte, zu viel.«

»Und sie besorgen sich Killer, die ihn mithilfe von Botulinumtoxin aus dem Verkehr ziehen. Warum nicht ein völlig harmlos aussehender Verkehrsunfall? Warum nicht ein nächtlicher Einbruch mit Todesfolge in seinem Haus? Spätestens hier kriegt deine Theorie für mich eklatante Plausibilitätslücken, Pia.«

»Aber das ist doch gerade das Perfide an der ganzen Geschichte, Thilo«, wurde die Kommissarin nun sogar ein bisschen lauter als geplant. »Die einzigen Beweise für die Todesursache, die noch irgendwo im Raum stehen, sind diese verdammten Espressolöffel. Und wegen genau denen treffen wir in seinem Haus auf diese beiden Männer, die nichts weiter zu tun haben, als eben diese Beweise zu beseitigen.«

»Aber warum? Bis zu diesem Zeitpunkt war doch, wenn deine Theorie wirklich Hand und Fuß hätte, alles komplett so gelaufen, wie sie es geplant hatten. Wozu also dieses völlig unnötige Risiko eingehen?«

»Weil wir beide angefangen hatten, Fragen zu stellen, du Hasenhirn. Wären wir nicht aufgetaucht, wäre alles so weitergelaufen wie geplant und bis zu diesem Zeitpunkt auch durchgeführt. Dann jedoch kamen wir und sind ihnen ein bisschen auf die Schuhe gestiegen. Also mussten die Beweise beseitigt werden.« Sie nippte erneut an ihrem Kaffee. »Und vergiss bei alldem nicht, dass die beiden Ganoven einen

Schlüssel zu seinem Haus hatten. Das waren auf keinen Fall einfache Einbrecher, sondern Kerle mit dem passenden Schlüssel in der Hand, die darüber hinaus die Örtlichkeit perfekt kannten.«

»Bis hierhin bin ich von mir aus einer Meinung mit dir, Pia. Aber versuch mir doch mal mit ein paar einfachen Worten näherzubringen, wie genau der Wissenstransfer und die daraus resultierende Beauftragung zwischen dem Vorstand eines Weltunternehmens und diesen beiden Strolchen zustande gekommen sein könnte. Ich kann mir nämlich beim besten Willen nicht vorstellen, dass diese Schlipsträger zum Telefonhörer gegriffen und sich ein paar Killer bestellt haben, die das Problem Benjamin Andermatt für sie aus der Welt geschafft haben sollen.«

»Jetzt stellst du dich aber wirklich dämlicher, als du ohnehin schon bist. Ich kann dir die Frage natürlich nicht im Detail beantworten, aber du weißt doch genauso gut wie ich, wie so etwas abläuft. Jemand kennt jemanden, der jemanden kennt, und der wiederum kennt jemanden, der wieder jemanden kennt. Jeder verwischt, so gut es geht, seine Spuren, und am Ende steht halt ein fast perfekter Mord.«

»Aber woher wussten die Täter, dass Andermatt seinen Espresso auf diese merkwürdige Art umrührt? So etwas muss man immerhin erst mal herausfinden.«

Die beiden sahen sich an, griffen simultan nach ihren Jacken und waren zwei Sekunden später schon auf dem Flur. Die Fahrt durch die Stadt dauerte 20 Minuten, weitere fünf brauchten sie, um einen Parkplatz zu finden. Nachdem sie das Siegel an der Tür entfernt hatten, standen sie in Benjamin Andermatts Küche und starrten an die Decke.

»In der Lampe?«, wollte Pia mit Blick auf die teuer aussehende LED-Skulptur wissen.

»Glaube ich nicht. Ich würde einen Blickwinkel in einer Ecke bevorzugen.«

Sie drehten den Kopf und suchten jeden Zentimeter im Übergang der Wände zur Decke ab, wurden jedoch auch hier nicht fündig.

»Also die Wände«, brummte Hain und begann, neben dem Fenster nach Unregelmäßigkeiten zu suchen.

Pia nahm sich die gegenüberliegende Wand vor. Nichts.

»Vielleicht waren wir zu voreilig«, gab sie kleinlaut zu bedenken, »und hier gibt es einfach keine Überwachungstechnik.«

»Nicht so schnell, Frollein«, bremste Hain seine Kollegin mit hochgerecktem rechten Zeigefinger. »So schnell geben wir nicht auf.«

Sie überprüften jeden Winkel, jeden Spalt und jede Unebenheit in dem Raum, doch eine Überwachungskamera fanden sie nicht. Während Pia sich den Hochschränken widmete, begann Hain mit der Untersuchung der Dunstabzugshaube. Aber auch hier schien es nicht den geringsten Hinweis zu geben. Dann jedoch deutete er auf eine LED an dem Gerät.

»Komm mal rüber, Pia.«

Sie stellte sich neben ihn und sah auf den winzigen dunklen Fleck direkt in der Edelstahlfassung des Leuchtkörpers.

»Nein«, sagte sie enttäuscht. »Das ist ein kleiner Schmutzfleck.«

»Niemals«, widersprach Hain, griff in die Hosentasche, zog sein kleines Klappmesser heraus und kratzte mit der Spitze der Klinge vorsichtig an der Seite der Unregelmäßigkeit herum.

»Kein Dreck«, meinte Pia mit leuchtenden Augen. »Das ist wirklich kein Dreckfleck.«

»Nein, Frau Kollegin, das ist keine Verschmutzung. Aber

dennoch eine echte Schweinerei.« Er hebelte die LED mitsamt der Fassung aus der Öffnung, legte das Messer auf das Induktionsfeld und drehte seinen Fund um. Von der Rückseite ging einmal der Draht weg, der das Leuchtmittel mit Strom versorgte, und ein zweiter führte direkt ins Innere der winzig kleinen Kamera.

»Das waren echte Spezialisten, die das angebracht haben«, meinte er anerkennend.

»Und der Winkel ist so gewählt«, stimmte Pia ihm zu, nachdem sie sich einmal um die eigene Achse gedreht hatte, »dass der gesamte Raum mit dieser einen Kamera abgedeckt ist. Echt schlau gemacht.« Sie nahm ihrem Kollegen die Fassung aus der Hand und betrachtete sie eingehend. »Und sie müssen gewusst haben, dass Andermatt hier so gut wie nie kocht«, erklärte sie ihm. »Denn wenn ich bedenke, wie fettig das Umfeld der Abzugshaube bei mir zu Hause ist, und wie sauber die Linse ist, da liegen Welten dazwischen.«

»Vergiss nicht, dass Andermatt eine Putzfrau hatte.«

»Stimmt auch wieder. Aber gekocht wurde in dieser Küche definitiv so gut wie nie.«

»Wenn du das sagst …«

»Ja, das sage ich. Was meinst du denn zu der These, dass es hier im Haus garantiert noch ein paar mehr von diesen Dingern geben dürfte?«

»Da würde ich auf keinen Fall widersprechen, meine liebe Pia«, meinte Hain, schnitt die beiden auf die Fassung zulaufenden Drähte ab und packte alles zusammen in einen Kunststoffbeutel. »Aber um die können sich die Damen und Herren der Spurensicherung kümmern. Wir haben, was wir wollten, und fahren jetzt zurück ins Präsidium.«

»Und sind jetzt bei hundert Prozent, was die Wahrscheinlichkeitsrechnung für die Ermordung von Benjamin Andermatt angeht?«

»Bei glatt hundert Prozent.«

Nachdem sie Herbert Schiller kurz über ihren Fund informiert hatten, versuchten die beiden Kommissare den restlichen Arbeitstag über herauszufinden, um was für ein spezielles elektronisches Bauteil es sich handelte, das sämtliche Bewegungen in der Küche des Werksleiters überwacht hatte. Ein von ihnen befragter Mitarbeiter der Kriminaltechnik zeigte sich höchst beeindruckt beim Anblick der lächerlich kleinen Kamera und bemerkte, dass er »so etwas in seinem gesamten Arbeitsleben noch nie gesehen« hätte. Er äußerte weiterhin die Vermutung, dass sie es hier mit etwas überaus Speziellem zu tun hatten, auf das vornehmlich und exklusiv Agenten und Spione zugreifen konnten.

Gegen 18:45 Uhr verabschiedeten sich die beiden voneinander und machten Feierabend.

22

Am nächsten Morgen wurde Thilo Hain von seiner Frau mit einem warmen, weichen Kuss aus dem Schlaf geholt. Auf seiner Seite neben dem Bett stand ein frisch zubereiteter Cappuccino.

»Was hast du denn verbrochen, dass du mich so wohlig aus dem Schlaf kitzelst?«, wollte er mit durchschaubar gespieltem Misstrauen wissen.

»Gar nichts«, erwiderte Carla. »Ich wollte dir nur die Chance geben, dieses Jahr nicht wieder unseren Hochzeitstag zu verdaddeln.«

»Ach du Scheiße«, murmelte der Kommissar verlegen. »Und ich dachte, das passiert mir nach dem Desaster vom letzten Jahr nicht noch einmal.« Hain erinnerte sich nur peinlich berührt an ihren letzten Hochzeitstag, den Carla, er und die Kinder in einem Freizeitpark verbracht hatten und an dem sie ihn erst beim abendlichen Essen an die Besonderheit des Tages erinnert hatte.

»Das macht nichts, Thilo, ehrlich. Wenn man mit dir verheiratet ist, freut man sich schon, dass der eigene Geburtstag oder der der Jungs nicht unter den Tisch fällt.« Sie kicherte leise und knöpfte sich dabei das Oberteil des Schlafanzugs auf.

»Die sind übrigens schon aus dem Haus.«

»Echt? Wie spät ist es denn?«

»7:15 Uhr.«

»Was? Und dann sind die Jungs schon nicht mehr hier?«

»Sie machen heute einen Ausflug mit den anderen Kindern der Ferienspielgruppe nach Hannover. Deshalb mussten sie auch schon um 7 Uhr am vereinbarten Treffpunkt sein.«

Er sah ihr mit immer größer werdenden Augen dabei zu, wie sie sich auch die Hose auszog

»Und da denkst du, wir könnten …«

Carla griff sich in die Haare, drehte sie und band einen Knoten aus dem Zopf.

»Ich denke nicht, ich mache«, flüsterte sie, ließ sich aufs Bett fallen und schob die Decke zur Seite.

»Ja, das befürchte ich«, murmelte ihr Ehemann.

Als die beiden eine knappe Stunde später vergnügt und entspannt beim Frühstück saßen, kam es dem Polizisten vor, als ob er einen unerwarteten Urlaubstag geschenkt bekommen hätte. Diese Stimmung wurde ein paar Minuten darauf von seinem Boss jäh beendet.

»Wo bleibst du?«, wollte Herbert Schiller kurz angebunden wissen. »Pia und ich sitzen hier und fragen uns, was dich wohl von der Arbeit abhalten könnte.«

»Ich habe erstens heute Hochzeitstag und zweitens ungefähr eine halbe Million Überstunden, die ich vor mir herschiebe. Reicht das als Antwort?«

»Ja, das reicht. In diesem Fall richte bitte Carla unsere herzlichen Grüße aus und schieb direkt im Anschluss deinen Arsch ins Büro. Wir brauchen dich nämlich hier.«

»Ihr braucht mich? Ich hätte nicht gedacht, dass ich diesen Satz einmal aus deinem Mund hören würde.«

»Bis gleich.«

Damit war das Gespräch beendet. Hain legte das Telefon

auf den Tisch, trank einen Schluck Kaffee und biss herzhaft in sein Erdbeermarmeladenbrötchen.

»Und dabei hatte der Tag doch so schön angefangen«, brummte er grinsend.

Pia und Herbert erwarteten ihn tatsächlich sehnsüchtig. Vor ihnen lag die aktuelle Ausgabe der Kasseler Lokalzeitung, auf deren Titelseite in großen, fetten Buchstaben die Schlagzeile stand:

Kasseler Kripobeamte
leisten sich unglaublichen Fehltritt

»Verdammt«, stieß der Hauptkommissar wütend aus. »Das kommt doch garantiert von Noltings Anwalt, diesem Dr. Wiegand. Was fällt diesem Winkeladvokaten eigentlich ein?«

»Wenn ich den Inhalt des Artikels richtig verstanden habe, müsste man eigentlich euch fragen, was euch einfällt, Thilo. Pia hat mir gestanden, dass sich der Vorfall genau so abgespielt hat, wie er hier beschrieben ist.«

Hain bedachte seine Kollegin mit einem strafenden Blick, dem die Kommissarin jedoch standhielt.

»Lass es mich wenigstens erst mal lesen, bevor ich etwas dazu sage, ja?«

»Darum bitte ich«, erwiderte der Kriminalrat spöttisch.

Kassel

Es klingt wie eine Szene aus einem schlechten Mafiakrimi, was sich gestern Morgen im Haus eines angesehenen Mediziners am Brasselsberg ereignet hat. Dort verschafften sich zwei Beamte der Kripo Kassel unter Zuhilfenahme äußerst dubioser Methoden Zugang zum Haus von Dr. Norbert N., einem hochgeschätzten und mit mehreren angesehenen Preisen dekorierten Arbeitsmediziner. Die Beamten setzten Dr. N. massiv unter Druck und versuchten, ihn mithilfe dieser Strategie zu einer Aussage in einem Fall zu nötigen, mit dem der Mediziner nach seiner Aussage überhaupt nichts zu tun hat.

Allein das beherzte Eingreifen seines Rechtsanwalts, mit dem Dr. N. in einer anderen Sache zufällig einen Termin hatte, befreite den Arzt »aus den Klauen der mit Schaum vor dem Mund agierenden Polizisten«, wie der Anwalt sich ausdrückte.

Auf eine Rückfrage unserer Zeitung, um welchen Fall es bei der ungesetzlichen Aktion ging, wollte Rechtsanwalt Dr. Markus Wiegand sich nicht äußern. Er werde die Sache an die Staatsanwaltschaft weiterleiten und rechne fest mit einem Ermittlungsverfahren gegen die Polizisten wegen ihres Fehlverhaltens.

Aus dem Polizeipräsidium Kassel war bis Redaktionsschluss unserer Zeitung kein Kommentar zu erhalten. Wir werden in der Sache auf jeden Fall am Ball bleiben und Sie, liebe Leser, auf dem Laufenden halten.

»Aber was war das denn genau für ein Fehlverhalten, verdammt noch mal?«, wollte Hain aufgebracht wissen. »Wir haben ihm ein paar Fragen stellen wollen, so wie Polizisten das jeden Tag und zu jeder Uhrzeit mit Menschen machen. Nicht mehr und nicht weniger. Und dieser Scheißanwalt macht da jetzt eine Riesensache draus.«

»Na komm, Thilo«, entgegnete Pia ihm, »wir haben Nolting schon ganz schön unter Druck gesetzt, das kannst du nicht anders sagen. Immerhin haben wir ihm mit einer Vorladung aufs Präsidium gedroht, oder?«

»Mann, Pia. Jeder vernünftige Mensch weiß, dass man sich mit einer solchen Einladung gepflegt den Hintern abwischen kann, weil niemand in Deutschland ihr Folge leisten muss.«

»Jeder vernünftige Mensch vielleicht, Thilo«, widersprach nun Schiller, »aber ganz gewiss nicht dieser Dr. Nolting. Ihr hättet ihn wenigstens darüber belehren können, dass er möglicherweise Zeuge im Fall eines Tötungsdelikts ist.«

Hain sah von Pia Ritter zu Herbert Schiller und wieder zurück. »Mensch Herbert, du warst doch auch mal auf der Straße unterwegs, bevor du angefangen hast, dir hier den Hintern breit zu sitzen. Du weißt doch genau, wie so etwas läuft.«

»Klar weiß ich das, und du hast natürlich recht, mit dem, was du sagst.« Der Kriminalrat schloss kurz die Augen und holte tief Luft. »Abgesehen von deiner absoluten Impertinenz natürlich, dass ich mir hier den Hintern breit sitze. Natürlich habe ich es immer genauso gemacht wie ihr beiden jetzt auch, aber ich bin glücklicherweise nie von einem Anwalt in flagranti erwischt worden.«

»Das heißt«, fragte Pia irritiert, »dass du uns eigentlich nur vorwirfst, dass wir uns bei dieser Sache haben erwischen lassen?«

»Genau das heißt es, ja. Aber jetzt ist es zu spät, deswegen rumzuheulen.«

»Jetzt verstehe ich gar nichts mehr«, fasste die Kommissarin ihre Verwunderung knapp zusammen.

»Na, überleg doch mal, Pia. Das kann doch eigentlich nur ein weiterer Versuch sein, uns von unserer Arbeit abzuhalten. Und dieser Dr. Wiegand scheint der Dreh- und Angelpunkt dieser Strategie zu sein.«

»Aber es muss dir doch klar sein«, gab Hain zu bedenken, »dass er nicht der Ausgangspunkt ist. Der dürfte doch wohl eher in Baunatal oder in Wolfsburg liegen.«

»Genau das sehe ich auch«, stimmte Schiller ihm zu. »Und deswegen müssen wir in der Sache zwar am Ball bleiben, dürfen aber nicht noch einmal solche Anfängerfehler machen. Verstanden?«

Die beiden Kommissare nickten.

»Also haltet euch von diesem Dr. Nolting fern, und natürlich auch von Rechtsanwalt Dr. Wiegand. Es muss in dem Fall auch vorwärtsgehen, ohne diesen beiden etwas zu liefern, das sie uns um die Ohren hauen können.«

»Das kriegen wir hin«, erwiderte Pia mit deutlicher Erleichterung in der Stimme. »Wir werden am besten gleich …« Weiter kam die Oberkommissarin nicht, weil das Telefon auf dem Schreibtisch summte.

Hain griff nach dem Mobilteil, meldete sich und hörte einen Moment lang zu. »Und der will wirklich zu uns? Zu Pia und mir«, fragte er ungläubig, um dann wieder ein paar Sekunden zuzuhören. »Gut«, sagte er schließlich, »ich komme runter und hole sie ab.«

»Was war das denn?«, wollte seine Kollegin wissen, während der Hauptkommissar das Telefon vorsichtig ablegte.

Er wandte sich ihr zu und begann den Kopf zu schütteln.

»Los, nun red schon, Thilo«, fuhr Schiller ihn an.

»Das glaubt ihr nicht, wer unten an der Pforte steht und uns zu sprechen wünscht. Meine liebe Kollegin Pia und mich«, murmelte er.

»Der Vorstandsvorsitzende am Ende?«

»Nein. Viel besser. Dr. Markus Wiegand.«

Pia schnappte nach Luft. »Der Rechtsanwalt? Echt jetzt?«

Hain nickte.

»Und? Hat er seinen Mandanten Dr. Nolting gleich mitgebracht?«

»Nein, das nicht. Aber er hat komischerweise einen anderen Menschen dabei, der uns zu sprechen wünscht.«

»Wen denn?«

»Irgendein Herr Skrumpeck oder so; ich habe den Namen nicht richtig verstanden.«

»Aber du gehst schon nach unten und holst ihn ab, oder?«

Hain, der noch immer komplett abwesend schien, nickte fahrig.

»Klar. Bis ich unten bin, sollte auch mein Gehirn wieder akkurat funktionieren. Im Moment fühle ich mich nämlich, als hätte mir jemand Bremsflüssigkeit in die Blutbahn gepumpt, und zwar eine ganze Menge.«

»Weil du so überrascht bist, dass der Anwalt uns sprechen will?«

»Definitiv, ja. Ich dachte, gerade jetzt nach der Nummer in der Zeitung, dass er den direkten Kontakt mit uns scheuen und eher aus der sicheren Deckung heraus agieren würde. Aber da hat mich der Herr Jurist sauber auf dem falschen Fuß erwischt.«

Der »Herr Jurist« empfing Hain direkt vor der Tür, die ungebetenen Gästen den Weg ins Innere des Polizeipräsidiums versperrte. Er reckte den rechten Arm nach vorn und reichte dem Kommissar die Hand. »Wir hatten bisher keinen besonders guten Start, Herr Hain. Lassen Sie uns also gemeinsam daran arbeiten, dass es besser wird.«

»An mir soll es nicht liegen. Oder nein, warten Sie: Vielleicht werde ich mit einem Artikel im Lokalblatt kontern. So nach dem Motto ›Rechtsanwalt verbiegt die Wahrheit, dass die Balken sich schämen‹.«

»Touché. Obwohl, ich würde es Ihnen eigentlich nicht empfehlen. Die Öffentlichkeitsarbeit ist ein Gebiet, auf dem ich mir wirklich große Meriten erworben habe. Da dürften Sie mir ein wenig unterlegen sein. Aber lassen wir das Gestern und die Vergangenheit ruhen und wenden uns dem Heute zu.«

Hain hätte ihm gern etwas Passendes geantwortet, doch der Anwalt drehte sich um und wies auf einen grauhaarigen, spindeldürren Mann von etwa 45 Jahren, dessen Haut eine höchst ungesunde Farbe hatte und dessen Hände deutlich sichtbar zitterten. Neben ihm saß eine Frau, die seine Hand hielt. Vor den beiden stand eine kleine Reisetasche.

»Das ist mein Mandant Wolfgang Skruppek. Er möchte gern eine Aussage zum Fall Benjamin Andermatt machen.«

»So? Was weiß er denn davon?«

»Können wir das vielleicht in Ihrem Büro besprechen, Herr Kommissar? Die Sache ist sehr delikat und keinesfalls dazu angetan, hier in diesem Vorraum debattiert zu werden.«

Hain trat auf den Mann zu, reichte ihm die Hand und begrüßte danach die Frau.

»Helene Skruppek, guten Tag«, stellte sie sich vor.

»Na, dann wollen wir mal«, bemerkte der Polizist knapp und ging zurück zur Tür.

In diesem Moment begann die Frau laut zu schluchzen. Sie vergrub ihr Gesicht in den Händen und schüttelte sich dabei am ganzen Körper.

»Frau Skruppek, bitte«, ging der Anwalt sie leise, aber bestimmt an. »Das hatten wir doch alles besprochen.«

Sie sah hoch und ihrem Mann direkt ins Gesicht. »Bist du sicher, dass du …«

Ihr Mann stand auf, zog sie langsam zu sich heran und umarmte sie. »Ja, das bin ich. Und du musst alles genau so machen, wie Dr. Wiegand es dir erklärt hat. Bitte, Helene.«

Sie machte sich von ihm frei und nickte. »Ja«, flüsterte sie matt. »Ich werde es genau so machen.«

»Dann gehe ich jetzt.«

»Ja. Mach's gut, Wolfgang.« Sie zog die Nase hoch, atmete tief ein, sah ihrem Mann noch einmal in die Augen und verließ dann mit schnellen Schritten das Gebäude. Skruppek griff nach der Reisetasche und ging auf seinen Anwalt zu.

»Wir können«, sagte Dr. Wiegand.

Pia Ritter war allein, als die drei das Büro betraten. Hain besorgte aus dem Nebenzimmer einen weiteren Stuhl, damit Dr. Wiegand nicht stehen musste, und kurz darauf saßen sich die zwei Polizisten und ihre beiden Besucher am Schreibtisch gegenüber. Hain bereitete ein kleines Aufnahmegerät vor, stellte es auf die Mitte der Tischplatte und drückte die Aufnahmetaste. Sein Blick kreuzte dabei kurz den von Dr. Wiegand.

»Sie sind doch damit einverstanden, dass wir dieses Gespräch aufzeichnen, oder?«

»Natürlich. Alles andere wäre höchst unprofessionell bei der Brisanz dessen, was im weiteren Verlauf hier besprochen wird.«

»Na, Sie katapultieren die Erwartungshaltung bei uns ja in ganz schöne Sphären«, ließ Pia ihn wissen.

»Wir werden sehen«, erwiderte der Jurist mit einem gequälten Lächeln. »Außerdem weise ich schon jetzt darauf hin, dass mein Mandant nur auf meinen ausdrücklichen Rat irgendwelche Fragen von Ihnen beantworten wird.«

»Na, das geht ja schon gut los«, brummte Thilo Hain ein klein wenig genervt.

»Nun halten Sie mal gefälligst Ihre Emotionen im Zaum, Herr Kommissar«, wurde er von Wiegand belehrt. »Wir, mein Mandant und ich, sind hierhergekommen, um Sie bei Ihrer Arbeit zu unterstützen, also bitte.«

»Gut. Dann lassen Sie mal hören, in welcher Form Sie und Ihr Mandant unsere Arbeit unterstützen möchten.«

Der Anwalt beugte sich zur Seite, griff in seinen Lederkoffer, kramte eine Kladde daraus hervor und reichte sie den Polizisten. »Dies ist eine eidesstattliche Erklärung meines neben mir sitzenden Mandanten Wolfgang Skruppek, in dessen Namen und mit dessen Vollmacht ich hier handle.«

Pia Ritter schlug den Aktendeckel auf, doch Dr. Wiegand gab ihr mit einer Handbewegung zu verstehen, dass es damit noch etwas Zeit hatte. »Sie können den Inhalt später lesen, ich möchte zunächst für meinen Mandanten eine mündliche Erklärung abgeben. Ist das in Ordnung für Sie?«

»Klar«, stimmte die Oberkommissarin emotionslos zu.

»Gut. Mein Mandant gibt also hier zu Protokoll, dass er Benjamin Andermatt, den Leiter des Volkswagenwerks Baunatal, mithilfe des Giftes Botulinumtoxin getötet hat. Er tat das in dem vollen Bewusstsein, dass es sich dabei um eine schwere Straftat handelt, und er ist sich auch darüber im Klaren, welche Strafen ihn erwarten können.«

Wenn Hain oder Ritter überrascht waren von den Worten des Rechtsanwalts, so ließen sie es sich nicht anmerken. Einem mit seinen Marotten vertrauten Menschen wäre vielleicht aufgefallen, dass das linke Augenlid des Hauptkommissars ganz leicht zuckte, doch die beiden Männer auf der anderen Seite des Schreibtischs bekamen davon nichts mit.

»Diese … Entwicklung ist auf jeden Fall von größtem Interesse für uns«, beschied Pia Ritter den Besuchern. »Aber natürlich wirft dieses Geständnis zunächst mehr Fragen bei uns auf, als es beantwortet.«

»Zum Beispiel?«

»Na zunächst einmal, warum Ihr Mandant die Tat begangen hat? Dahinter steckt ja, wenn ich es recht bedenke, eine nicht unerhebliche kriminelle Energie. Warum also, Herr Skruppek, haben Sie Herrn Andermatt umgebracht? Noch dazu auf eine solch ungewöhnliche Art und Weise?«

Skruppek sah Wiegand mit flehendem Blick an, der nur gönnerhaft nickte. »Ich mache das, wie vereinbart.« Damit wandte der Jurist sich wieder den Beamten zu. »Herr Skruppek ist als Ingenieur im gleichen Werk beschäftigt, wie es Herr Andermatt war. Es kam, bedingt durch charakterliche Defizite des Werksleiters, zwischen den beiden in der Vergangenheit immer wieder zu Reibereien, die bei meinem Mandanten zu einer sich steigernden Wut geführt haben. Und irgendwann ist dann in ihm der Plan gereift, Benjamin Andermatt töten zu wollen.«

Pia und Thilo tauschten einen kurzen Blick aus.

»Aha«, meinte der Kommissar. »Wann genau ist dieser Plan denn gereift?«

»Vor etwa einem Vierteljahr wurde es für Herrn Skruppek zunehmend unerträglich. Irgendwann in dieser Zeit kamen schließlich auch die ersten Gedanken an die Tat hoch.«

Es entstand eine längere Pause.

»Kann ich Sie kurz unter vier Augen sprechen?«, wollte Hain kopfschüttelnd von Wiegand wissen. »Draußen, auf dem Flur?«

»Ich wüsste nicht, was dem entgegenstehen sollte«, erwiderte der Jurist, stand auf und ging hinter Hain her, der schon an der Tür war. Draußen stellten sich die beiden ans nächstgelegene Fenster.

»Ich weiß nicht, was genau Sie mit dieser Schmierenkomödie erreichen wollen, Herr Anwalt, aber ich kann Ihnen definitiv versichern, dass Sie auf keinen Fall damit durchkommen werden. Geht es Ihnen um Zeitgewinn? Darum, dass wir darauf verzichten, mit Dr. Held in Brasilien Kontakt aufzunehmen? Egal, was es auch ist, es wird nicht funktionieren.«

Wiegand stützte sich mit den Armen an der Fensterbank ab, sah eine Weile in den strahlend blauen Himmel und seufzte schließlich. »Sie scheinen es wirklich nicht zu verstehen, Herr Hain. Wolfgang Skruppek sitzt in Ihrem Büro und gesteht einen Mord, und Sie wollen es einfach nicht wahrhaben. Das wiederum kann *ich* nur schwerlich verstehen.«

»Dieser arme Kerl da drin«, zischte Hain, »hat mit der ganzen Sache um den Tod von Herrn Andermatt nicht das Geringste zu tun, davon bin ich so felsenfest überzeugt, wie man nur von etwas überzeugt sein kann. Sie können jetzt das Gegenteil behaupten, was anderes würde mich höchstens überraschen, aber wir werden Ihnen beweisen, dass er es nicht war.«

»Im Namen der Gerechtigkeit drücke ich Ihnen ganz fest die Daumen, ehrlich. Aber es kann Ihnen schon allein aus dem Grund nicht gelingen, weil der Mann die Wahrheit sagt.«

Hain trat einen halben Schritt nach vorn, wobei sein Gesicht nur noch ein paar Millimeter von Wiegands Gesicht entfernt war.

»Gehen Sie, Herr Dr. Wiegand. Nehmen Sie den armen Kerl, gehen Sie, und sowohl meine Kollegin als auch ich vergessen diese Räuberpistole. Und niemand wird je davon erfahren, dass Sie heute hier waren, das verspreche ich Ihnen.«

Der Jurist wandte sich ab und ging ein paar Schritte Richtung Bürotür. »Lassen Sie uns bitte weitermachen, Herr Hain. Ich kann es kaum erwarten, Sie von Herrn Skruppeks Schuld zu überzeugen.«

»Fick dich«, murmelte Hain, so leise er konnte.

»Ihr Mandant«, nahm Pia den Gesprächsfaden wieder auf, als Wiegand und ihr Kollege saßen, »hat also Herrn Andermatt mithilfe von Botulinumtoxin getötet. Wie ist er in den Besitz dieses doch sehr seltenen Stoffes gelangt? Einfach mal so bei Ebay bestellen, kann man ihn ja wohl nicht, wenn ich recht informiert bin.«

»Das ist durchaus richtig, was Sie sagen, Frau Kommissarin. Mein Mandant hat tatsächlich zuerst mit dem Gedanken gespielt, sich im sogenannten Darknet eine Waffe zu besorgen und das Opfer zu erschießen. Das hat sich als nahezu undurchführbar herausgestellt, weswegen er auf die Idee mit dem Gift gekommen ist. Das war im Darknet sehr viel einfacher zu bekommen.«

Hain lachte laut auf. »Sie wollen uns aber jetzt nicht ernsthaft erzählen, dass man im Darknet leichter an eines der stärksten Gifte kommen kann als an eine Knarre, oder? Damit würden Sie sich nämlich komplett lächerlich machen.«

»Soweit ich weiß, sind Sie und Ihre Kollegin Mitarbeiter von K11 und damit für Gewalt-, Brand- und Waffendelikte zuständig. Eine kurze Rücksprache mit Ihren Kollegen, die sich im Metier der Internet- und Computerkriminalität auskennen, dürfte auch bei Ihnen zu der Erkenntnis führen, dass Sie hier, ich muss es leider so direkt sagen, einem fatalen Irrtum unterliegen.«

Hain hob kurz die Augenbrauen, ließ es jedoch dabei bewenden. »Gut. Ihr Mandant hat sich also das Botulinumtoxin im Darknet besorgt. Gibt es dafür irgendwelche Beweise?«

Dr. Wiegand schüttelte den Kopf. »Da muss ich Sie leider enttäuschen. Der PC meines Mandanten, ein Laptop, ist ihm vor ein paar Tagen entwendet worden. Und über die Einwahldaten seines Breitbandanschlusses werden Sie auch nicht weiterkommen, da er sich sowohl bei der Recherche wie auch der Bestellung des TOR-Netzwerks bedient hat, mit dessen Hilfe, wie Sie vermutlich wissen dürften, das komplett anonyme Surfen im Internet möglich ist.«

»Welch ein ausgeklügelter Fachmann der Herr Skruppek doch ist«, merkte Hain spöttisch an und betrachtete dabei den Ingenieur, der jedoch seinem Blick auswich und zu Boden sah.

»Bliebe die nicht ganz unwichtige Frage«, mischte Pia wieder mit, »wie es Ihrem Mandanten gelungen ist, Herrn Andermatt das Gift zu verabreichen. Würden Sie uns bitte darüber aufklären, Herr Skruppek?«

Der Rechtsanwalt hob den Kopf und warf der Polizistin einen warnenden Blick zu. »Bitte respektieren Sie, dass mein Mandant nicht mit Ihnen sprechen möchte. Er hat mich damit beauftragt, Ihre Fragen zu beantworten, und ich komme dieser Aufgabe mit großem Vergnügen nach.«

»Gut, dann also von Ihnen. Wie kam das Botulinumtoxin in Herrn Andermatts Körper?«

»Mein Mandant hat sich Zugang zum Haus des Opfers verschafft. Dort hat er die in der Küche auf einem Gestell hängenden Espressolöffel in eine flüssige Form von Botulinumtoxin getaucht, gewartet, bis die Flüssigkeit getrocknet war, und anschließend das Haus wieder verlassen.«

»Gab es beim Auftrag des Toxins irgendwelche Besonderheiten?«

Über das Gesicht des Juristen huschte der Anflug eines Lächelns. »Ja, die gab es tatsächlich. Mein Mandant wusste, dass Herr Andermatt seine Espressolöffel auf eine eher ungewöhnliche Weise benutzt und hat sich diesen Umstand bei der Planung und der Ausführung der Tat zunutze gemacht.«

»Was war das für eine ungewöhnliche Weise?«

»Das Opfer hat die Espressolöffel jeweils mit der eigentlich falschen Seite in die Flüssigkeit eingeführt. Am besten dürfte vermutlich die Definition ›falsch herum‹ zutreffen.«

»Woher wusste Ihr Mandant von dieser Marotte?«

»Er hat es immer wieder beobachtet, wenn Herr Andermatt im Werk einen Kaffee getrunken hat.«

»Was uns zu der Frage führt, wie innig das Verhältnis von Herrn Andermatt und Ihrem Mandanten eigentlich war. Gab es bei der Arbeit der beiden direkte Verbindungen?«

»Nein. Man hat sich hin und wieder gesehen, mehr nicht.«

»Und während dieser Begegnungen hat sich diese immense Wut bei Ihrem Mandanten aufgestaut, die ihn schließlich zum Mörder hat werden lassen?«

»Genau so war es, ja.«

»Was war es denn«, wollte Hain wissen, »was Herrn Skruppek so gallig gemacht hat? Was sind das für charakterliche Defizite gewesen, von denen Sie vorhin so lautmalerisch gesprochen haben?«

Nun tauschten Wiegand und Skruppek einen kurzen Blick aus. Der Ingenieur nickte dem Anwalt zu, der sich im Anschluss wieder den Polizisten zuwandte.

»Bei der Beantwortung dieser Frage werde ich ein wenig weiter ausholen, wenn das für Sie in Ordnung ist.«

»Nur zu«, forderte der Hauptkommissar.

»Herr Skruppek ist schon seit mehr als 15 Jahren im Volkswagenwerk Kassel in Baunatal beschäftigt. Er hatte also schon eine sehr lange Betriebszugehörigkeit, als Herr Andermatt die Werksleitung übernahm. Dazu muss man wissen, dass diese Besetzung der Stelle im Werk überaus kritisch gesehen wurde, weil Herr Andermatt im Verdacht stand, in die Betrügereien um die Abgaswerte bei Volkswagen verstrickt zu sein.« Er sah erneut zu Skruppek, der wieder zustimmend den Kopf bewegte. »Herr Andermatt war, wie Sie vermutlich schon wissen, zu genau jener Zeit der persönliche Assistent des damaligen Vorstandsvorsitzenden, als die Manipulation der Abgaswerte öffentlich wurde. Jeder, der sich mit der Materie etwas auskennt, konnte sich also an zehn Fingern ausrechnen, dass Herr Andermatt tief, wenn nicht sogar sehr tief in die Sache verwickelt ist.«

Hain hob abwehrend den Arm. »Wir bewegen uns hier aber ausschließlich im Bereich der Spekulation, oder?«

»Darüber wird sicher noch zu reden sein, wenn mein Mandant das belastbare Beweismaterial dazu vorlegt, das sich in seinem Besitz befindet. Zunächst einmal bin ich aber ganz bei Ihnen, und wir bewegen uns im Bereich der Spekulation.«

»Warum haben Sie dieses Beweismaterial nicht gleich mitgebracht? Das würde sicher nicht nur uns brennend interessieren.«

»Dafür gibt es sehr gute Gründe, die wir zu diesem Zeitpunkt allerdings noch nicht offenlegen möchten.«

»Na ja«, meinte Pia, »auf Agentenscheiß und Verschwörungstheorien stehen wir hier eigentlich nicht so.«

»Wir werden zu gegebener Zeit auf diesen Aspekt eingehen, das versichere ich Ihnen. Genügt das?«

Die Polizistin machte ein genervtes Gesicht, nickte jedoch. »Lassen wir uns überraschen. Was mich aber noch ganz brennend interessieren würde, ist die Frage, warum das Ansehen von Andermatt schon vor Antritt seines Jobs so beschädigt gewesen sein soll. Gab es irgendwelche Beweise für die These, dass er, in welcher Form auch immer, in die Abgasbetrügereien verwickelt war?«

»Das hat der gute Menschenverstand jedem klar denkenden Mitarbeiter gesagt, Frau Kommissarin. Der persönliche Assistent des Vorstandsvorsitzenden, der nun garantiert über jedes noch so kleine Detail in der Sache eingeweiht war, soll ahnungslos gewesen sein? Ich bitte Sie!«

Pia Ritter verschränkte ein wenig trotzig die Arme vor der Brust. »Na gut. Tun wir mal für einen Moment so, als würden wir Ihnen und Ihrem Mandanten glauben. Die

Tatsache allein, dass Andermatt wirklich etwas mit dem Abgasbetrug zu tun gehabt haben könnte, rechtfertigt für mich aber noch lang keinen Mord. Oder wie sehen Sie das?«

»Ich habe nie gesagt, dass Herr Andermatt etwas mit den Abgasbetrügereien zu tun hat, Frau Kommissarin. Ich habe lediglich gesagt, dass mein Mandant Herrn Andermatt vorgeworfen hat, aktiv an der Vertuschung der Sache beteiligt gewesen zu sein.«

»Und auf Vertuschung steht nach Meinung Ihres Mandanten die Todesstrafe? Ausgeführt von einem Mitarbeiter des Opfers in einem Anfall von Selbstjustiz?«

Es entstand eine längere Pause.

»Dieser Wortwahl würde ich mich nicht bedienen«, schränkte Wiegand schließlich ein, »aber im Kern trifft es die Sache schon recht anschaulich.«

»Dann sagen Sie uns doch mal, was Herr Andermatt denn hätte tun können, um dieser Bestrafung durch Ihren Mandanten zu entgehen? Hätte Herrn Skruppek ein Geständnis genügt?«

»Darauf hat er über die vergangenen Monate hingewirkt, ja. Allerdings ist Herr Andermatt in keiner Weise bereit gewesen, sich mit der Sache auseinanderzusetzen.«

Hain hatte die letzten Sätze des Juristen mit immer größer werdendem Unmut verfolgt. »Wer will es ihm denn auch verdenken, verdammt noch mal? Und wie krank im Hirn muss man denn sein, wenn man deswegen zum Mörder wird? Immer vorausgesetzt natürlich, dass Sie uns hier keinen Scheiß …«

Der Kommissar wurde von einem Hustenanfall Skruppeks unterbrochen. Die Attacke war so heftig, dass der Ingenieur kaum noch Luft bekam und sich mit beiden Händen am Schreibtisch festhalten musste.

»Möchten Sie etwas trinken, Herr Skruppek«, fragte Pia. »Oder sollen wir besser eine Pause machen?«

»Nein, vielen Dank. Ich möchte diese unwürdige Prozedur einfach nur so schnell wie möglich hinter mich bringen.«

»›Unwürdige Prozedur‹«, zitierte Hain den Mann mit dem feuerroten Gesicht und den Tränen in den Augen, »trifft es wohl ziemlich genau.«

23

Harald Eschbach lenkte seinen noch immer wie neu wirkenden SUV aus der Innenstadt heraus, bog am Holländischen Platz nach links ab und folgte der etwa zehn Kilometer nahezu kerzengerade nach Nordwesten verlaufenden, vierspurigen Straße. An der Stelle, an der sich die beiden bis dahin parallel verlaufenden Bundesstraßen 7 und 83 trennten, bog er nach rechts auf die in Richtung Hofgeismar führende B 83 ab. Gut einen Kilometer danach fuhr er erneut nach rechts und sofort wieder scharf rechts. Der schwere Wagen holperte auf dem nun beginnenden Feldweg, und unter den Reifen spritzten Steine davon. Nach einer Weile stoppte der Betriebsratsvorsitzende des Volkswagenwerks Kassel und schaltete den Motor ab. Das einzig verbliebene Geräusch war die aus dem Radio dröhnende Musik. Eschbach stellte den Ton etwas leiser und sah sich um.

Strahlend blauer Himmel, nur ganz im Süden begannen sich gerade ein paar Wolken zu formieren. Vielleicht würde es heute Abend ein Gewitter geben, doch das war dem Mann hinter dem Steuer egal. Heute war sein heiß geliebter Doppelkopfabend, und der fand immer in seiner Stammkneipe statt. Und zwar am Stammtisch, und nicht im zu dieser Jahreszeit eigentlich permanent überfüllten Biergarten. Sein Blick fiel auf die Uhr am Armaturenbrett.

Immer zu spät, die Jungs.

Im gleichen Augenblick hörte er einen wohl gerade vom nahe gelegenen Flughafen Kassel-Calden startenden Jet.

Einer von noch immer nicht gerade vielen, dachte er grinsend und sah nach oben. Dort donnerte das Flugzeug, mit jeder Sekunde deutlich an Höhe gewinnend, in Richtung Südwesten davon. Und im abklingenden Fluglärm nahm Eschbach auch wahr, dass sich von hinten ein Fahrzeug näherte. Durch einen schnellen Blick in den Rückspiegel vergewisserte er sich, dass es sich um die von ihm erwarteten Personen handelte, nickte zufrieden und öffnete die Fahrertür seines SUV.

»Hallo, Jungs«, begrüßte er Fahrer und Beifahrer, nachdem sich der von dem anhaltenden Lieferwagen aufgewirbelte Staub ein wenig gelegt hatte und die rechte vordere Scheibe heruntergelassen worden war. »Anderes Auto? Nicht schnell, aber mit ausreichend Ladekapazität, was?«

»Hallo, Harald. Ja, wir mussten einen Fahrzeugwechsel vornehmen.«

Der Betriebsrat betrachtete den blauen Renault Master ein wenig eingehender.

»Leider kein Volkswagen. Und damit nach meiner Meinung auch keine gute Wahl.«

»Wir kommen ganz gut mit ihm zurecht.«

»Na, von mir aus. Auf jeden Fall habt ihr es richtig spannend gemacht, so wie ihr am Telefon geklungen habt. Ist es wirklich so dringend, oder übertreibt ihr mal wieder?

Der Fahrer, ein mehr als 1,95 Meter großer, bulliger Typ mit breitem Kreuz und unter dem T-Shirt hervorquellenden Oberarmmuskeln, stieg aus. »Es ist dringend«, gab er mit starkem osteuropäischen Akzent zurück. »Wir brauchen ein bisschen mehr Geld, als ausgemacht war, weil wir eine Zeit lang von der Bildfläche verschwinden müssen.«

»He, he, Jungs, dafür, dass ihr von der Bildfläche verschwinden müsst, kann ich aber nichts. Und deshalb kann ich dafür auch keinen Bonus oder so was ausschütten.«

Nun verließ auch der Beifahrer den Lieferwagen. Er war deutlich kleiner als sein Kumpel, hatte eine Narbe über der kompletten rechten Gesichtshälfte und wog garantiert 30 Kilo zu viel.

»Wir reden ja auch nicht über einen *Bonus*, Harald«, brummte er missmutig. Auch sein Deutsch war stark osteuropäisch gefärbt. »Wir würden es eher *Erschwerniszulage* nennen. Immerhin hatten wir eine Schießerei mit der Polizei, und das stand ja nun gerade nicht in unserer Stellenbeschreibung. Da war die Rede von einem recht einfachen, konfliktfreien Job mit Hausbesuchen und ein paar weiteren, keinesfalls anstrengenden Extras.«

»Aber dass ihr diesen Ärger mit der Polizei hattet, dafür kann doch ich nichts, mal ehrlich. Hättet ihr es so gemacht, wie ich es euch gesagt habe, nämlich abends nach Einbruch der Dunkelheit, wäre nichts passiert. Und erst recht keine Schießerei mit der Polizei.«

»Das heißt, wir kriegen keine Gefahrenzulage?«

Eschbach trat ein wenig unsicher von einem Bein aufs andere. »Über ein paar Euro mehr können wir sicher reden, aber viel ist wirklich nicht drin. Und wie ich meinen Informanten verstanden habe, gibt es bisher nichts, was mit euch beiden direkt in Verbindung gebracht wird. Keine Fingerabdrücke, keine DNA-Spuren, nichts. Warum also solltet ihr abtauchen müssen?«

Die beiden Männer sahen sich kurz an. Dann kam der Kleine um das Auto herum und baute sich vor Harald Eschbach auf.

»Das musst du schon uns überlassen, wann wir was machen und wie wir uns danach aufstellen. Dass die Polizei vor Ort war, damit konnten wir einfach nicht rechnen. Und dass die überhaupt ermitteln, ist ja wohl eher auf deinem Mist gewachsen. Wir haben unseren Job nämlich sauber gemacht.«

Eschbach trat einen Schritt zurück und auf sein Auto zu. »Aber ihr wollt mir jetzt nicht auch noch unterstellen, dass ich der Polizei einen Tipp gegeben habe, oder? Ihr wisst doch ganz genau, dass die Ermittlungen auf seine Sekretärin zurückgehen. Die ist zur Polizei gelaufen und hat dort verkündet, dass am Tod ihres Chefs etwas stinkt.«

Der Große winkte ab. »Das spielt jetzt alles keine Rolle mehr, Harald. Wir wollen mehr Geld und wir würden dir raten, es uns zu geben.«

»Von wie viel Geld mehr reden wir denn, Jungs? Gibt es eine Zahl, an die ihr dabei denkt?«

Wieder ein verständigender Blick zwischen den beiden Männern aus dem Lieferwagen.

»200.000«, meldete der Größere als Forderung an.

»200.000?«, echote Eschbach laut auflachend. »200.000 Euro? Ihr habt wohl nicht alle Latten am Zaun? Wo soll ich denn 200.000 Euro hernehmen?«

»200.000 für jeden«, beeilte der Kleine sich, die Nachforderung zu präzisieren. »Macht nach Adam Riese und in toto 400.000 Euro.«

Nun verstummte Eschbach. »Das ist ein Witz, oder, Jungs? Das kann nur ein Witz von euch sein.«

Die beiden Männer schüttelten den Kopf. »Wenn es um Geld geht, neigen wir nicht so zum Spaß machen, Harald.«

Der Betriebsrat schlug sich ein paarmal mit der flachen Hand an die Stirn. »Ihr müsst komplett durchgedreht sein, sonst würdet ihr noch nicht mal an so etwas denken. Ich kann diese Forderung nicht erfüllen, selbst wenn ich wollte, weil ich so viel Geld einfach nicht habe.« Er entfernte sich erneut einen Schritt von ihnen und dem Renault. »Ein paar Tausender, klar, darüber ließe sich reden. Darüber lässt sich immer reden. Ihr habt einen wirklich guten Job gemacht, und das will ich auch honorieren, aber 400.000 Euro? Das muss euch auch selbst klar sein, dass so etwas nicht geht.«

»Wir alle hier wissen, dass das Geld für diesen Job nicht aus deiner eigenen Tasche kam und kommt, Harald. Frag halt dort nach, wo auch die andere Kohle hergekommen ist.«

»Quatsch! Alles, was ich euch bezahlt habe, kam aus meiner eigenen Schatulle, jeder Cent. Ich habe keine Ahnung, wie ihr auf etwas anderes kommt.«

»Nun, das könnte mit der Story zusammenhängen, die du uns zu dem Job aufgetischt hast. Von wegen Verwandter, den du beerben willst und so. Wir wissen schon eine ganze Weile, dass diese Scheiße hinten und vorn nicht stimmt. Also versuch besser nicht, uns damit weiter auf die Rolle zu nehmen.«

»Was meinst du damit, dass die Geschichte nicht stimmt? Der Kerl war mit mir verwandt, wie ich es euch erzählt habe.«

Der Kleine trat einen Schritt auf den Betriebsrat zu. An seinem Hals konnte man deutlich hervortretende Adern erkennen. »Hör auf, so eine Scheiße zu reden. Wir haben für dich ein hohes VW-Tier beseitigt, das konnte jeder in der verdammten Zeitung lesen. Er war weder mit dir verwandt, noch gab es da irgendetwas zu erben. Du wolltest ihn im Auftrag von VW loswerden, so viel ist mal sicher.«

»Ihr spinnt doch«, brummte Eschbach und wollte sich abwenden, überlegte es sich aber noch einmal anders. »Bei unserer ersten Begegnung habt ihr beiden mir lang und breit erklärt, dass ihr als ernsthafte Geschäftsleute wahrgenommen werden wollt. Wie soll das gehen, wenn ihr mir jetzt so kommt?« Er schüttelte den Kopf. »Man macht am Anfang eines Geschäfts einen Preis aus, dann weiß jeder, wo er dran ist. Das nennt man auch gegenseitiges Vertrauen. Ihr wusstet, was ihr zu tun habt, und ich wusste, was ich euch dafür bezahlen muss. Damit ist eigentlich alles gesagt. Und jetzt macht bitte den Weg frei, ich habe noch eine Verabredung.«

Keiner der beiden Männer bewegte sich. Der Große lehnte sich mit dem Hintern an den Lieferwagen und verschränkte die Arme vor der Brust. »Ich will jetzt nicht unhöflich wirken, Harald, aber wir können dir ziemlich heftig ans Bein pinkeln, wenn wir wollen. Wenn wir dich hinhängen, gehst du für einige Jahre in den Knast.«

»Ja, genau, aber hinter euch her«, erwiderte Eschbach eine Spur zu laut und eine Nuance zu aggressiv. »Und wenn ich längst wieder zu Hause bin und mein Leben genieße, schmort ihr immer noch hinter Gittern.«

»He, he«, mischte der Kleine sich nun ein, »wir sind doch allesamt erwachsene und zivilisierte Männer. Also lasst uns auch so handeln. Okay?«

»An mir soll es nicht liegen«, blaffte Eschbach ihn an. »Aber wir reden definitiv nicht mehr über Geld. Das ist …« Er brach ab, weil sich aus Richtung Kassel eine Gruppe Mountainbiker näherte. Die vier Männer und zwei Frauen trugen bunte Fahrradklamotten und sahen verschwitzt aus. Als sie den SUV von Eschbach passiert hatten und kurz vor dem Renault waren, wandten die beiden Männer ihren Kopf in Richtung des sich direkt an den Weg anschließenden Wäldchens. Eschbach hatte den Weg frei gemacht, freundlich gegrüßt und sah nun dem sich schnell entfernenden Pulk hinterher.

»Du bist dir sicher«, nahm der Kleine den Gesprächsfaden wieder auf, als die Radler außer Sichtweite waren, »dass wir nicht mehr über Geld sprechen werden, Harald? Ganz sicher?«

Der Betriebsratsvorsitzende winkte ab. »Ihr nervt, Leute. Und für die Zukunft solltet ihr euch reiflich überlegen, wem ihr droht und wem nicht. Und ich sollte immer zu denen gehören, denen ihr nicht droht. Einem wie mir droht man nämlich nicht. Kapiert?«

Wieder tauschten die beiden Männer einen Blick aus. Dann trat der Große einen Schritt auf Eschbach zu. Während er das tat, öffnete der Kleine die Tür auf der Fahrerseite und griff nach etwas, das vor dem Sitz gelegen hatte. Als seine Hand wieder zum Vorschein kam, lag eine klobige, unförmig wirkende Elektroschockpistole darin.

»Hey, was soll das? Wir wollten uns doch wie erwachsene und zivilisierte Männer benehmen?«, rief Eschbach mit zur Abwehr nach vorn gestreckten Armen. »Dazu gehört gewiss nicht, seinen Auftraggeber mit einem Elektroschocker zu bedrohen. Also lasst gefälligst diesen Scheiß.« Eschbach bewegte sich rückwärts und tastete mit dem rechten Fuß den Weg ab, blieb jedoch an einer aus dem Boden ragenden Wurzel hängen und stürzte der Länge nach hin. Schnell setzte er sich aufrecht, während sein ängstlicher Blick sich nach oben richtete, weil die beiden Männer an ihn herangetreten waren. Der Große suchte mit den Augen die nähere Umgebung ab, während der Kleine mit dem Taser auf Eschbach zielte.

»Du hattest deine Chance«, sagte er leise, fast flüsternd.

»So hört doch auf mit diesem Unsinn«, flehte Eschbach beinahe. »Von mir aus können wir auch noch mal über Geld reden, ehrlich. Nicht gerade über 400.000 Euro, das muss euch klar sein, aber ein paar Tausender sind, wie gesagt, auf jeden Fall drin.«

»Noch mal. Du hattest deine Chance«, wiederholte der Kleine seine Worte. »Hättest sie nutzen sollen.« Ein fragender Blick nach rechts zu seinem Kollegen, der nickte, und wieder zu Eschbach, der im gleichen Augenblick laut und gellend um Hilfe zu schreien anfing. Dann gab es ein kurzes, knisterndes Geräusch, und im gleichen Sekundenbruchteil übernahmen wieder die in der Nähe lebenden Vögel die akustische Herrschaft.

24

Wolfgang Skruppek kämpfte immer noch mit seinem nicht unter Kontrolle zu bekommenden Husten. Wieder und wieder wurde sein gesamter Oberkörper von Anfällen durchgeschüttelt, ohne dass er etwas dagegen tun konnte.

»Auch wenn Sie keine Pause brauchen«, gab Pia Ritter während eines Moments der Stille ihm und seinem Anwalt zu verstehen, »ich brauche auf jeden Fall jetzt eine.«

»Ich auch«, stimmte Hain ihr sofort zu. »Eine Frage würde ich mir aber vorher gern noch beantworten lassen.«

»Nur zu«, forderte Dr. Wiegand. »Mein Mandant und ich sind, wie bereits öfter erwähnt und wohl auch unter Beweis gestellt, zu jeder Form der Zusammenarbeit mit Ihnen bereit.«

»Dann will ich Sie mal ganz direkt fragen, Herr Skruppek, wie Ihre Frau über die Tat denkt. War sie eingeweiht, oder hat sie erst davon erfahren, als der Mord schon passiert war? Oder war es vielleicht ganz anders? Immerhin ist Ihre Frau eine Zeugin für uns, und Sie müssen sich darauf einstellen, dass wir Sie zu dem ganzen Vorgang und auch zu Ihrer Beteiligung daran befragen werden.«

»Das machen Sie nicht«, rief Skruppek wütend, während Wiegand ihm sanft die rechte Hand auf den linken Oberarm legte. »Das verbiete ich Ihnen!«

»Das wird natürlich auch nicht geschehen«, fauchte der Rechtsanwalt in Richtung des Polizisten. »Der Herr Kommissar versucht mithilfe dieser haltlosen Drohung einzig zu erreichen, dass Sie etwas aussagen, was ihm vielleicht besser in seinen Kram passt.« Er wandte sich direkt an Wolfgang Skruppek. »Es wird genau so laufen, wie wir es besprochen und ich es Ihnen versprochen habe. Die Polizei hat Ihrer Frau gegenüber nicht die geringste Handhabe. Vermutlich wird es noch nicht einmal zu einer Einvernahme kommen, und falls doch, wird sie mit Bezugnahme auf ihren Status als Ehefrau die Aussage verweigern. Das steht ihr zu, und daran kann auch der nassforsche Herr Hauptkommissar Hain nichts ändern.«

»Er darf nicht mit ihr reden«, forderte der Ingenieur. »Er darf es einfach nicht.«

»Ich habe Ihnen doch ganz eindeutig versichert«, meinte Dr. Wiegand mit leiser, beschwörender Stimme in Richtung seines Mandanten, »dass Ihre Frau niemals ohne mein Beisein mit irgendjemandem über den Sachverhalt sprechen wird, Herr Skruppek. Und daran hat und wird sich definitiv nichts ändern.«

»Das scheint ja ein richtiges Trauma für Ihren Mandanten zu sein, Herr Anwalt«, meinte Hain ein wenig despektierlich. »Dass seine Frau vielleicht doch in den Zeugenstand gerufen wird und aussagen muss. Zumindest vielleicht aussagen muss, dass sie Ehefrau ist und nicht …«

Dr. Wiegand schlug mit der flachen Hand auf den Tisch. »Wenn Sie nicht aufhören mit diesem unwürdigen Schmierentheater, Herr Kommissar, wird mein Mandant bis auf Weiteres jegliche Zusammenarbeit mit Ihnen verweigern. In diesem Fall müssten Sie mit seinem schriftlichen Geständnis vorliebnehmen und hätten keine Möglichkeit zur Rückfrage mehr.«

»Vielleicht sollten wir es einfach so machen«, schlug Pia Ritter vor. »Ich persönlich habe nämlich den nach meiner Wahrnehmung sehr begründeten Verdacht, dass Sie und Ihr Herr Mandant uns ein komplettes Schmierentheater zum Besten geben. Warum, hat sich mir noch nicht erschlossen, aber das werden wir garantiert herausfinden.«

»Denken Sie, was Sie wollen, Frau Kommissarin. Wir bleiben bei unserem Geständnis, auch wenn Sie merkwürdigerweise daran zweifeln.«

»Ja, diese Zweifel …«, wollte die Kommissarin erwidern, wurde jedoch vom Klingeln ihres Telefons unterbrochen. Sie nahm das Gespräch an und lauschte kurz. »Hallo. Ja, natürlich erinnere ich mich. Warten Sie bitte einen kleinen Moment, ich muss nur gerade den Standort wechseln.« Die Kommissarin gab ihrem Kollegen zu verstehen, dass sie für das Gespräch den Raum verlassen würde. »Ja, Frau Dr. Held, jetzt bin ich für Sie da. Hat sich Ihr Sohn bei Ihnen gemeldet?«

»Nein, das hat er leider nicht«, antwortete die Mutter des nach Brasilien übergesiedelten Werksarztes, und schon während dieser Worte war Pia klar, dass etwas passiert sein musste.

»Was ist geschehen?«, fragte sie so empathisch wie möglich nach.

»Martin«, fuhr die ehemalige Ärztin mit tränenerstickter Stimme fort, »hat sich leider nicht bei mir gemeldet. Aber das Auswärtige Amt hat angerufen und mir erklärt, dass man ihn in einem Vorort von São Paulo tot aufgefunden hat. Wie es aussieht, wurde er in einen Unfall verwickelt. Die genauen Umstände sind allerdings überaus unklar.«

Pia schluckte. »Es tut mir sehr leid, das zu hören, Frau Dr. Held. Und ich möchte Ihnen, auch im Namen meines Kollegen, unser tief empfundenes Mitgefühl aussprechen.«

»Das ist sehr freundlich von Ihnen, Frau Kommissarin Ritter, und ich bedanke mich dafür. Aber ich kann es einfach nicht verstehen, warum das alles mit ihm passiert ist. Letzte Woche noch war er ein angesehener Arzt hier in Kassel, und in dieser Woche liegt er in einem Leichenschauhaus irgendwo in Brasilien. Das begreife ich alles nicht.«

»Das kann ich gut nachvollziehen. Manchmal ist das Leben eines Menschen einfach viel zu schnell vorbei. Wir hätten uns gern verabschiedet, oder zumindest noch irgendetwas Nettes zu ihm gesagt, doch das geht jetzt einfach nicht mehr.«

Es gab eine kleine Pause.

»Ihre Worte bedeuten mir viel, obwohl ich Sie ja eigentlich gar nicht kenne. Vielleicht hängt das damit zusammen, dass Sie die letzten Personen waren, mit denen ich über Martin gesprochen habe, ich weiß es nicht. Ich weiß nur, dass mein einziges Kind irgendwo in Brasilien sein Leben verloren hat.«

»Und der oder die Anruferin vom Auswärtigen Amt hat wirklich gar keinen Hinweis zur Todesursache machen können? Normalerweise können die das schon, zumindest nach meiner Kenntnis.«

»Ich muss Ihnen sagen, dass ich dem Herrn, es war ein Mann, nur noch sehr bedingt folgen konnte, nachdem er mir die Nachricht vom Tod meines Sohnes übermittelt hatte. Vielleicht hat er wirklich mehr gewusst und es mir auch erzählt, aber ich kann es Ihnen wirklich nicht sagen. Möchten Sie vielleicht selbst mit ihm sprechen? Ich habe seine Telefonnummer.«

»Oh, natürlich, das wäre prima. Warten Sie, ich schalte nur die Aufnahmefunktion meines Telefons ein.«

Ein paar Augenblicke später hatte Frau Dr. Held die Nummer laut und deutlich durchgesagt.

»Ich hoffe, der Mann kann Ihnen etwas mehr sagen. Vielleicht melden Sie sich noch einmal bei mir, wenn es so sein sollte. Ich möchte wirklich wissen, was mit Martin geschehen ist und wie er ums Leben kam.«

»Das mache ich natürlich. Und vielen Dank für Ihren Anruf, Frau Dr. Held.« Sie beendete das Gespräch, blieb aber noch eine Weile mit dem Telefon in der Hand am Fenster stehen.

Was läuft hier für ein merkwürdiger Film?, dachte sie kopfschüttelnd. *Was läuft hier nur für ein merkwürdiger, merkwürdiger Film?*

»Kommst du mal kurz?«, fragte sie ein paar Sekunden später Thilo, der sich noch immer einen verbalen Schlagabtausch mit dem Rechtsanwalt zu liefern schien.

»Das gibt es doch nicht«, brummte der Hauptkommissar, als er in die Details des Telefonats eingeweiht war. »Und es kann mir wirklich kein Mensch erzählen, dass es sich dabei um einen tragischen Zufall handelt.«

»Das können wir, glaube ich, wirklich vergessen«, stimmte Pia ihm zu.

»Und zu allem Unglück hat dieser Oberarsch von Dr. Wiegand mir eben noch eröffnet, dass er *natürlich* schon die Medien über das Geständnis seines Mandanten informiert hat. Vermutlich dürfte das eine der Schlagzeilen in den Abendnachrichten sein.«

»Wem hat er denn davon erzählt? Vielleicht können wir ja noch das Schlimmste verhindern.«

Hain schüttelte den Kopf. »Vergiss es. Ich habe ihn gefragt, aber er wollte sich dazu, bis auf die generelle Information, nichts weiter aus der Nase ziehen lassen. Der Typ ist, das müssen wir neidlos anerkennen, nicht schlecht in dem, was er tut.

»Glaubst du diesem Skruppek?«

»Ach was. Der Typ wusste vermutlich vorgestern noch gar nichts von seinem Glück als Mörder.«

»Warum macht er es dann? Nimmt die Schuld für einen Mord auf sich, den er gar nicht begangen hat?«

»Das wüsste ich auch gern, Pia, aber bisher ist mir dazu nichts wirklich Erhellendes eingefallen. Vielleicht ist er ein Idealist, was weiß ich?«

»Die Sache mit seiner Frau fand ich gut. Da ist er richtig aus der Haut gefahren. Möglicherweise ist das eine Schiene, auf der du ihn weiter unter Druck setzen solltest.«

»Ich befürchte«, gab Hain zu bedenken, »dass der Herr Anwalt ihn dann wirklich zum Schweigen verdonnern wird. Und ohne das Plazet dieses zwar in seiner Materie guten, aber zugleich auch höchst unsympathischen Menschen scheint mir hier absolut nichts zu gehen.«

»Du meinst aber damit nicht, dass der Anwalt die genauen Hintergründe im Fall Andermatt kennt?«

»Der weiß alles, darauf verwette ich meinen runzligen Allerwertesten.«

»Dann gehst du jetzt wieder rein und machst den beiden noch ein bisschen Feuer unter ihren Hintern, und ich telefoniere mit dem Mitarbeiter des Auswärtigen Amts. Einverstanden?«

»Genau so machen wir es.«

»Radszun«, meldete sich eine markante Männerstimme, nachdem Pia die Nummer in ihr Telefon eingegeben hatte.

Die Oberkommissarin stellte sich vor und verwies auf ihr Gespräch mit Frau Dr. Held. »In diesem Zusammenhang würden mich die näheren Umstände zum Tod von Herrn Dr. Held interessieren.«

Es gab eine kurze Pause, während Pia im Hintergrund das Rascheln von Papier hörte.

»Da muss ich mich erst noch mal genauer mit der Sachlage auseinandersetzen.«

Wieder eine Pause und das Geklapper einer Tastatur.

»Nehmen Sie es mir bitte nicht übel, Frau Ritter, aber bei uns geht es heute drunter und drüber. Der Außenminister war auf Kurzbesuch in Brasilien und wollte eigentlich am Vormittag den Rückflug antreten, aber leider streikt mal wieder sein Regierungsflieger. Und wir hier in der Abteilung sind sehr stark in die Rettungsmission eingebunden.«

»Das macht nichts, es kann ruhig einen Augenblick dauern.«

Aus dem Augenblick wurde eine knappe Minute.

»Also, jetzt habe ich mir einen Überblick verschafft. Es war wohl so, dass dieser Dr. Held in eine bewaffnete Auseinandersetzung zweier rivalisierender Banden verwickelt wurde.«

Wieder das Rascheln von Papier.

»Wenn man in Brasilien von *bewaffnet* spricht, dann meint man in der Regel beängstigend große Kaliber. Und speziell in der Region São Paulo, wo sich die Sache zugetragen hat, sind die Kaliber noch eine Nummer größer, und die Methoden äußerst brutal. São Paulo ist ein Moloch, das können wir uns hier in Deutschland gar nicht vorstellen.«

Tastaturklappern.

»Ich sehe gerade, dass Herr Dr. Held gerade erst in Brasilien angekommen war. Es ist leider oftmals so, dass Manager, und darum handelt es sich in seinem Fall, schon in den ersten Stunden oder Tagen nach ihrem Eintreffen in Schwierigkeiten geraten, weil sie mit den Bedingungen vor Ort nicht vertraut sind. Scheint, als sei ihm genau das widerfahren.«

»Wissen Sie etwas über die möglichen Täter?«

Herr Radszun lachte laut auf. »Entschuldigung, dass ich lache, aber dort drüben gehen die Uhren einfach anders als bei uns. Dort wird in den seltensten Fällen ein Täter ermittelt, weil erstens die Polizei über alle Maßen korrupt ist und sich lieber schmieren lässt, als einen Mörder vor Gericht zu bringen, und zweitens die Polizei, wenn sie wirklich ermittelt, völlig unzureichend ausgerüstet ist. Das gilt sowohl für die personelle wie auch die sachliche Seite. An Ihrer Stelle würde ich also nicht allzu viel Hoffnung auf die Ergreifung der Täter setzen. Oder besser ausgedrückt: Vergessen Sie es einfach. Dieses Tötungsdelikt wird wie Hunderttausende vorher auch nicht geklärt werden.«

»Ihre Offenheit ehrt Sie, Herr Radszun«, meinte Pia voller ernsthafter Bewunderung, »hilft mir allerdings in keiner Weise weiter.«

»War Herr Dr. Held in Deutschland auffällig? Soweit ich es beurteilen kann, wurde nicht nach ihm gefahndet.«

»Nein, gefahndet wurde nicht nach ihm. Wir hätten ihn trotzdem gern in einer Strafsache vernommen, die wir hier in Kassel bearbeiten.«

»Das hat sich ja nun endgültig erledigt, so leid mir das für Sie tut.«

»Danke. Ich hatte seiner Mutter, mit der wir in Kontakt stehen, versprochen, mich noch einmal bei ihr zu melden, wenn ich mit Ihnen gesprochen habe. Dabei geht es um die genauen Umstände von Dr. Helds Tod.«

Radszun brauchte einen Moment, bevor er antwortete. »Das hatte ich ihr zwar alles schon erklärt, aber ihr Sohn wurde offenbar von mehreren Kugeln getroffen. Zwar deuten seine vielfältigen, teilweise bereits ärztlich versorgten weiteren Verletzungen auf eine wie auch immer geartete Folter hin, die im Vorfeld stattgefunden haben könnte, aber das lässt sich von hier aus leider nicht belegen.«

»Folter? Das klingt ja richtig abenteuerlich.«

»Brasilien ist ein abenteuerliches Land, und São Paulo ist das personifizierte Abenteuer, glauben Sie mir. Also, falls die Gegend irgendwann mal auf Ihrer Urlaubsliste stehen sollte, rufen Sie mich vorher noch mal an, dass ich es Ihnen ausreden kann.«

Nun musste Pia lachen. »Vielen Dank, Sie haben mir sehr geholfen.«

Radszun lachte ebenfalls. »Das glaube ich zwar nicht, aber es ist nicht die erste süße Lüge, die mir eine Frau auftischt.«

»Dann auf Wiederhören.«

»Ja, bis irgendwann vielleicht.«

Nachdem die Kommissarin aufgelegt hatte, dachte sie kurz darüber nach, wie dieser Herr Radszun vom Auswärtigen Amt wohl aussehen mochte. Ob er eher ein übergewichtiger Büroheini mit Halbglatze oder doch ein durchtrainierter Athletentyp mit sehnigen Beinen und bronzefarbener Haut war. Irgendwann versickerten diese Gedanken jedoch, und sie fand zurück zu seinen Worten.

Erschossen. Möglicherweise vorher gefoltert.

Das alles konnte Zufall sein, doch als Polizistin, speziell als Kommissarin bei der Mordkommission, glaubte sie nicht wirklich an solch merkwürdige Zufälle.

∗

»Wenn Sie wirklich bei dieser Aussage bleiben wollen, Herr Skruppek«, fasste Thilo Hain eine Stunde später die Vernehmung des Ingenieurs zusammen, »muss ich Sie jetzt festnehmen und dafür sorgen, dass Sie morgen früh dem Haftrichter vorgeführt werden.« Der Blick des Kommissars blieb an der Reisetasche hängen, die noch immer neben dem vermeintlichen Mörder stand. »Wie ich sehe, hat Ihr Rechtsbeistand Sie schon mit allen Informationen versorgt, die für den weiteren Ablauf von Bedeutung sind. Die Nacht werden Sie in einer unserer Zellen hier im Präsidium verbringen, und morgen dürfte dann, falls nichts Unvorhergesehenes geschieht, Ihre Verlegung ins Untersuchungsgefängnis nach Wehlheiden anstehen.«

»Ich weiß, wie es weitergeht, vielen Dank.«

Dr. Wiegand legte ein weiteres Mal seine Hand auf Skruppeks Unterarm. »Wir haben es ja besprochen. Wenn Sie etwas brauchen, lassen Sie es mich bitte sofort wissen.«

»Ich muss auf jeden Fall meine Medikamente mit in die Zelle nehmen dürfen. Das muss sichergestellt sein.«

»Um was für Medikamente handelt es sich?«, fragte Pia.

Wolfgang Skruppek suchte erneut den Augenkontakt mit seinem Rechtsanwalt. Sein Blick wurde dabei unsicher.

»Hauptsächlich Schmerzmittel«, beantwortete Wiegand die Frage der Kommissarin. »Mein Mandant leidet unter einer fortgeschrittenen Wirbelsäulenkrankheit und ist auf seine Schmerzmittel angewiesen. Ich vermute jedoch, dass es hierbei nicht zu Problemen kommen wird.«

»Aber Sie wissen schon, dass wir Ihren Mandanten einer Leibesvisitation unterziehen müssen, bevor er in die Zelle verbracht werden kann? Und dass er auf keinen Fall einen Schwung Schmerzmittel mitbekommt, wie er sich das wohl denkt.«

»Aber ich brauche diese Medikamente!«, rief Skruppek empört. »Ich habe sie verschrieben bekommen und kann auf keinen Fall darauf verzichten.«

»Sie werden«, versuchte Pia ein wenig mäßigend auf ihn einzuwirken, »alles bekommen, was wichtig ist für Sie. Aber wir müssen Sie auch um Verständnis dafür bitten, dass wir Ihnen nicht ein solches Arsenal mit in die Zelle geben können, mit dem Sie sich am Ende das Leben nehmen könnten. Das geht einfach nicht.« Sie bedachte den mutmaßlichen

Mörder von Benjamin Andermatt mit einem freundlichen Blick. »Es wäre natürlich auch möglich, Sie noch einem Arzt vorzustellen. Möchten Sie diese Möglichkeit wahrnehmen?«

»Nein, danke. Herr Dr. Wiegand hat mich auf alle Eventualitäten vorbereitet, sodass ich darauf getrost verzichten kann.«

»Wie Sie möchten.«

Etwa 40 Minuten später war der Arrestant an die zuständige Abteilung überstellt und sein Rechtsanwalt hatte das Präsidium verlassen. Thilo und Pia saßen in ihrem Büro und hatten jeweils ein Glas Wasser vor sich stehen.

»Ich kapiere es einfach nicht, warum dieser arme Kerl sich für dieses Theater hergibt«, brummte Hain leise.

»Dann lass uns dafür sorgen, dass sie damit nicht durchkommen, Thilo. Wir müssen einfach Beweise für seine Unschuld finden, und schon ist die Kuh vom Eis.«

Der Hauptkommissar trank sein Glas in einem Zug aus.

»Wobei ich sagen muss, dass dieser Rechtsanwalt die Sache schon ziemlich gut ausgetüftelt hat. Giftbeschaffung, die Tatausführung, das Motiv; eigentlich hat er an alles gedacht.«

»Ja. Bleibt nur die Frage …« Pia brach ab, weil ihr Telefon sich meldete. »Ja, Ritter«, nahm sie den Anruf entgegen und lauschte ein paar Augenblicke. »Wo genau ist das?«

Pia schrieb etwas auf einen Zettel. »Verstanden. Wir sind unterwegs. Das ist das Schöne an unserem Job«, meinte sie, während das Telefon zurück in die Hosentasche wanderte und sie schon auf dem Weg zur Tür war. »Einmal sitzt man sich den Hintern im Büro platt, und bei der nächstbesten Verkehrskontrolle fallen zwei Strolche auf, die vielleicht schon mal auf uns geschossen haben könnten.«

»Echt?«, sprang auch Hain aus seinem Stuhl. »Sie haben diese beiden Dreckskerle erwischt?«

»So sieht es aus, ja.«

25

Harald Eschbach hatte das Gefühl, als wäre eine Dampflok über ihn drübergefahren. Unter größten Mühen gelang es ihm, sein linkes Auge zu öffnen, erkennen konnte er jedoch nichts, weil sich über den Augen etwas befand, das ihn daran hinderte. Unter ihm holperte und rüttelte es, doch auch damit konnte er nichts anfangen.

Was ist passiert?, fragte der Betriebsrat sich. Für einen Moment hatte er den Eindruck, sich in einem Traum zu befinden, aber dazu war die Szenerie zu realistisch. *Diese beiden Typen! Stimmt, die hatten einen Taser in der Hand. Mit dem haben sie mich ausgeknockt.*

Er wollte seine Arme bewegen, doch auch das war ihm unmöglich. Panik stieg in ihm hoch.

Ganz ruhig, Harald.

Ein heftiges Zerren an den Fesseln, doch sie gaben nicht nach.

Stimmt, diese Dreckskerle wollten mehr Geld von mir. Und als ich ihnen das verweigert habe, sind sie mit dem Taser auf mich los.

Der Vorsitzende des Betriebsrats im VW-Werk Kassel führte eine Art Bestandsaufnahme durch. Seine Hände waren hinter dem Rücken gefesselt, seine Augen mit einer Binde oder etwas Ähnlichem verschlossen, und seine Beine ließen sich nur anziehen und wieder ausstrecken. Offenbar waren auch seine Füße zusammengebunden.

Diese verdammten Schwanzlutscher, dachte er vor Wut bebend. *Die werden mich kennenlernen!*

In diesem Augenblick wurde sein gesamter Körper einer starken Fliehkraft ausgesetzt und gleich wieder in die Ursprungsposition zurückgeschleudert.

Ich bin in einem Auto. Wahrscheinlich in diesem Renault Lieferwagen, mit dem sie zum Treffpunkt gekommen sind.

Schlagartig wurde Eschbach klar, dass sein fast fabrikneuer SUV wahrscheinlich noch an der gleichen Stelle stand, an der er auf die beiden Männer gewartet hatte.

Mein Auto! Wenn da auch nur der kleinste Kratzer dran kommt, reiß ich euch den Arsch auf bis zur Halskrause.

Wieder wurde sein Körper unsanft hin und her gerüttelt. Und in dieser Sekunde wurde ihm klar, dass er nicht in der Position war, irgendwelche Bedingungen zu stellen oder vielleicht sogar jemandem den Arsch aufreißen zu können. Harald Eschbach bekam es so heftig mit der Angst zu tun, dass er am gesamten Körper zitterte.

Verdammt. Das ist …

Er verwarf den Gedanken an seine beängstigende Situation, weil der Lieferwagen spürbar langsamer wurde. Das Gepolter nahm ab, und schließlich stoppte das Fahrzeug.

Gemurmel.

Er spitzte die Ohren, um irgendetwas von der offenbar stattfindenden Unterhaltung mitzubekommen, doch das klappte nicht. Also fing er, so laut es ihm möglich war, zu brüllen an. Die meisten Laute kamen zwar aus seiner Nase, doch das war ihm in diesem Augenblick völlig egal. Er schrie, brüllte und irgendwann begann er auch, mit seinen zusammengebundenen Füßen gegen alles zu treten, was er erreichen konnte. Das war zunächst nicht wirklich viel, doch irgendwann hatte er sich in eine Position gerückt, durch die er bei jeder Bewegung laute Klopfgeräusche auslöste. Durch seine Anstrengungen wackelte der Renault richtiggehend.

Das Zuschlagen einer Tür.

Für ein paar Sekunden hielt er inne, um vielleicht doch etwas von dem diffusen Gespräch draußen verstehen zu können. Dann fiel der erste Schuss.

Scheiße, was passiert hier?

Nun heulte der Motor des Lieferwagens auf, und der Körper des Betriebsrats wurde mit dem Rücken voran an die hintere Wand der kleinen Kabine geschleudert. Eschbach schrie auf, weil er sich bei dem Anprall wohl den linken Arm gebrochen hatte. Das knackende Geräusch und der augenblicklich einsetzende Schmerz ließen nichts Gutes annehmen.

Zwei Schüsse, diesmal von hinter dem Wagen.

Der gefesselte Mann spürte erneut einen Schmerz, diesmal aus dem Bereich der linken Brust.

Verdammt, da sind garantiert ein paar Rippen mit zu Bruch gegangen!

Unter Aufbietung all seiner verbliebenen Kräfte wälzte er sich auf den Bauch, blieb jedoch nicht lange in dieser Lage, denn nun begann der Lieferwagen heftig um seine Längsachse zu rollen. Das Schleudern verstärkte sich innerhalb von Sekundenbruchteilen und endete in einem mehrfachen Überschlag. Kurz darauf blieb der vermutlich schwer beschädigte Renault auf der Seite liegen.

Stille.

Laute Schreie von hinten.

Eschbach bekam zunehmend Schwierigkeiten beim Atmen.

Hoffentlich nicht auch noch eine gebrochene Rippe, die den Weg in die Lunge gefunden hat.

Wieder mehrere Schüsse. Und Blutgeschmack im Mund. *Verdammt, steckt vermutlich doch eine Rippe in der Lunge. Na ja, wird schon wieder. Erst mal hier rauskommen.* Zwei dumpfe Schussgeräusche direkt neben dem Wagen folgten. Und vier oder fünf von weiter weg. Der gellende, klagende Schrei, der sich direkt an den letzten Knall anschloss, ließ Harald Eschbachs Pulsschlag für einen Moment aussetzen.

Das Geräusch eines zu Boden fallenden Menschen.

Weitere Schüsse, wieder von hinten. Und die Reaktion darauf von der diametral entgegengesetzten Seite, also weit vor dem Kastenwagen.

Die Schreie mehrerer Menschen. Warnend.

Scheiße, meine Brust schmerzt. Ich kriege kaum noch Luft. Was geht denn da draußen vor sich?

Er atmete immer flacher. Es fand kaum noch Sauerstoff den Weg in seine Lungen. Der Versuch, durch Rufen oder Schreien auf sich aufmerksam zu machen, wurde durch Kraftlosigkeit vereitelt. Selbst wenn der Betriebsrat nicht gefesselt gewesen wäre, hätte er keine Bewegung mehr ausführen können. Dann tanzten die ersten Sterne vor seinen verbundenen Augen herum.

Jetzt Stimmen, laute Stimmen. Dann wurde die Tür des Lieferwagens aufgerissen.

Harald Eschbach wusste, dass sich nun alles zum Besseren wenden würde. Gut, er musste vielleicht erklären, wie er in diesen Lieferwagen gekommen war, aber da stand ja nun sein Wort gegen das der beiden Männer, die ihm das angetan hatten.

Ich bin ein angesehenes Mitglied der Gesellschaft, wohingegen die beiden gemeine Kriminelle aus Osteuropa sind. Das wird schon.

»Wir brauchen einen Arzt, schnell. Hier liegt einer mit einer Schussverletzung. Fast kein Puls mehr tastbar.«

Noch einer hier im Auto?, dachte Eschbach. *Ist mir gar nicht aufgefallen.*

Jetzt wurde ihm vorsichtig die Augenbinde abgenommen. Dann löste jemand, noch vorsichtiger, das Klebeband von seinem Mund ab.

Das Gesicht eines Mannes mit einer Mütze auf dem Kopf tauchte auf. Und das einer Frau.

Helfen Sie mir, wollte der Betriebsrat sagen, doch es kam kein Laut aus seinem Mund. Stattdessen spuckte er einen Schwall Blut aus.

»Schnell, der bleibt uns weg.«

Die meinen wohl mich. Aber so schlimm kann doch eine gebrochene Rippe nicht sein, auch wenn sie in die Lunge eingedrungen ist.

In diesem Moment wurde Harald Eschbach klar, dass er der Mann mit der Schussverletzung war. Dass er der Mann war, der drohte wegzubleiben. Und er nahm wahr, dass die letzten Kräfte seines nun stark zitternden Körpers vermutlich aufgebraucht waren. Er zuckte ein paarmal, öffnete und schloss ein letztes Mal die Augen, öffnete sie wieder und dachte über ein Gebet nach. Danach war endgültig Schluss.

26

»Dieser Kerl, den wir gefesselt und mit einer Kugel in der Brust hinten im Wagen gefunden haben, liegt drüben im Notarztwagen. Sieht aber nicht gut aus für ihn.«

Der uniformierte Kollege, der Hain und Ritter über die Einzelheiten der Schießerei informierte, zuckte mit den Schultern.

»Wie es aussieht, hat ihn eine von unseren Kugeln getroffen. Aber wer kann denn schon ahnen, dass da im Laderaum ein gefesselter Mann liegt.«

»Das passt schon«, gab Pia zurück. »Wir hätten auch zurückgeschossen.«

»Und das Ganze«, hakte Hain nach, »fing als banale Verkehrskontrolle an?«

Der Kollege schüttelte den Kopf. »Nein. Wir haben letzte Woche ein neues Gerät zur Überwachung des rollenden Verkehrs in Betrieb genommen. Ein völlig neuartiges Laserteil, wirklich klasse, das Ding. Hier wollten wir es zum zweiten Mal einsetzen, zum ersten Mal allerdings mit Sofortkasse.« Er wies auf eine Erhöhung in etwa einem Kilometer Entfernung. »Das hier ist erstens ein Unfallschwerpunkt, und zweitens wie gemacht für diese Art der Kontrolle. Wir haben genug Zeit, um die betroffenen Fahrzeuge abzubremsen und anzuhalten, und genug Platz, um auch mehrere Kandidaten zwischenzuparken. Der Lieferwagen der beiden hatte, wenn ich den Kollegen richtig verstanden habe, knapp 40 Stundenkilometer zu viel auf dem Tacho, also schon eine größere Sache. Ich habe ihn deshalb rausgewunken und ihm eine Parkposition zugewiesen. Das hat so weit auch geklappt, allerdings nur, bis die beiden sich überlegt haben, die Biege zu machen und dabei auch noch auf uns zu schießen.«

»Die haben sofort zu ballern begonnen?«

»Nein, das nicht. Ich war an der Seite und habe den Fahrer um die Papiere gebeten, als mir komische Geräusche aus dem Laderaum aufgefallen sind. Es klang, als würde jemand mit einem Stück Holz gegen die Innenverkleidung schlagen. Die beiden vorne haben mich nur angegrinst und gemeint, das habe schon alles seine Ordnung. Dann ist der Beifahrer ausgestiegen, was mir nicht gefallen hat, also habe ich ihn aufgefordert, sich wieder ins Fahrzeug zu begeben. Das hat er zwar gemacht, aber kurz darauf seine Knarre gezogen und auf mich geschossen.«

»Er hat auf diese kurze Distanz danebengeschossen?«, fragte Pia ungläubig nach. »Du solltest ab heute zweimal im Jahr Geburtstag feiern, Kollege.«

»Na, ganz so war es dann auch nicht. Ich war schon ein bisschen angespannt, weil die beiden auf mich einen nicht wirklich guten Eindruck gemacht haben, und als der Beifahrer sich dann unter die Achsel gefasst hat, bin ich sofort abgetaucht. Der Schuss ging am Fahrer vorbei durch die offene Scheibe und ist vermutlich irgendwo drüben im Wald eingeschlagen.« Sein linker Arm wies in Richtung des Waldstücks.

»Wie ging es weiter?«, wollte Pia wissen.

»Der Fahrer hat Gas gegeben und ist mit allem, was aus dem Motor rauskam, auf die Kollegen da vorn zugefahren, die am Kassieren waren. Ich habe sofort das Feuer auf das Fahrzeug eröffnet und, wenn ich mich richtig erinnere, zweimal geschossen. Eines der Projektile dürfte entweder den Fahrer oder einen Reifen getroffen haben, denn der Wagen fing direkt im Anschluss an zu schleudern und kam nach ein paar Überschlägen auf der Seite zum Liegen.«

»Den Fahrer habt ihr?«

»Ja, aber er ist tot. Er ist, als der Lieferwagen auf der Seite lag, aus dem Führerhaus gekrabbelt und hat sofort wieder angefangen, auf uns zu schießen. Leider hat er dabei einen Kollegen erwischt, der aber nicht in Lebensgefahr schwebt und schon auf dem Weg ins Krankenhaus ist. Dann wurde er selbst mehrmals getroffen.«

»Und der andere? Sein Kumpel?«

»Der hat sich vor dem Renault davongeschlichen und es unbemerkt bis zur Schlange der wartenden Temposünder geschafft. Dort ging dann alles ganz schnell. Er hat einer Frau in einem Golf seine Kanone an den Kopf gehalten und sie gezwungen, mit ihm auf dem Beifahrersitz wegzufahren.«

»Ist jemand von uns an ihnen dran?«

Der Uniformierte schüttelte den Kopf. »Das ging alles höllisch schnell, wir konnten in dem ganzen Durcheinander nicht schnell genug reagieren. Außerdem wollten wir auf keinen Fall das Leben der Geisel durch eine unbedachte Aktion aufs Spiel setzen.«

»Gut gemacht«, lobte Hain den Kollegen. »Ist ein Hubschrauber angefordert?«

»Sollte auf dem Weg sein.«

»Alle anderen Fahndungsmaßnahmen sind eingeleitet?«

»Der ganz große Bahnhof. Aber immer mit Blick auf die Geisel.«

»Perfekt. Sonst noch was?«

»Nein, so weit war es das.«

»Mit welchem Kaliber haben die denn geschossen?«, fragte Pia. »Habt ihr dazu schon was?«

»Große Kanonen, das kann ich auf jeden Fall sagen. Neben dem Toten haben wir einen Smith-&-Wesson-Revolver gefunden, aber ich bin kein Experte auf dem Gebiet, deshalb sage ich nicht mehr dazu. Was ich aber sagen kann, ist, dass schon die Schussgeräusche der Dinger beängstigend waren. Und die Löcher, die sie gerissen haben, zum Beispiel in unseren Einsatzfahrzeugen, sind riesig. So was kannte ich bisher echt nur aus Actionfilmen.«

»Ja«, stimmte Pia ihm leise zu. »Seien wir froh, dass es sich dabei hoffentlich um Einzelfälle handelt, und dass es auch dabei bleibt.«

»Ja, wäre mir nicht ganz unrecht.«

»Du hast ja, Kollege«, wollte Hain jetzt wissen, »jeden der beiden gesehen, oder?«

Der Streifenpolizist nickte. »Den Fahrer ganz gut, als er aus dem Wagen gekommen ist, um auf uns zu schießen, und den Beifahrer, als er während der Überprüfung auf mich zukommen wollte.«

»Ich liege bestimmt nicht komplett falsch«, hakte der Hauptkommissar nach, »wenn ich davon ausgehe, dass der eine ein ziemlich großer und der andere ein ziemlich kleiner Kerl gewesen ist?«

»Ganz genau. Der Fahrer ist ein richtiger Riese gewesen, während der andere, der den Golf gekapert hat, echt klein ist.«

Hain und Ritter tauschten einen kurzen Blick aus.

»Dann wissen wir aller Wahrscheinlichkeit nach, wie sich das Geballer der beiden angehört hat.«

»Das haben wir uns gedacht. Aber leider ein paar Minuten zu spät, um genau zu sein. Wir haben sie in einem Pkw vermutet, so stand es zumindest in der Fahndung.«

»Kein Problem«, sagte Hain. »Niemand macht irgendjemand einen Vorwurf.« Dann wies er auf den in etwa 40 Metern Entfernung stehenden Rettungswagen. »Habt ihr schon irgendetwas über den, der da drin liegt? Ein Kumpel der beiden dürfte er ja nicht gewesen sein, oder? Zumindest fesseln mich meine Buddys nicht, wenn sie mich auf eine Spritztour in ihrem Lieferwagen einladen.«

»Nein, über den wissen wir leider noch gar nichts. Der wurde, so gut es ging, von seinen Fesseln befreit, und danach auf Anweisung des Notarztes sofort in den Rettungswagen verfrachtet.«

»Gesagt hat er dann ja wohl auch nichts, wenn es ihm so beschissen geht?«, mutmaßte Pia Ritter.

»Nein, der hat nur Blut gespuckt. Richtig viel.«

»Wir gehen am besten mal rüber«, meinte Hain zu seiner Kollegin. »Und dir vielen Dank für deine Hilfe«, setzte er mit Blick auf den Uniformierten hinzu.

»Das waren unsere beiden Kandidaten«, war sich Pia Ritter sicher, während sie neben ihrem Kollegen auf den Rettungswagen zuging. »Und ich hoffe mal inständig, dass der armen Frau in ihrem Golf nichts passiert.«

Der Hauptkommissar nickte. »Das hoffen wir wohl alle.«

Vor der Motorhaube des Notarztwagens stand ein Rettungssanitäter mit einer Zigarette in der Hand. Beim Anblick der beiden auf ihn zukommenden Polizisten zog er ein letztes Mal daran, ließ den Stummel auf den Boden fallen und trat ihn aus. »Hallo, Pia«, begrüßte er die Kommissarin und reichte im Anschluss auch Hain die Hand.

»Hallo Marc«, erwiderte Pia Ritter freundlich. »Lange nicht gesehen.«

»Ihr kennt euch?«

»Schon seit einer halben Ewigkeit«, bestätigte Pia. »Als Streifenpolizistin auf der einen und als Rettungssanitäter auf der anderen Seite läuft man sich öfter über den Weg, als man es gemeinhin vermutet.« Sie wandte sich dem Mann vor dem Wagen zu. »Wisst ihr schon, mit wem ihr es zu tun habt?«

Er nickte, ging auf die Beifahrertür zu und kramte nach einer kleinen Plastiktüte. Darin befand sich eine Brieftasche, die er der Polizistin reichte.

»Hier ist alles drin, was ihr braucht.«

»Und wie sieht es bei ihm aus? Kommt er durch?«

Der Mann vom Rettungsdienst zog die Stirn hoch. »Beim besten Willen nicht. Er ist eigentlich schon längst hinüber, aber unser Herrgott in Weiß will ihn sich einfach nicht in die ewigen Jagdgründe verabschieden lassen. Ich glaube, er hat ihn schon viermal reanimiert, aber der arme Kerl kann wohl definitiv nicht mehr.«

Ein Kopfschütteln.

»Eigentlich ist es immer die gleiche Scheiße, aber was soll ich machen?«

Hain hatte, während der Mann sprach, den Kunststoffbeutel geöffnet und hielt nun den Personalausweis des Opfers in der Rechten. »Harald Eschbach. Sein Name ist Harald Eschbach.«

»Den habe ich irgendwo schon mal gehört«, fiel Pia dazu ein.

»Das mag wohl sein«, bestätigte Marc, der Rettungssanitäter. »Ist irgendein hohes Tier im Betriebsrat von VW in Baunatal.«

»Echt? Woher weißt du das so genau?«, hakte Pia skeptisch nach. Der böse Blick von Marc, dem sie sich dadurch aussetzte, war an Deutlichkeit nicht zu überbieten.

»Der größte Teil meiner nicht immer einfachen Sippe schafft seit Menschengedenken bei VW, deshalb weiß ich das. Ich weiß es, weil es auf jeder bekackten Familienfeier um nichts anderes geht als um diesen elenden Betrügerverein. Jeder meiner dort arbeitenden Verwandtschaft ist organisiert, und deshalb weiß ich nun mal, dass die arme Wurst da drin ein hohes Tier im Betriebsrat ist.« Ein weiterer böser Blick folgte. »Reicht das als Begründung für mein erstaunliches Wissen, Frau Kommissarin?«

»Ja, reicht.«

Hain, der noch immer Harald Eschbachs Ausweis in der Hand hielt, war dem Dialog der beiden aufmerksam gefolgt. »Das bedeutet«, bemerkte er emotionslos, als sich seine Verwunderung etwas gelegt hatte, »dass wir drauf und dran sind, den nächsten VW-Mitarbeiter zu verlieren. Der Schwund bei denen scheint wirklich Methode zu haben.«

»Wie meinst du …?«, wollte Marc fragen, brach jedoch ab, weil die rechte hintere Tür des Notarztwagens geöffnet wurde und der in Weiß gekleidete Mediziner langsam ausstieg.

»Ich habe jedes Wort von dir gehört, Marc«, erklärte er dem Sanitäter. »Und glaub bloß nicht, dass wir darüber nicht noch ein paar Worte verlieren werden.«

»Von mir aus«, blaffte der Getadelte zurück. »Weiß doch jeder, dass es mit Ihnen immer so läuft.« Damit wandte er sich ab und ging einfach davon.

»Hier muss noch sauber gemacht werden!«, rief der Arzt ihm erregt nach, erreichte damit jedoch nicht das Geringste.

»Ist nicht immer leicht, so zusammen auf dem NAW«, versuchte Pia ein wenig zu vermitteln.

»Eigentlich schon, wenn sich jeder an seine Rolle und die dazugehörigen Regeln hält.« Der Notfallmediziner streckte den Arm nach vorn. »Weber«, sagte er und nickte dabei den beiden Polizisten zu.

»Für Herrn Eschbach kam, wenn ich es richtig sehe, dann doch jede Hilfe zu spät?«, wollte Hain vorsichtig wissen.

»In letzter Konsequenz schon, ja. Leider. Ich war davon

überzeugt, ihn retten zu können, auch weil mir seine Gesamtkonstitution sehr robust erschien, aber es hat leider nicht gereicht.«

»Er hatte eine Schussverletzung?«

»Ja. Die Kugel hat die Lunge durchschlagen und ist im Rücken wieder ausgetreten.« Dr. Weber atmete schwer ein und wieder aus. »So etwas hatte ich bisher noch nicht gesehen. Der Austrittskanal im Rücken war um vieles größer als der Eintrittskanal. Wirklich bemerkenswert.«

»Das hängt mit der verwendeten Munition zusammen«, erklärte Pia ihm. »Es gibt da wirklich ganz böses Zeug, das genau solche Verletzungen hervorrufen kann.«

»Aha«, sinnierte der Arzt. »Vermutlich hat das Herz des Mannes auch etwas abbekommen«, fuhr er fort. »Vielleicht eine ganz kleine Verletzung am unteren Ende. Aber das wird die Obduktion klären.«

»Davon gehen wir aus. Sie hätten bestimmt nicht mehr für ihn tun können.«

»Nein«, bestätigte Dr. Weber traurig, »ich hätte definitiv nicht mehr für ihn tun können.«

»Hat er noch einmal das Bewusstsein erlangt?«, wollte der Hauptkommissar wissen.

»Nein«, antwortete der Mediziner. »Das wäre auch sehr unwahrscheinlich gewesen.«

»Als Notarzt hast du auch kein leichtes Leben, oder?«, fasste Pia Ritter die vergangenen 15 Minuten zusammen, während sie sich in den Mazda fallen ließ.

»Wo hast du schon ein wirklich leichtes Leben?«, fragte Hain zurück.

»Keine Ahnung. Und im Moment fühle ich mich auch nicht zu einer philosophischen Betrachtung bezüglich eines leichten Lebens hingezogen.«

»He, he, wer hat denn damit angefangen?«

»Eins zu null für dich.«

»Schön. Trotzdem müssen wir zu Eschbach fahren und die Todesnachricht überbringen.«

»Ja.«

Hain sah auf dem Ausweis nach der Adresse.

»In Baunatal.«

»Dann los.«

Das Haus, in dem Harald Eschbach gewohnt hatte, lag in einer ruhigen Seitenstraße der VW-Stadt hinter einer dichten Reihe Koniferen. Hier war alles sehr gepflegt und man hatte den Eindruck, in einer guten Wohngegend gelandet zu sein. Sowohl Hain als auch Ritter fühlten sich nicht besonders wohl, als sie den Mazda verließen und auf das überaus großzügige Grundstück zugingen.

»Ja, bitte?«, wollte die etwas mollige, grauhaarige Frau wissen, nachdem sie die schwere Eingangstür geöffnet hatte. Direkt, nachdem sie dort erschienen war, stritten sich ein Dackel und ein etwa vierjähriges Kind um ihre Beine.

»Schluss jetzt da unten«, rief sie lachend, »und raus mit euch in den Garten. Los, Sören, und nimm Benny gleich mit.«

Der Junge blickte nach oben, musterte das vor der Tür stehende Paar ein wenig ängstlich, sprang auf, griff nach dem Halsband des Hundes und riss ihn hinter sich her.

»Sie müssen entschuldigen«, meinte die Frau in der Tür mit Schweißperlen auf der Stirn, »aber hier geht es heute zu wie in einem Taubenschlag. Bitte, was möchten Sie uns denn verkaufen? Oder haben Sie etwas zu verschenken?«

»Sind Sie Frau Eschbach? Die Frau von Harald Eschbach?«

Die entspannte Stimmung verschwand schlagartig aus dem Gesicht der Frau.

»Ja, ich bin Gundula Eschbach. Warum wollen Sie das wissen?«

Hain und Ritter stellten sich gegenseitig vor und hielten dabei ihre Ausweise in die Höhe.

»Polizei? Ist etwas passiert? Mit Harald?«

Pia und Thilo sahen sich kurz an. »Wir müssen Ihnen leider die traurige Nachricht überbringen, dass Ihr Mann verstorben ist, Frau Eschbach.«

Aus dem Gesicht der eben noch lachenden Frau verschwand innerhalb von Sekundenbruchteilen jegliche Farbe. Sie hob beide Hände vor den Mund und schluckte. »Harald ... gestorben? Aber das kann doch gar nicht sein, das muss sich um einen Irrtum handeln. Mein Mann war vor drei Stunden noch hier und hat mit dem Kleinen im Garten herumgetollt. Er kann unmöglich gestorben sein.« Sie fing an zu weinen.

»Können wir hereinkommen, Frau Eschbach?«, wollte Hain so mitfühlend wie möglich wissen.

Es schien, als würde sie ihn gar nicht hören. Über ihre Wangen liefen dicke Tränen, und die Beine zitterten deutlich sichtbar. Pia griff nach ihrem rechten Arm und geleitete sie ins Innere des Hauses.

»Können Sie jemanden anrufen, der sich um den Jungen kümmert?«, fragte die Kommissarin, nachdem sie Frau Eschbach geholfen hatte, sich auf die Eckbank in der Wohnküche zu setzen.

»Meine Tochter müsste jeden Moment hier sein. Sie war bei einem Vorstellungsgespräch, deshalb ist Sören heute Nachmittag hier bei uns.«

Wie auf Bestellung rannte der Junge im gleichen Augenblick in die Küche, riss die Kühlschranktür auf und zerrte eine Mineralwasserflasche heraus. Ohne die Erwachsenen auch nur eines Blickes zu würdigen, verschwand er wieder.

»Komm, Benny, ich hab uns was zu trinken geholt«, rief er in den Garten.

Frau Eschbach hob den Kopf und sah zwischen den beiden Polizisten hin und her. »Was ist geschehen mit meinem Mann?«

»Möchten Sie vielleicht auch etwas trinken, Frau Eschbach?«, fragte Pia.

»Nein, ich möchte nichts, vielen Dank. Ich möchte, dass Sie mir erzählen, was mit meinem Mann passiert ist.«

»Soweit wir es bis jetzt sagen können, wurde Ihr Mann von einer Kugel getroffen. Die näheren Umstände sind zum jetzigen Zeitpunkt komplett unklar, aber wir können zumindest sagen, dass er an einer Schussverletzung gestorben ist.«

Wieder wanderte der Blick der Frau zwischen Hain und Ritter hin und her.

»Aber das kann doch gar nicht sein«, protestierte sie energisch. »Mein Mann hat mit Schusswaffen oder Schießereien nicht das Geringste zu tun. Ganz sicher nicht.«

»Er war, wie es sich bis jetzt darstellt, auch nur mittelbar an der Auseinandersetzung beteiligt, die zu seinem Tod geführt hat. Allerdings ...« Der Kommissar brach ab, weil von Richtung der Eingangstür Geräusche zu vernehmen waren. Dann die fröhliche Stimme einer Frau.

»Hallo, wo seid ihr denn alle? Im Garten, oder was?«

»Wir sind hier in der Küche, Babsi.«

»In der Küche? Du bist aber nicht schon wieder am Kochen, Mama? Ich habe dir doch gesagt, dass ich was zum Grillen mitbringe.«

Nun tauchte eine etwa 30-jährige, schwer beladene Frau im Türrahmen auf. Ihr fröhlicher Gesichtsausdruck wich sofort tiefer Besorgnis, als sie ihre Mutter mit den beiden Fremden vor sich stehend auf der Eckbank sitzen sah.

»Was ist denn hier los?«, wollte sie nachdrücklich wissen, während sie eine volle Papiertüte neben die Tür stellte und anschließend langsam einen Babytragekorb direkt daneben absetzte. »Ist etwas passiert? Ist was mit Papa?«

Ihre Mutter nickte und fing dabei an zu schluchzen. »Er ist tot.«

»Was? Papa ist tot?«

»Ja. Er wurde erschossen.«

»Seid ihr alle bekloppt, oder was? Papa wurde doch nicht erschossen.« Ihr strenger Blick traf zuerst Hain und dann Ritter. »Und wer sind Sie eigentlich?«

Die beiden stellten sich vor und zeigten auch ihr die Dienstausweise.

»Es ist wirklich wahr, Babsi«, schluchzte Frau Eschbach erneut. »Papa ist tot.«

»Aber warum denn erschossen? Das gibt es doch gar nicht!«

»So leid es uns tut, Frau …?«

»Rausch. Barbara Rausch.«

»Ja, Frau Rausch. So leid es uns tut, aber Ihr Vater wurde bei einer Auseinandersetzung mit Schusswaffengebrauch getötet.«

»Wie soll er denn da hineingeraten sein? Gab es einen Terroranschlag, oder was?«

»Nein. Es war offenbar eine Auseinandersetzung im kriminellen Milieu, aber Details dazu liegen uns bislang noch nicht vor. Wie Ihr Vater da hineingeraten ist und was er damit zu tun gehabt haben könnte, darüber können wir zum gegenwärtigen Zeitpunkt keine Angaben machen.«

»›Was er damit zu tun gehabt haben könnte‹? Was soll denn diese Anspielung? Mein Vater hat nichts und hatte nie etwas mit Menschen zu tun, die aufeinander schießen!«

»Barbara, bitte«, griff ihre Mutter mahnend ein. »Der

Kommissar hat es sicher nicht so gemeint. Wir wissen alle, dass Papa mit solchen Leuten nichts zu tun hat.«

Nun begannen auch bei der Tochter, die Tränen zu rollen. »Dann soll er es auch nicht so hinstellen.«

In diesem Augenblick schoss der Dackel in die Küche, gefolgt von Sören. »Ich hab dich gehört, Mama. Warum schimpfst du denn so laut?« Der kleine Junge sprang vom Boden ab und landete in den erst im letzten Moment ausgebreiteten Armen seiner Mutter. Nachdem er sich kurz an sie geschmiegt hatte, beugte er sich zurück und sah ihr ins Gesicht. »Du weinst ja, Mama. Warum weinst du denn?«

27

Carmen Spiller zitterte am ganzen Körper. Es gelang ihr nur mit allergrößter Mühe, ihren betagten VW Golf auf der Straße zu halten. »Wollen Sie nicht lieber selbst weiterfahren?«, fragte sie und blickte nach rechts. Neben ihr saß ein kleiner, nach Schweiß stinkender Mann, der sie seit mehr als einer halben Stunde mit einer riesigen Pistole bedrohte.

»Ruhe!«, brüllte er die in weißer Arbeitskleidung steckende Krankenschwester mit starkem osteuropäischem Akzent an. »Einfach fahren und nicht dabei reden.«

»Aber ich habe Ihnen doch gar nichts getan«, wimmerte die 39-jährige Frau. »Und mir ist so schlecht, dass ich Angst habe, mich zu übergeben.«

Eine Stunde zuvor war sie voller Freude und eigentlich tiefenentspannt zur Arbeit aufgebrochen. Ihre fast kindlichen Glücksgefühle hatten sich dabei nicht auf die bevorstehende Schicht bezogen, sondern auf die Erlebnisse der zurückliegenden Stunden.

Ich habe endlich wieder einen Kerl, hatte Carmen Spiller beim Einsteigen gedacht. *Ich habe endlich wieder einen Kerl und Sex und Zuversicht. Nein, ich habe nicht einfach nur Sex, ich habe endlich guten, richtig guten Sex!*

In den sechs Jahren zuvor war das definitiv nicht der Fall gewesen, weil Sex in ihrem Leben einfach nicht vorkam. Damals hatte sie sich von ihrem alkoholkranken Mann getrennt, nachdem der sie zum wiederholten Mal nach einer Therapie enttäuscht und wieder mit dem Trinken begonnen hatte. Und die gemeinsame Zeit mit ihm war komplett zu vernachlässigen gewesen, vor allem sexuell, zumindest für sie.

Lieber gar keinen Kerl als diesen, hatte sie sich gesagt, und war in einer Nacht-und-Nebel-Aktion mit den damals 13-jährigen Zwillingen aus dem Haus geflüchtet. Nun hatten die beiden seit mehr als einem Jahr ihr Abitur in der Tasche und studierten in Göttingen und Marburg.

Sie hatte es als alleinerziehende Mutter und ohne jegliche Unterstützung ihres nach der Trennung komplett abgestürzten Exmannes geschafft, ihnen diesen Weg zu eröffnen, was keinesfalls immer einfach gewesen war. Und dann lief ihr eines Tages Frank über den Weg. Frank Wittstock, 34 Jahre alt, Gärtner und ebenso geschieden wie sie.

Zunächst hatte sie sich gegen die Avancen des recht gut aussehenden, groß gewachsenen Mannes gesträubt.

Ich will nichts mit einem Kerl anfangen, der so viel jünger ist als ich, hatte sie sich immer wieder gesagt, doch das war nur die halbe Wahrheit gewesen. Viel bedeutsamer war für sie zunächst der Faktor, dass Frank Wittstock stotterte. Nicht wirklich schlimm, aber immer wieder deutlich wahrnehmbar. Und zu allem Überfluss redete er auch noch ganz unbefangen darüber. Ein Stotterer, der sich und seine vermeintliche Einschränkung weder versteckte noch zu überspielen versuchte, sondern einfach damit umzugehen verstand.

Irgendwann hatte er Carmen so weit, dass sie einem Abendessen zustimmte. In einem netten, nicht übertrieben teuren Restaurant mit guter Küche, genau wie sie es mochte. Und mit jedem doppelt oder dreifach vorgetragenen Konsonanten wurde Frank ihr sympathischer. Er war gebildet, konnte gemeinsam mit ihr schweigen und brachte sie praktisch mit dem Leuchten seiner Augen zum Lachen. An diesem Abend fuhr er sie nach Hause, verabschiedete sich mit einem Kuss auf die Wange von ihr und ließ sie aus seinem Wagen steigen, obwohl Carmen Spiller schon zu deutlich mehr bereit gewesen wäre.

Dieses ›deutlich mehr‹ hatte vor etwa einem Monat stattgefunden, und es war ein Naturereignis gewesen für die Krankenschwester, die in ihrem bisherigen Leben nur mit dem Vater ihrer Kinder geschlafen hatte, sah man einmal von zwei nicht wirklich erwähnenswerten Ereignissen irgendwann in der Pubertät ab. Frank wusste intuitiv, was ihr gefiel, und er machte Dinge mit ihr, von denen sie bisher höchstens einmal gehört hatte, wenn sie mit Freundinnen unterwegs gewesen war. Gegen das, was ihr neuer Freund mit ihr veranstaltete, war der Geschlechtsverkehr mit ihrem Exmann tatsächlich nur der sehr einseitige Austausch von Körperflüssigkeiten gewesen.

Auch an diesem Nachmittag hatten sie sich geliebt. Frank war etwas früher von der Arbeit nach Hause gekommen als üblich, während sie nahezu den gesamten Tag verschlafen hatte.

Carmen hasste mittlerweile wie die Pest die vier monatlichen Nachtdienste, die Teil ihres Arbeitsvertrags waren, aber um die kam sie nicht herum. Drei davon hatte sie ja auch schon hinter sich gebracht, und nach der letzten warteten ab morgen früh fünf freie Tage auf sie.

Fünf Tage frei!

Frank hatte ihr vorgeschlagen, mit seinem Motorrad an die Ostsee zu fahren, und sie hatte Ja gesagt, obwohl sie Angst davor hatte und in ihrem Leben noch nie auf einem gesessen hatte.

Aber jetzt? Mit ihm? Was konnte es Schöneres geben? Vermutlich lag ihr Freund noch immer komplett ermattet und durchgeschwitzt auf dem Bett, während sie von einem Angst einflößenden, stinkenden Russen oder Polen oder sonst was mit vorgehaltener Waffe dazu gezwungen wurde, weiterzufahren.

Alles hätte so schön einfach sein können. Vor Beginn der Nachtschicht hatte sie noch eine befreundete Kollegin besuchen und dann gemeinsam mit ihr zur Arbeit fahren wollen. Selbst die Erkenntnis, dass sie beim zu schnellen Fahren erwischt worden war und vermutlich zehn oder 15 Euro an Strafe würde hinblättern müssen, hatte ihr die perfekte Laune nicht verhageln können, ganz im Gegenteil. Irgendwie hatte sie es fast lustig gefunden, nach so vielen Jahren mal wieder geblitzt worden zu sein und in der Schlange auf die Verwarnung warten zu müssen. Die allerdings war ausgefallen, nachdem der Typ sich in ihren Wagen gedrängt und sie zum Abfahren gezwungen hatte. Nun zitterte sie, befürchtete, gleich auf die Oberschenkel kotzen zu müssen, und hatte Angst, dass der Typ neben ihr durchdrehen würde.

»Nach Bettenhausen«, brummte der in diesem Moment.

»Bettenhausen?«, fragte Carmen irritiert zurück. »Das liegt komplett in der anderen Richtung.«

»Nach Bettenhausen, los!«

Sie waren auf den verschiedenen Autobahnen, die Kassel einrahmten, einmal um die gesamte Stadt herumgefahren. Immer wieder war es der Krankenschwester vorgekommen, als wüsste der Mann überhaupt nicht, wo er hinsollte oder hinkönnte. Ab und an fuchtelte er mit der Waffe herum, um damit die Richtung zu bestimmen oder auf eine Abfahrt hinzuweisen, mehr gab er nicht von sich. Nun befanden sie sich oberhalb von Wilhelmshöhe, also dem Bettenhausen praktisch diametral entgegengesetzten Stadtteil.

»Soll ich durch die Stadt fahren?«, wollte Carmen Spiller vorsichtig wissen.

»Ja, durch die Stadt.«

Sie setzte den Blinker, um die Autobahn zu verlassen, wartete ein paar Augenblicke an einer roten Ampel und bog schließlich nach links ab.

»Langsamer!«, forderte ihr Beifahrer, als die Tachonadel fast 70 zeigte. »Wir fahren nicht mehr als 50.«

Nun tauchte links von ihnen ein großer Parkplatz auf, an dessen Einfahrt und auch an dessen Ausfahrt jeweils Streifenwagen standen. Der Mann auf dem Beifahrersitz hielt sich während des Vorbeifahrens die linke Hand vor die linke Gesichtshälfte, doch Carmen war sich sicher, dass die Besatzungen der Einsatzfahrzeuge den Golf erkannt hatten. Sie blieben zwar noch stehen, doch es war Bewegung in den Fahrzeugen erkennbar gewesen. Einer der darin sitzenden Polizisten hatte sogar mit der Hand nach ihnen gezeigt.

»Meinen Sie nicht, dass es besser wäre, sich zu stellen?«, fragte sie den Mann mit der Waffe so behutsam wie möglich. »Es gibt immer einen gewaltlosen Weg, davon bin ich überzeugt.«

Wenn Carmen Spiller in diesem Moment gefragt worden wäre, woher dieser plötzliche Mut bei ihr rührte, so hätte sie keine vernünftige Erklärung dafür liefern können. Sie konnte nicht aufhören zu zittern, sie hatte einen staubtrockenen Mund, ihre Hände waren dagegen klatschnass. Aber sie wollte leben. Sie wollte leben und lieben und vielleicht sogar mit Frank Wittstock alt werden. Sie würde dafür kämpfen. Sie würde um ihr Leben kämpfen. Sie würde es tun, weil sie seit ein paar Wochen wieder etwas zu verlieren hatte.

»Ruhe, hab ich gesagt! Ich will nicht mit dir blöde Geschichten reden, klar?«

»Ja, klar. Ich dachte ja nur …«

Von irgendwoher näherte sich eine Sirene, wurde schnell lauter. Dann tauchte auf der Gegenspur ein Polizeimotorrad auf, bremste direkt neben ihrem Golf scharf ab und wendete. Der Fahrer überholte die beiden zwischen ihnen steckenden Fahrzeuge, wurde langsamer und bremste schließlich den hinter ihnen rollenden Verkehr aus. Das hatte natürlich auch der Mann mit der Waffe mitbekommen.

»Was soll der Scheiß?«, fragte er mehr sich selbst als seine Geisel.

Carmen musste nun bis zum Stillstand abbremsen, weil sich der Verkehr vor ihnen staute.

»Was …?«, brummte der Gangster und reckte den Kopf zunächst über die linke und anschließend über die rechte Schulter.

In diesem Moment durchzuckte die Krankenschwester ein Impuls, dem sie nicht widerstehen konnte. Sie drückte auf das Gurtschloss, riss gleichzeitig am Türöffner und ließ sich mit einer schnellen Bewegung aus dem Wagen fallen. Der Geiselnehmer hatte bis zum Zeitpunkt der Türöffnung noch nichts von ihrem Vorhaben bemerkt, und selbst dann reagierte er überraschend langsam. Was Carmens Plan jedoch letztlich scheitern ließ, war der Gurtmechanismus in ihrem alten Golf. Die Federrolle nämlich war mit den Jahren ziemlich ausgeleiert, und so schnappte der Gurt nicht wie zu Beginn des Autolebens rasend schnell zurück in seine Ausgangsposition, sondern eher wie in Zeitlupe. Was für die Krankenschwester zur Folge hatte, dass der Gurt noch um ihren linken Arm hing, als sie sich schon auf der Straße befand. Eigentlich hätte sie sich durch eine leichte Drehung von dem flachen Band befreien können, doch sie hatte in ihrem Kopf bereits den nächsten Schritt vollführt, das Wegrollen vom Wagen, der allerdings nicht klappen wollte. Und so saß sie neben der Fahrertür, den linken Arm umschlungen vom Gurt und konnte wie in Trance beobachten, dass sich die Pistole ihres Entführers langsam hob, bis das furchterregende Loch am vorderen Ende der Waffe direkt auf sie zeigte.

Zeitgleich krachte ein Schuss.

Die Krankenschwester wartete auf den einsetzenden Schmerz, doch er kam nicht. Es geschah gar nichts. Nach einem vorsichtigen Blinzeln sah sie, dass der Lauf der Waffe auf das Bodenblech des Golf wies. Bei dem nach vorn gesunkenen Mann auf dem Beifahrersitz spritzte in rhythmischen Intervallen Blut aus einer klaffenden Halswunde.

»Hinlegen!«, schrie jemand hinter ihr. »Flach hinlegen und nicht bewegen!«

Carmen Spiller realisierte zunächst nicht, dass der Befehl ihr galt. Dann jedoch streckte sie schlagartig den gesamten Körper, legte sich auf den Bauch und die Arme auf ihren Hinterkopf. Als jedoch nach etwa einer Sekunde nichts geschehen war, drehte sie sich ein wenig nach links und sah in ihren Wagen. Dort hatte ihr Entführer seinen linken Zeigefinger tief in die Wunde gepresst und so die Blutung für den Moment offenbar gestoppt. Sein Oberkörper hing auf dem Schaltknüppel, der Kopf unterhalb des Lenkrads, gestützt vom linken Ellenbogen auf dem Fahrersitz. Der eiskalte Gesichtsausdruck des Mannes wäre mit ›erbarmungslos‹ nur äußerst unzureichend umschrieben gewesen.

Carmen sah trotzdem fest in sein Gesicht. Sie glaubte einfach nicht daran, dass ein Mann mit solch einer schweren Verletzung noch zu einer für sie bedrohlichen Aktion fähig sein könnte. Dann jedoch hob sich dessen rechter Arm langsam und der Lauf der klobigen Pistole wies erneut direkt auf ihren Kopf.

»Waffe runter!«, brüllte jemand hinter ihr. »Nehmen Sie die Waffe runter!«

Die immer noch in unveränderter Haltung auf dem Boden liegende Krankenschwester wurde beim Ertönen der Stimme von einem Gefühl der Erleichterung durchflutet.

Jetzt wird alles gut, dachte sie fast schon mit einem Anflug von Gleichmut. *Jetzt wird alles gut. Ich werde mein Leben mit Frank leben und glücklich sein.*

Das Krachen des Schusses, der ihr Leben innerhalb von Sekundenbruchteilen beendete, hörte sie nicht mehr.

28

Gundula Eschbach saß noch immer an der gleichen Stelle auf der Kücheneckbank. In der rechten Hand hielt die Frau ein mittlerweile komplett feuchtes Papiertaschentuch, die linke hatte sie unter den Oberschenkel geschoben. Ihre Tochter hatte auf der anderen Seite der Bank Platz genommen. Das Kind hatte sie in die Obhut ihrer besten Freundin gegeben, die kurzfristig vorbeigekommen war und den Jungen mitgenommen hatte. Selbst Benny, der Dackel, schien instinktiv etwas von der Stimmung im Haus mitbekommen zu haben, denn er lag flach wie eine Flunder und völlig geräuschlos unter dem Tisch.

»Eben noch«, sinnierte Gundula Eschbach leise, »ist dein Leben komplett in Ordnung und du musst dich um nichts sorgen, und im nächsten Augenblick fliegt es dir komplett um die Ohren. Das ist nicht gerecht.«

»Wer wollte Ihnen da widersprechen?«, erwiderte Pia Ritter mit ebenso gedämpfter Stimme.

»Mein Vater«, ergänzte Barbara Eschbach, »hatte nicht mehr viele Jahre zu arbeiten. Vielleicht wollte er sogar schon nächstes Jahr in Rente gehen, das stand seit einiger Zeit im Raum.« Sie warf ihrer Mutter einen kurzen Blick zu. »Meine Eltern sind nie viel gemeinsam gereist in ihrem Leben und hatten sich, was das angeht, für die Zeit seiner Altersruhe sehr viel vorgenommen. Ich fand das toll und habe ihn immer dazu ermuntert, eher heute als morgen die Brocken hinzuschmeißen, doch er hat einfach viel zu sehr an seinem Job gehangen. Vermutlich kannte er mehr Mitarbeiter im Werk persönlich als jeder andere, und er war ja auch sehr beliebt. Auch deshalb ist er so gern zur Arbeit gegangen, auch wenn sie manchmal ziemlich stressig gewesen ist.«

»Ja, das ist schon etwas Wunderbares, wenn man seine Arbeit so mag«, sagte Hain. Er wandte sich direkt an Gundula Eschbach. »Gab es in der letzten Zeit irgendwelche Veränderungen im Leben Ihres Mannes, Frau Eschbach? Hat er sich vielleicht mit jemandem gestritten oder gab es sonstige Disharmonien?«

»Nein«, antwortete sie, wie aus der Pistole geschossen. »Ich kann mich an wirklich nichts Besonderes erinnern. Irgendwelche Reibereien gibt es ja immer, das war auch nie anders. Aber das lag alles im Rahmen dessen, was er gewohnt war.«

»Hatte Ihr Mann ein gutes Verhältnis zur Werksleitung?«, wollte Pia Ritter wissen.

»Mein Mann war Arbeitnehmervertreter. Die Werksleitung ist da grundsätzlich der natürliche Gegenpol. Aber trotzdem ging man, soweit ich das beurteilen kann, immer fair und offen miteinander um.« Sie wischte sich über die Augen.

»Der Konzern und die Arbeitnehmerschaft haben bei Volkswagen schon immer ein vernünftiges Verhältnis miteinander angestrebt. Jeder ist für den anderen da, wenn es darauf ankommt.«

»Wissen Sie, wie er mit dem verstorbenen Werksleiter Andermatt ausgekommen ist?«

»Die beiden hatten nicht wirklich viel miteinander zu tun, wenn ich meinen Mann richtig verstanden habe. Seine Kontakte und seine Verhandlungspartner waren eher eine Etage tiefer angesiedelt. Aber natürlich, auch zwischen Herrn Andermatt und Harald gab es sicher Berührungspunkte. Ich denke, die beiden haben sich respektiert, aber mehr auch nicht. Für mehr war Andermatt einfach noch nicht lang genug im Werk.«

»Das größte Verbindungsglied«, mischte Barbara Eschbach sich ein, »dürfte mein Cousin Samuel gewesen sein.«

»Ach, Barbara, lass das doch. Das ist für die Herrschaften sicher nicht von Interesse.«

»Doch, natürlich«, widersprach Hain dezent. »Was hat Ihren Cousin denn zu diesem *Verbindungsglied* gemacht?«

»Barbara!«

»Nun lass doch, Mama. Die Polizei wird ohnehin herausfinden, dass Samuel der Assistent von diesem Andermatt gewesen ist.«

Nun hoben sowohl Pia Ritter als auch Thilo Hain ruckartig den Kopf.

»Der Assistent von Herrn Andermatt«, fasste die Kommissarin das Gehörte zusammen, »ist Ihr Cousin?«

Barbara Eschbach nickte.

»Und mein Vater ist sein Patenonkel.«

»Wie ist sein kompletter Name?«

»Samuel Wischek.«

Pia, die längst wieder ihr Telefon in der Hand hielt und mitschrieb, wandte sich Gundula Eschbach zu. »Und warum ist es Ihnen unangenehm, dass dieser Umstand hier thematisiert wird, Frau Eschbach? An der Konstellation gibt es doch vermutlich nichts, für das man sich schämen müsste.«

»Mir war es immer unangenehm, als Harald sich dafür eingesetzt hat, dass Samuel einen Job im Werk bekommt. Und dann auch noch den als Assistent des Werksleiters. Für mich hatte das immer ein Geschmäckle, weil ich denke, dass man so etwas nicht macht.«

»Wussten denn viele Menschen, dass Samuel Wischek und der Betriebsratsvorsitzende verwandt sind?«

»Nein. Die beiden waren, wenn sie sich im Werk begegnet sind, immer sehr diskret, waren immer per Sie und haben auf Abstand geachtet. Und trotzdem hatte ich stets Sorge, dass es irgendwann herauskommen könnte.«

»Ach Mama, im VW-Werk werden doch noch immer ganze Dynastien begründet. Ich war als Einzige immer der Meinung, dass man offen mit der Geschichte umgehen sollte, aber auf mich hat halt niemand gehört. Und irgendwie bekommt das alles jetzt sogar eine richtig tragische Note.«

»Was meinen Sie damit?«, hakte Pia nach.

»Na, zunächst stirbt dieser Andermatt, und nahezu gleichzeitig verliert Samuel seinen Job. Und jetzt wird mein Vater in eine Schießerei verwickelt und kommt dabei ums Leben. Das nenne ich durchaus eine tragische Note.«

»Wissen Sie, warum Ihr Cousin seinen Arbeitsplatz verloren hat? Hing das ursächlich mit dem Tod von Herrn Andermatt zusammen?«

»Nein, das wissen wir nicht«, übernahm Gundula Eschbach das Antworten für ihre Tochter. »Und ich glaube auch, dass er schon bald wieder bei VW eine Anstellung finden wird. Ich bin da wirklich sehr zuversichtlich.«

»Mensch Mama, der Samuel war für euch immer so etwas wie der Sohn, den ihr nie hattet, aber für den Job bei VW war er definitiv nicht der Richtige. Den hätte er ohne Papas Beziehungen nie im Leben gekriegt.«

»Hatte Ihr Mann Feinde?«, ging Hain etwas undiplomatisch dazwischen, um eine ausufernde Diskussion zwischen den beiden Frauen zu verhindern.

»Nein, mein Mann hatte keine Feinde. Harald war überall beliebt und ein gern gesehener und willkommener Mensch.«

»Gut«, meinte der Polizist. »Würden Sie uns dann noch verraten, wo und wie wir Samuel Wischek erreichen können?«

»Aber was wollen Sie denn von Samuel?«, wollte Gundula Eschbach wissen. »Der kann doch nun wirklich nichts dafür, dass Harald nicht mehr lebt.«

»Da haben Sie auf jeden Fall recht, aber vielleicht kann er uns bei der Aufklärung der Tat trotzdem irgendwie helfen«, sagte Pia.

Bevor die Frau des Betriebsrats ein weiteres Argument vortragen konnte, nannte ihre Tochter der Kommissarin eine Adresse im Stadtteil Niederzwehren.

*

»Wenn ich es nicht besser wüsste«, kommentierte Hain die letzten Stunden, »würde ich glatt sagen, dass wir es hier mit einer kaum auszuhaltenden Aneinanderreihung von höchst merkwürdigen Zufällen zu tun haben.«

»Sind aber keine Zufälle. Sind garantiert keine Zufälle. Und schon gar nicht ist es ein Zufall, dass der Vorsitzende des Betriebsrats genau des Werks, dessen Leiter vor ein paar Tagen umgebracht wurde, gefesselt im Transporter der zumindest Tatverdächtigen ...« Die Kommissarin brach ab, weil ihr Kollege sich mit Blick auf sie den linken Zeigefinger auf die Lippen legte, gleichzeitig den rechten Arm nach vorn reckte und das Radio des Mazda lauter stellte.

Kassel: In der Nordhessischen Metropole hat die Geiselnahme, über die wir bereits berichtet haben, leider kein gutes Ende genommen. Sowohl der Geiselnehmer als auch die Geisel verloren während eines Schusswechsels mit den Sicher-

heitskräften ihr Leben. Wie ebenfalls berichtet, hatte die Geiselnahme ihren Anfang während eines Schusswechsels genommen, bei dem ebenfalls zwei Menschen ihr Leben verloren hatten. Noch ist nach Aussage der Polizei die Gesamtsituation zu unübersichtlich, um Details zu den beiden Ereignissen zu veröffentlichen. Ersten Gerüchten zufolge soll sich unter den zuerst getöteten Männern der Betriebsratsvorsitzende des Volkswagenwerks Kassel, Harald Eschbach, befunden haben.

Nochmals Kassel: Unerwartete und höchst dramatische Wende im Fall des toten Benjamin Andermatt. Wie der Kasseler Rechtsanwalt Dr. Markus Wiegand soeben auf einer Pressekonferenz mitteilte, wurde der Leiter des Volkswagenwerks Kassel, Benjamin Andermatt, das Opfer einer Straftat. Wiegand vertritt den mutmaßlichen Täter, einen im gleichen Werk beschäftigten Ingenieur. Die Tat soll mithilfe von Gift verübt worden sein, der Täter ist vollumfänglich geständig.

Wir berichten natürlich wieder, sobald neue Einzelheiten bekannt werden.

Hain regelte die Lautstärke wieder herunter.

»Verdammt«, murmelte er sichtlich betroffen. »Das sind die Tage, an denen ich am liebsten im Bett geblieben wäre.«

»Ja«, stimmte Pia ihm zu. »Und ich will mir im Moment gar nicht vorstellen, wie es zu der Situation mit der Geisel gekommen ist. Hoffentlich hat da nicht irgendjemand Scheiße gebaut.« Sie schluckte. »Und was hältst du von unserem Lieblingsanwalt? Kaum bei uns aus dem Haus, schon die Pressekonferenz eingetütet.«

»Ja, und das nervt mich kolossal. Dieser Scheißkerl schreckt offenbar vor überhaupt nichts zurück.«

»Damit war aber zu rechnen. Wenn der etwas macht, dann richtig.«

»Diese Suppe werden wir ihm versalzen«, brummte der

Hauptkommissar verärgert, startete den Motor und legte den ersten Gang ein.

Pia sah ihren Kollegen irritiert an. »Was hast du vor?«

»Wenn der gute Dr. Wiegand gerade eben eine Pressekonferenz abgehalten hat, dürfte er aktuell nicht als Schutzpatron von Frau Skruppek zur Verfügung stehen. Und mit der will ich jetzt reden.«

»Du weißt aber schon, dass sie nicht mit uns reden muss. Und es vermutlich auch nicht tun wird.«

»Lass es uns wenigstens versuchen, Pia. Bitte.«

Die Kommissarin nickte, suchte auf ihrem Telefon nach der Adresse und nannte sie ihm.

Helene Skruppek hatte offenbar auch Radio gehört; zumindest ließ ihr verheultes Gesicht beim Öffnen der Haustür keinen anderen Schluss zu.

»Was wollen Sie denn noch von mir?«, wollte sie leise von Hain und seiner Kollegin wissen, nachdem sie die beiden erkannt hatte. »Ich habe nichts mit Ihnen zu besprechen.« Sie überlegte offenbar, die Tür sofort zu schließen, entschied sich jedoch dagegen. Ihre gute Kinderstube ließ sich wohl auch unter dem größten denkbaren Stress nicht deaktivieren.

»Wir wollen es einfach nur verstehen, Frau Skruppek«, bat Pia. »Wir möchten Sie mit nichts konfrontieren, und wir wollen auch nicht irgendwelche moralischen Fragen aufwerfen. Wir sind nur an den Beweggründen für diesen, nach unserer Meinung, kompletten Irrsinn interessiert.«

»Das ... geht nicht. Und jetzt gehen Sie bitte. Ich habe nichts zu sagen.«

In diesem Moment tauchte hinter der Frau ein Mädchen von vielleicht 15 Jahren mit einem kleinen Jungen auf dem Arm auf.

»Was ist denn los, Mutti? Brauchst du Hilfe?«

»Nein, Anna. Geh bitte wieder rein.«

»Was sind das für Leute?«

»Sie müssen keine Angst haben«, kam Pia der Mutter zuvor. »Wir sind von der Polizei.«

»Polizei? Ist was passiert?«

Pia und ihr Kollege sahen sich kurz an. Offenbar war nicht jeder im Haus mit den neuesten Entwicklungen innerhalb der Familie vertraut.

»Es geht um Ihren Vater.«

»Um Papa?«, fragte das Mädchen in Richtung ihrer Mutter. »Ich dachte, er ist wieder im Krankenhaus.«

Helene Skruppek drehte sich zur Seite und sah ihre Tochter flehend an. »Geh bitte rein, Anna. Ich erkläre es dir gleich. Versprochen.«

»Was gibt es denn da zu erklären? Ich verstehe es nicht.«

»Ihr Vater befindet sich in Polizeigewahrsam«, eröffnete Hain der jungen Frau. »Er ist heute in Begleitung eines Anwalts bei uns erschienen und ...«

»Hören Sie auf!«, schrie Helene Skruppek ihn an. »Und verlassen Sie auf der Stelle unser Grundstück. Sofort!«

Der kleine Junge war bei ihrem Ausbruch erschrocken zusammengezuckt und fing sofort an zu weinen.

Pia nickte den dreien an der Tür zu, drehte sich um und zog ihren Kollegen am Arm hinter sich her in Richtung Bürgersteig.

»Komm, Thilo, wir lassen es. Das geht so nicht.«

»Aber ...«

»Kein Aber. Wir hauen ab.«

Widerwillig kam der Hauptkommissar hinter ihr her. An der nächsten Straßenecke bogen sie nach links ab und hatten kurz darauf den Mazda erreicht.

»Scheiße«, fluchte er.

»Ja, scheiße, das stimmt. Aber wir sollten den Menschen, mit denen wir es zu tun haben, zumindest so etwas wie eine Restwürde lassen, Thilo.«

»Aber es hat doch nur noch ein klein wenig gefehlt, und sie wäre umgefallen.«

»Ja. Und genau das wollte ich verhindern. Ich wollte einfach nicht, dass die arme Frau vor unseren und den Augen ihrer Kinder umfällt.«

»Das habe ich doch nur bildlich gemeint, Pia. Die war drauf und dran, uns die ganze Geschichte zu erzählen.«

Pia Ritter schüttelte skeptisch den Kopf. »Aber zu welchem Preis denn, Thilo? Der Zweck heiligt nicht immer die Mittel, zumindest …«

»Warten Sie«, rief eine Stimme hinter ihnen. »Warten Sie, bitte!«

Die beiden blickten sich um und sahen Anna Skruppek auf sich zurennen.

»Meine Mutter hat mir eben zum ersten Mal in meinem Leben eine geschmiert«, eröffnete das Mädchen im bauchfreien Top den Beamten. »Und das ist so abgefahren, dass es praktisch nach einer Erklärung schreit.«

»Das tut mir leid«, erklärte Pia ihr. »Das wollten wir mit unserem Besuch nicht provozieren.«

»Haben Sie aber. Und für die schmerzende Backe will ich wenigstens was zurückkriegen. Und wenn es nur ein paar Antworten sind.«

Wieder ein kurzer Blickkontakt zwischen den Polizisten.

»Gut«, sagte Pia schließlich. »Ich gebe dir diese Antworten.«

Die Kommissarin sah sich um und entdeckte einen kleinen Park etwa 200 Meter entfernt. »Aber nicht hier. Lass uns da rübergehen und uns einen Platz im Schatten suchen.«

»Wenn's sein muss.«

Eine Viertelstunde später saß die junge Frau weinend zwischen Ritter und Hain. Sie hatte während Pias Schilderung ein paar Zwischenfragen gestellt, war jedoch sonst schweigend den Worten der Kommissarin gefolgt. Erst kurz bevor Pia zum Ende gekommen war, begannen bei ihr die Tränen zu fließen.

»Das stimmt garantiert nicht«, schluchzte sie. »Das ist alles erstunken und erlogen.«

»Aber warum sollte dein Vater die Polizei belügen in so einer Sache? Was verspricht er sich davon?«

Die junge Frau wischte sich mit dem kurzen Ärmel ihres Shirts über die Augen. »Mein Vater ist ziemlich krank«, antwortete sie. »Er hat nicht mehr lang zu leben.«

»Wegen seiner Wirbelsäule?«

Anna sah die Polizistin irritiert an. »Was für eine Wirbelsäule? Er hat Krebs, und zwar am ganzen Körper. Von der Wirbelsäule weiß ich nichts. Aber sein Krebs dürfte der Grund sein, warum er Ihnen diesen Scheiß erzählt.«

Pia sah das auf einmal sehr erwachsen wirkende Mädchen lange an. »Das verstehe ich nicht.«

»Ich, offen gesagt, auch nicht. Aber ich weiß, dass mein Vater diesen komischen Mann nicht vergiftet hat. Und was das Darknet angeht, wo er sich diesen Scheiß besorgt haben will, davon hat er vielleicht mal in einer Doku auf Arte oder ZDF-Info gehört, aber selbst war er da garantiert noch nie drin.« Wieder der Griff nach dem Ärmel. »Meinem Vater geht es seit ein paar Wochen so schlecht, dass er morgens kaum noch aus dem Bett kommt. Er kann kein Auto mehr fahren, weil er ständig Doppelbilder sieht, was vom Krebs kommt, den er im Kopf hat. Und die Schmerzmittel machen ihn so chillig, dass man die meiste Zeit des Tages nicht mal mehr ein vernünftiges Gespräch mit ihm führen kann. Also, wie sollte ein Mann in seiner Lage so etwas wie einen Mord bewerkstelligen?«

»Das komische ist, Anna, dass wir im Prinzip genauso denken wie du. Wir glauben deinem Vater nicht, dass er es gewesen ist.«

Anna Skruppeks Blick flackerte zwischen den beiden Polizisten hin und her. »Wie jetzt? Sie glauben ihm die Geschichte nicht? Das verstehe ich nicht.«

Pia stand auf und vertrat sich kurz die Beine. »Wir wussten bis eben nicht, wie krank dein Vater tatsächlich ist, Anna. Er hat zwar einen Hinweis auf eine Wirbelsäulenverletzung gegeben, aber dabei ging es ihm vermutlich darum, seine Schmerzmittel weiterhin einnehmen zu können. Und wenn es tatsächlich so ist, wie du es gerade geschildert hast, kommt er auch auf keinen Fall ins Untersuchungsgefängnis, zumindest nicht auf eine der normalen Stationen. Dann wird er im dortigen Krankenhaus landen. Und trotzdem verstehen wir nicht, warum er das alles macht.«

»Arbeitet deine Mutter eigentlich?«, wollte Hain wissen.

»Nein. Sie ist das, was man früher eine Hausfrau nannte. Wahrscheinlich könnte man sie auch heute noch so nennen, von mir aus jedenfalls. Sie hat, bis ich unterwegs war, halbtags gearbeitet, dann aber komplett damit aufgehört. Und als dann mein erster Bruder kam, war vermutlich gar nicht mehr die Rede von arbeiten.«

»Wie viele Brüder hast du denn?«

»Zwei. Den kleinen haben Sie ja gesehen, und dann noch Philip. Er ist drei Jahre jünger als ich, und sein Name passt ganz gut zu ihm.«

»Wie meinst du das?«

»Wegen Zappelphilipp. Er hat ADHS, und es ist wirklich manchmal die Hölle mit ihm. Aber er ist halt mein Bruder.«

»Das Haus, in dem ihr wohnt, ist ziemlich neu, oder?«

»Ja. Wir sind vor ein paar Jahren erst hierhergezogen. Vorher haben wir in Bettenhausen in einer Mietwohnung gewohnt. Aber die war viel zu klein.«

Der Kommissar sah seiner Kollegin dabei zu, wie sie sich wieder hinsetzte, und holte dann tief Luft. »Ich weiß, dass uns das eigentlich nichts angeht, Anna, aber wie sieht es bei euch zu Hause denn mit Geld aus? Müsst ihr eher sparsamer leben, oder ist es eher easy mit der Kohle?«

Das Mädchen überlegte eine Weile. »Ach, es ist eigentlich ganz easy, zumindest wenn ich es mit ein paar von meinen Freundinnen vergleiche. Wir fahren jedes Jahr in Urlaub und so, also kann es ja wohl nicht so schlimm sein. Manchmal denke ich aber schon, dass meine Eltern ganz schön am Knapsen sind, wenn mal wieder ein paar dringend notwendige Schuhe für einen von uns auf den nächsten Monat verschoben werden müssen. Außerdem …« Sie zögerte.

»Ja?«, hakte Pia nach. »Was ist *außerdem* noch?«

»Ach, nichts.«

»Wenn du nicht drüber reden magst«, meinte Pia mit hochgezogener Stirn, »kannst du uns das gern sagen, das ist in Ordnung für uns. Aber nach *nichts* klingt *außerdem* in meinen Ohren nicht wirklich.«

Anna schnaufte hörbar durch. »Wenn ich Ihnen das sage, müssen Sie mir ganz fest versprechen, dass Sie mit niemandem darüber reden. Klar?«

»Wir versprechen es.«

»Gut. Meine Eltern haben sich vor ein paar Jahren mal auf irgendeinen Deal mit einem Onkel von mir eingelassen. Der wollte wohl einen Subway-Laden aufmachen, in Düsseldorf, was aber komplett in die Hose gegangen ist. Und dafür müssen sie bis heute Geld abbezahlen.«

»Über wie viel Geld reden wir denn? Weißt du das?«

Sie schüttelte den Kopf. »Keine Ahnung. Aber was ich aus den Gesprächen von Mama und Papa rausgehört habe, ist es schon ein ziemlicher Batzen.«

»Waren deine Eltern irgendwie beteiligt an dem Subway?«

»Nein, das nicht. Was sollten sie mit einem Sandwich-Laden in Düsseldorf?«

»Also haben sie vermutlich gebürgt für deinen Onkel?«

Anna zog die Schultern hoch. »Ich weiß nicht mal, was dieses Wort bedeutet.«

»Das macht nichts«, beschied Hain ihr mit der Andeutung eines Lächelns. »Aber eine Sache würde mich trotzdem noch brennend interessieren. Hast du schon mal von einem Dr. Wiegand gehört, einem Rechtsanwalt?«

Das Mädchen nickte. »Ein richtig unsympathischer Typ, wenn Sie mich fragen.«

»Du kennst ihn?«

»Ja, klar. Der war in den letzten Tagen öfter bei uns und hat mit Papa und Mama geredet. Ich glaube, es ging dabei um Papas Lebensversicherung.«

»Ja«, erwiderte der Kommissar leise. »Das glaube ich mittlerweile auch.«

29

»Was für ein verdammter Scheißtag«, fasste Herbert Schiller die Ereignisse der vergangenen Stunden zusammen. Der Kriminalrat war etwa gleichzeitig mit Pia und Thilo im Polizeipräsidium angekommen. Die beiden hatten zunächst seinen Schilderungen der Ereignisse um die übel ausgegangene Geiselnahme zugehört und danach ihre Erkenntnisse des Nachmittags mitgeteilt.

»Was könnte dieser tote Betriebsrat mit der Sache zu tun gehabt haben?«, knurrte er unzufrieden.

»Wenn es richtig scheiße läuft«, antwortete Hain mit keinesfalls besserer Laune, »werden wir das nie rausfinden, Herbert. Die beiden Geiselnehmer sind tot, Eschbachs Frau behauptet, von nichts zu wissen, was ich ihr auch glaube, und ob wir von sonst woher noch irgendwelche Informationen kriegen, die Licht in die Sache bringen, bezweifle ich sehr. Natürlich werden wir jeden Stein in seinem Umfeld umdrehen und darunter schauen, aber ich bezweifle es trotzdem.«

»Die beiden Kerle aus dem Lieferwagen sind diejenigen, die auf euch geschossen haben?«

»Es steht noch nicht endgültig fest«, erklärte Pia ihrem Boss, »aber mit an Sicherheit grenzender Wahrscheinlichkeit schon. Ein kleiner und ein großer Kerl; die großkalibrigen Waffen, die sie benutzt haben; und natürlich die Tatsache, dass sie mit dem gefesselten Eschbach im Lieferwagen in der Gegend herumgefahren sind. Mehr Indizien braucht es für mich nicht. Außerdem steht die Identität der beiden mittlerweile fest, es handelt sich bei ihnen um ehemalige GRU-Mitarbeiter. Wir reden hier also von zwei Russen, die früher ihr Geld mit Spionage und Spionageabwehr verdient haben, was sich eindeutig auch in der professionellen Kameraüberwachung von Andermatts Haus widerspiegelt.«

Schiller nickte. »In dieser Beziehung gibt es dann wohl keine Zweifel mehr. Und ihr seid euch auch sicher, dass dieser Skruppek einen Deal mit dem Anwalt gemacht hat? Dass er den Mord an Andermatt auf seine Kappe nimmt, um seine Familie versorgt zu wissen, wenn er seinem Krebs erlegen ist?«

»Eine andere Möglichkeit sehe ich nicht, und sie wäre auch nicht logisch. Wir werden ihm morgen früh noch mal auf den Zahn fühlen, aber auch da sehe ich keine großen Angriffspunkte. Der Rechtsanwalt hat ihn verdammt gut gebrieft, und er wird vermutlich auch nur in dessen Anwesenheit mit uns reden. Eine kleine Chance sehe ich bei seiner Frau, aber auch die scheint mir wirklich gut vorbereitet worden zu sein von Dr. Wiegand.«

Der Kriminalrat verzog angewidert das Gesicht. »Was in der letzten Konsequenz nichts anderes bedeutet, als dass der Herr Rechtsanwalt von vorn bis hinten in die gesamte Andermatt-Geschichte eingeweiht sein muss.«

»Klar. Aber beweis ihm das mal. Das würde nur gelingen, wenn wir irgendjemand finden, der gegen ihn aussagt. Aber nach meiner Meinung sind die dafür infrage kommenden Personen alle tot. Zumindest die, von denen wir annehmen, dass sie etwas wissen könnten.«

»Was ist mit seinem Patenkind?«

»Diesem Samuel Wischek? Den werden wir uns ebenfalls morgen früh vorknöpfen. Er ist ja ein mögliches Bindeglied zwischen Andermatt und Eschbach.«

»Mir«, merkte Pia traurig an, »tut auf jeden Fall die Frau leid, diese Geisel, die völlig unbeteiligt war und jetzt tot ist.« Die Kommissarin sah ihren Chef an. »Weißt du, wie alt sie war?«

»39.«

»Kinder?«

Schiller zog die Schultern hoch. »Das kann ich dir wirklich nicht sagen, Pia. Als ich den Tatort verlassen habe, waren die Kollegen gerade auf dem Weg zu ihrer Meldeadresse.«

Hain stand auf, ging zum Fenster und starrte in die untergehende Sonne. »Und vergessen wir nicht, dass einer, der in dieser ganzen Sache garantiert ein paar nicht unwichtige Informationen für uns gehabt hätte, tot in einem brasilianischen Leichenschauhaus liegt. Irgendwie habe ich das Gefühl, als ob jeder Ermittlungszweig, den wir verfolgen könnten, bewusst im Trüben oder bei einer Leiche endet.«

»Das ist dieses Mal so, ja«, stimmte der Kriminalrat ihm zu. »Und es ist für mich genauso unbefriedigend wie für euch.«

Hain drehte sich um, griff nach seiner Jacke und ging Richtung Tür. »Meint ihr immer noch«, sah er noch einmal seine beiden Kollegen an, »dass irgendwer von den hohen Herren in Wolfsburg in die Geschichte involviert ist? Dass es vielleicht sogar einen wie auch immer gearteten Auftrag von dort gegeben haben könnte?«

Sowohl Herbert Schiller als auch Pia Ritter zuckten mit den Schultern.

»Ich gehe fest davon aus«, meinte die Kommissarin, »obwohl wir vermutlich niemals einen Beweis dafür finden werden. So was macht nicht ein einzelner Betriebsrat. Und die Tatsache, dass dieser Rechtsanwalt eigentlich immer genau dort aufgetaucht ist, wo wir zu ermitteln angefangen haben, bestärkt mich natürlich auch in diesem Glauben.«

»Ich würde nicht so weit gehen«, zeigte Schiller sich deutlich skeptischer. »In diesen Sphären gefährdet man sein schönes Leben nicht mit irgendwelchen Mordaufträgen. Wenn es tatsächlich so sein sollte, dann reicht vielleicht sogar schon ein an der richtigen Stelle geäußertes ›Dieses Problems sollten wir uns annehmen, möglicherweise auch auf robuste Art und Weise‹, und die Angesprochenen wissen, was sie zu tun haben. Aber das ist nur eine ganz blasse Vermutung, weil ich es halt nie bis in diese Gehaltsklasse geschafft habe.«

»Ach, Herbert, Kriminalrat ist schon gar nicht so schlecht.«

Schiller winkte ab. »Wie gut oder schlecht das ist, merkst du erst, wenn du zum Rapport beim Polizeipräsidenten antreten musst und wie ein Schuljunge behandelt wirst.«

»Besser, als von einem beschissenen Rechtsanwalt so vorgeführt zu werden, wie Pia und ich es erleben mussten.« Hain nickte in die kleine Runde und verließ das Büro.

»Wir sehen uns morgen früh«, meinte Pia Ritter, stand auf und ging ebenfalls.

∗

Am nächsten Morgen tauchte Hain um 9 Uhr im Büro auf, Pia eine knappe halbe Stunde nach ihm.

»Na, ausgeschlafen?«, wollte sie in der Tür stehend mit dicken, rot geränderten Augen von ihm wissen.

»Geht so. Konnte schlecht einschlafen. Und du?«

Über das Gesicht der jungen Oberkommissarin huschte die Andeutung eines Lächelns. »Ging mir genauso. Zuerst konnte ich nicht einschlafen, und dann hat der Wecker zu früh geklingelt.«

»Dein Schichtarbeiter?«

Sie nickte. »Ja, mein Schichtarbeiter. Ist wirklich scheiße, wenn der Wecker um 4:15 klingelt und man danach nicht mehr einschlafen kann. Oder fast jedenfalls nicht mehr.«

»Hat es sich wenigstens gelohnt?«

Wieder ein Nicken. »War zwar nur reden, aber das hat echt gutgetan. Es ist wirklich klasse, mal jemanden kennenzulernen, der richtig geerdet ist und dazu noch ein Gehirn zwischen den Ohren hat.«

Hain trat auf Pia zu und nahm die ein wenig verdutzt dreinblickende Kollegin in den Arm. »Ich freu mich echt für dich«, meinte er leise, nachdem sie wieder ein wenig Distanz zwischen sich gebracht hatten. »Schön. Wenn ich das nicht glauben würde, hätte ich dir auch nichts davon erzählt.«

Nun lachte Hain laut auf. »Da sag ich doch mal danke für das mir entgegengebrachte Vertrauen.«

»Gern. Und jetzt lass uns entscheiden, wem wir zuerst auf den Zahn fühlen. Dem vorgeblichen Mörder Wolfgang Skruppek oder dem Neffen Samuel Wischek?«

»Auf jeden Fall diesem Wischek. Skruppek ist heute Nacht ins Elisabethkrankenhaus gebracht worden, dem geht es richtig mies.«

»Woher weißt du das?«

»Herbert war vorhin hier. Er hat es vom Polizeipräsidenten, der, so habe ich es zumindest verstanden, einen gescheiten Kotau vor unserem Boss aufs Parkett gelegt hat.«

»Na, zumindest das ist doch erfreulich. Meinst du, Skruppek wird seinen Prozess noch erleben, falls es denn einen geben sollte?«

»Nein. So schnell arbeitet vermutlich kein Staatsanwalt auf der Welt.«

Eine halbe Stunde nach diesem Dialog ließ der Hauptkommissar den Mazda in eine Parklücke in einer Seitenstraße in Niederzwehren rollen, zog den Schlüssel ab und stieg zusammen mit seiner Kollegin aus.

»Nicht gerade die feinste Gegend«, fasste Hain seine Eindrücke zusammen.

Der klobige Wohnblock, in dem Samuel Wischek lebte, stammte vermutlich aus den 50er- oder 60er-Jahren des vergangenen Jahrhunderts und hatte seine besten Tage deutlich hinter sich. Der ehemals weiße Anstrich hatte sich in ein schmuddeliges Grau verwandelt und zierte jede Menge Graffitis. Immerhin waren die bunt.

Pia fand Wischeks Namen und klingelte. Kurz darauf kam plärrend eine Stimme aus der Sprechanlage.

»Ja, wer ist da?«

»Mein Name ist Ritter. Oberkommissarin Pia Ritter von der Kriminalpolizei Kassel. Mein Kollege Thilo Hain und ich hätten ein paar Fragen an Sie.«

»Fragen? Was für Fragen denn?«

»Es geht einerseits um Ihre Beziehung zu Harald Eschbach, Ihrem Onkel, und andererseits um Ihr Verhältnis zu Benjamin Andermatt, Ihrem ehemaligen Chef.«

»Dazu möchte ich nichts sagen.«

»Das können Sie gern machen, Herr Wischek«, mischte Hain sich ein, »allerdings erhalten Sie dann in diesem Moment ein Upgrade vom Zeugen zum Verdächtigen. Was gleichzeitig bedeutet, dass wir Sie aufs Präsidium mitnehmen dürfen. Zur Not auch gegen Ihren Willen selbstverständlich. Ich glaube nicht, dass diese Maßnahme in Ihrem Interesse ist.«

Es gab eine kleine Pause. Offenbar sprach sich Wischek mit jemandem ab. »Warten Sie, ich muss mich schnell frisch machen. Zwei Minuten, bitte.«

»Gern.« Die beiden traten ein paar Schritte von der Tür zurück.

»Meinst du, der will abhauen?«, wollte die Kommissarin wissen.

»Glaub ich nicht. Ich hatte eher den Eindruck, dass er Zeit gewinnen will.«

»Zeit gewinnen?«

»Ja. Vielleicht hat er ja seine Freundin zu Besuch und will nicht, dass wir sie zu Gesicht kriegen.«

»Wäre eine Idee.«

Es dauerte fast fünf Minuten, dann ertönte der Türdrücker und die beiden Ermittler betraten das Haus. Hain nahm die Treppe, Pia den Fahrstuhl. Weil die uralte Kabine die sechs Stockwerke eher gemächlich hinter sich brachte, erreichten beide zur gleichen Zeit ihr Ziel.

»Kommen Sie bitte um die Ecke herum«, forderte eine helle Männerstimme sie aus dem Dunkel des Flurs auf. »Einfach nach rechts und dann geradeaus.«

Hinter der Biegung erwartete sie ein etwa 35-jähriger Mann in einer offen stehenden Tür.

»Samuel Wischek?«, fragte Pia.

»Der bin ich, ja. Kommen Sie bitte herein.« Er ging vor den beiden Polizisten in die erstaunlich geräumige Wohnung. Von dem langen Flur gingen mehrere Räume ab, dann hatten sie das offensichtlich als Wohnzimmer dienende, größte Zimmer erreicht.

Beim Anblick des Mannes, der freundlich lächelnd am

Fenster stand, stellten sich sowohl bei Pia Ritter als auch bei Thilo Hain die Nackenhaare auf.

»Guten Morgen, die Damen und Herren Kommissare«, begrüßte Rechtsanwalt Dr. Markus Wiegand die beiden. »Ich denke, ich brauche Ihnen nicht zu erklären, wie das hier jetzt laufen wird.«

EPILOG

Vier Tage nach dem unerwartet kurzen und überaus unbe-
friedigenden Besuch von Ritter und Hain bei Samuel
Wischek fand im Werk Kassel der Volkswagen-AG eine
Pressekonferenz statt. Anlässlich dieser wurde der neue
Werksleiter vorgestellt. Der Mann war Kraftfahrzeuginge-
nieur, 56 Jahre alt, und hatte praktisch sein gesamtes Arbeitsleben bei dem Wolfsburger Unternehmen verbracht, das
ihn jetzt noch einmal beförderte. Für die meisten der anwe-
senden Journalisten war die zum Schluss der PK lancierte
Information mehr eine Randnotiz, doch für den Mann, den
sie betraf, tat sich mit ihr die Tür zu einer außergewöhnli-
chen Karriere im Konzern auf. Der Pressesprecher schloss
die Veranstaltung mit folgenden Worten:

»Sehr glücklich und ja, auch ein wenig stolz, möchte ich Sie
zum Schluss noch darüber informieren, dass es uns gelungen ist, einen weiteren aufstrebenden Manager langfristig an
unser Unternehmen zu binden. Trotz bester Angebote des
Wettbewerbs hat sich Herr Samuel Wischek dazu entschlos-
sen, Teil der weltweit erfolgreichen Volkswagen-Familie zu
bleiben. Herr Wischek wird zunächst eine verantwortungs-
volle Aufgabe in einem unserer Werke in Brasilien übernehmen und vermutlich Mitte übernächsten Jahres zurück

nach Deutschland kommen. Das gesamte Unternehmen freut sich darauf, in der gemeinsam zu gestaltenden Zukunft von seiner heute schon ebenso herausragenden wie verantwortungsvollen Expertise zu profitieren. Ich danke Ihnen für Ihre Aufmerksamkeit.

ENDE

Weitere Titel finden Sie auf den
folgenden Seiten und im Internet:

WWW.GMEINER-VERLAG.DE

Matthias P. Gibert
Tödlicher Befehl
Kriminalroman
317 Seiten, 13,5 x 21 cm
Premium-Klappenbroschur
ISBN 978-3-8392-2346-8
€ 16,00 [D] / € 16,50 [A]

Der türkischstämmige Politiker Okan Schulze bringt
sein Auto in die Werkstatt eines Freundes. Nach einer
kurzen Probefahrt kommt der Mechaniker von der
Fahrbahn ab – das Auto geht in Flammen auf. Schnell
stellt sich heraus: Der Wagen wurde manipuliert. War
Okan Schulze das Ziel des Anschlags? Der Politiker will das nicht glauben. Währenddessen wird ein
türkischer Geheimdienstmitarbeiter tot aufgefunden
und plötzlich überschlagen sich die Ereignisse. Die
Ermittler vermuten einen Zusammenhang und müssen
bald erkennen, dass dieser Fall bis in die höchsten
Kreise der türkischen Regierung hineinreicht.

GMEINER SPANNUNG

WWW.GMEINER-VERLAG.DE
Wir machen's spannend

Zeitloser
Ideenreichtum

© Rüdiger Edelmann

Rüdiger Edelmann
**Märchenhaftes Kassel
und Nordhessen**
Lieblingsplätze
192 Seiten, 14 x 21 cm
Paperback
ISBN 978-3-8392-1982-9
€ 14,99 [D] / € 15,50 [A]

Neues versuchen die Kasseler und Nordhessen nicht
erst seit Arnold Bode und der ersten »documenta« 1955.
Ideen, die weit über ihre Zeit hinaus wirkten, gab es
schon viel früher: Die Brüder Grimm sammelten Erzäh-
lungen, die als »Grimms Kinder- und Hausmärchen«
noch Jahrhunderte später Kinder unterhalten sollten.
Und bereits Anfang des 20. Jahrhunderts leitete in Kassel
eine Frau eine Maschinenfabrik überaus erfolgreich. An
seinen 77 persönlichen und märchenhaften Lieblings-
plätzen entführt Rüdiger Edelmann den Leser in die Geschichte und Geschichten dieses spannenden Landstrichs.

GMEINER KULTUR